시오노 나나미 ▎전쟁 3부작

3

레판토 해전

시오노 나나미 ▮ 전쟁 3부작
최은석 옮김
3

한길사

REPANTO NO KAISEN
by Nanami Shiono

Copyright ⓒ 1987 by Nanami Shiono

Original Japanese edition published by Shincho-Sha Co., Ltd.
Korean translation rights arranged with Nanami Shiono
through Japan Foreign-Rights Centre

Translated by Choi Eun-seok
Published by Hangilsa Publishing Co., Ltd., Seoul, Korea

가진 재주라고는 술에 취해서 비틀거리는 것밖에 없던 술탄 셀림 2세.
그는 대제라는 존칭으로 불린 아버지의 그늘에서 벗어나려 했으나, 아버지와는 달리
국정을 대신들에게만 맡겨놓은 채 하렘에서 노닐기만 좋아하였다.
투르크군의 키프로스 공략은 아버지가 해내지 못한 것을 자신이 해 보이겠다는
그의 무모한 야심에 다름 아니었다.

1571년 투르크제국과 기독교 연합 함대 사이에 벌어진 레판토 해전. 이 전투는 지중해가 역사의 무대였던 기나긴 시대에 종지부를 찍는 계기가 되는 사건이었고, 또한 갤리선이 주역을 맡은 마지막 대해전이기도 했다.

베네치아의 국영조선소인 '아르세날레'의 17세기 때 모습(위)과 오늘날의 입구 모습. 1569년 9월 13일에 발생한 베네치아 국영조선소의 화재는 그때까지 잠잠하던 투르크 궁정 안의 강경파를 자극했다. 그들은 지금이야말로 베네치아 해군이 재기 불능이니 키프로스를 탈환할 때라고 술탄을 부추겨 자신들의 뜻을 관철시키기에 이른다.

(위)1571년 5월, 에스파냐의 펠리페 2세와 베네치아공화국 총독, 그리고 교황 피우스 5세가 로마의 산 피에트로 대성당에서 투르크족에 대항하기 위해 신성 동맹이란 이름으로 연합 함대를 결성해 싸울 것을 공표하고 있다.
(아래)투르크족에게 대항하는 법률을 발표하는 교황 피우스 5세. 지중해 세력의 균형이야말로 그의 가장 큰 관심사였다.

(위)16세기 때의 투르크제국 궁정의 대향연 모습.
(옆)티치아노가 그린 「천상의 세계에 장남 돈 페르난도 왕자를 소개하는 펠리페 2세」.
그의 치세 때 에스파냐의 세력권은 전례없이 확대되었고, '에스파냐제국에는
해지는 일이 없다'고 일컬어질 정도로 에스파냐는 정상의 위치에 있었다.
그림 아래에 포로로 잡힌 투르크인이 보인다.

토프카피 궁전 안 '디완'에 모인 술탄과 고문들. '디완'은 원래 투르크제국의 고위관료 자문회의를 가리키던 말로 이 의미가 확대되어 중요한 정부 관리의 접견실을 뜻하기도 했다. 이 방의 벽쪽에 매트리스와 쿠션이 비치되어 있었기 때문에 '디완'의 의미가 소파에까지 연장되었다.

"전쟁은 피를 흘리는 정치,
정치는 피를 흘리지 않는 전쟁이라 한 이는 누구였던가.
마오 쩌둥이었던가, 클라우제비츠였던가.
만일 이 주장이 맞다면 나 역시 피를 흘리는 정치를 그려내기 전에 피를
흘리지 않는 전쟁을 묘사할 필요가 있지 않나 싶다.
레판토 해전은 제일 먼저, '피를 흘리지 않는 전쟁'에서 출발해,
'피를 흘리는 정치'로, 다시 '피를 흘리지 않는 전쟁'으로 끝난
역사상 중요한 한 사건이었다."

● 시오노 나나미

레판토 해전

19	프롤로그
29	베네치아 1569년 가을
43	콘스탄티노플 1569년 가을
53	베네치아 1569년 겨울
59	베네치아 1570년 봄
71	에게 해 1570년 봄
81	로마 1570년 봄
87	에게 해 1570년 여름
97	베네치아 1571년 봄
103	코르푸 섬 1571년 봄
111	콘스탄티노플 1571년 봄
117	로마 1571년 봄
129	메시나 1571년 7월
137	메시나 1571년 8월
151	메시나 1571년 9월
159	이오니아 해 1571년 9월

167	그리스의 바다 1571년 10월
175	레판토 1571년 10월
185	레판토 1571년 10월 7일 아침
193	레판토 1571년 10월 7일 낮
203	레판토 1571년 10월 7일 저녁
213	레판토 1571년 10월 7일 밤
219	코르푸 섬 1571년 가을
223	베네치아 1571년 가을
227	그리스의 바다 1571년 겨울
231	콘스탄티노플 1571년 겨울
239	로마 1572년 봄
247	메시나 1572년 여름
255	콘스탄티노플 1572년 겨울
261	베네치아 1573년 봄
267	레판토 전사들의 그 이후
271	베네치아 1571년 겨울
279	문명의 교체기를 살아간 이들의 진혼가 | 옮긴이의 말

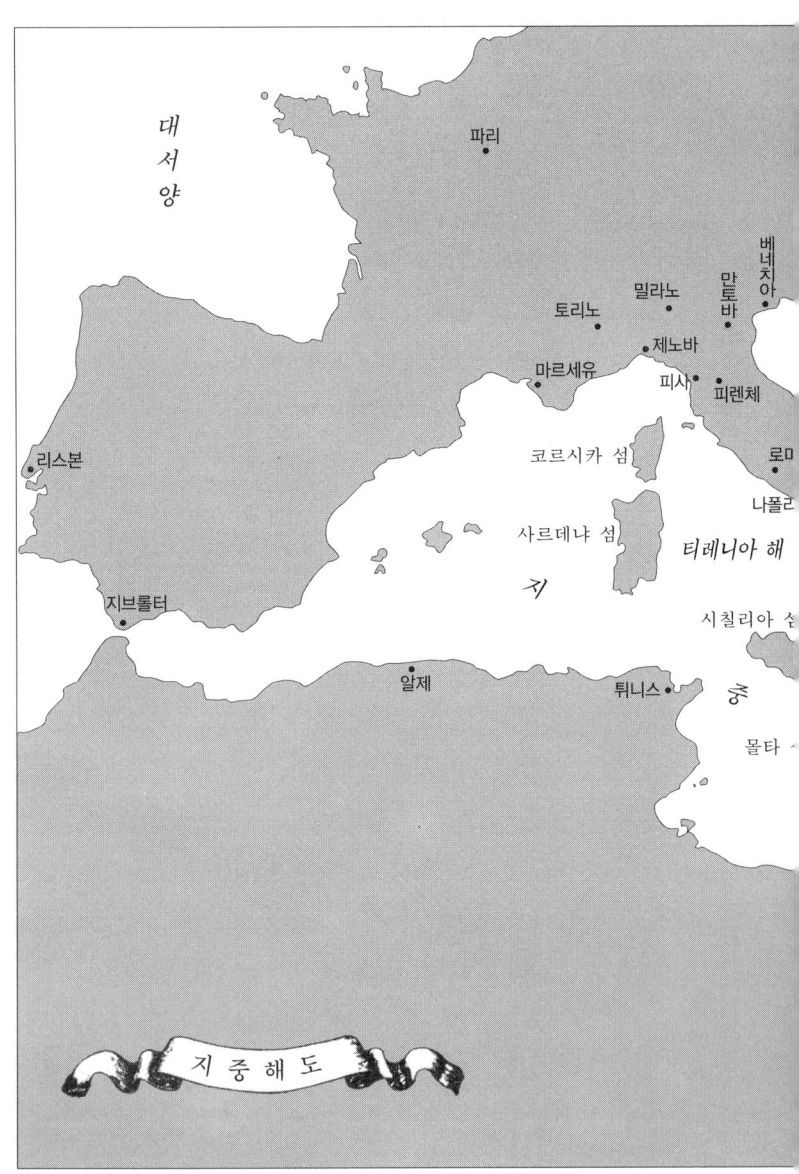

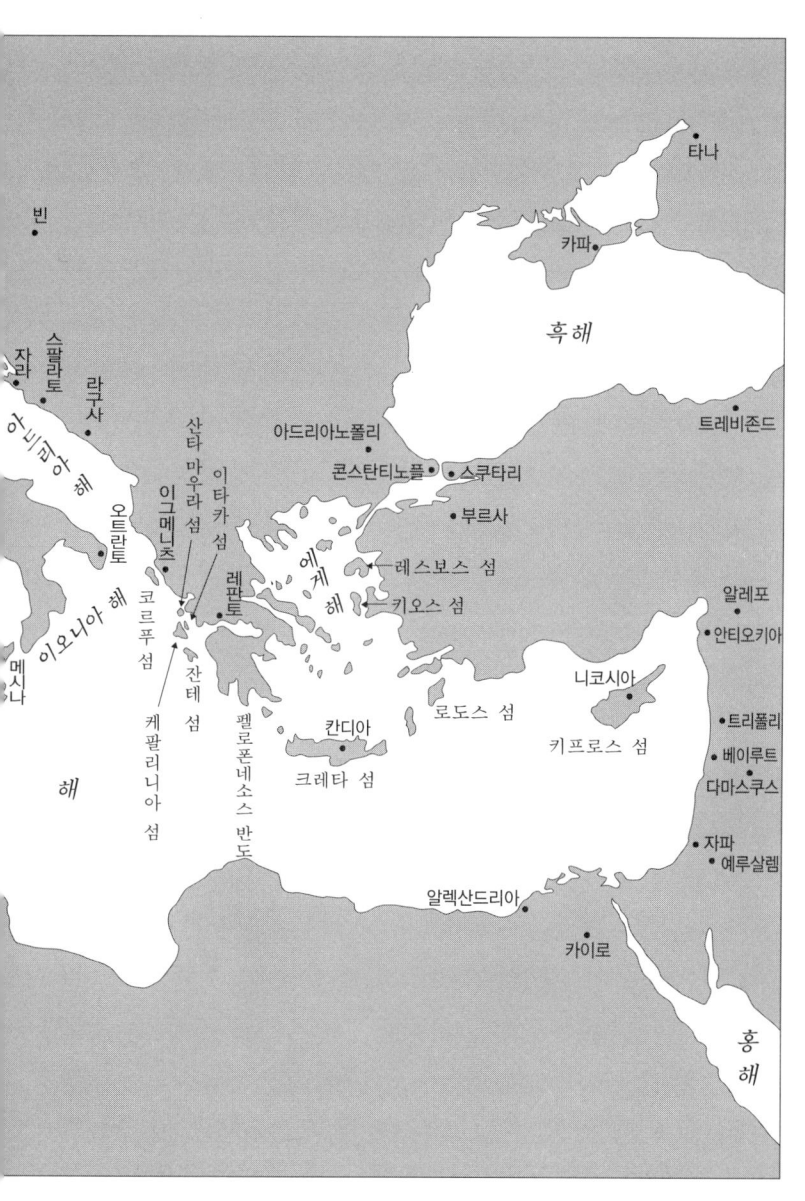

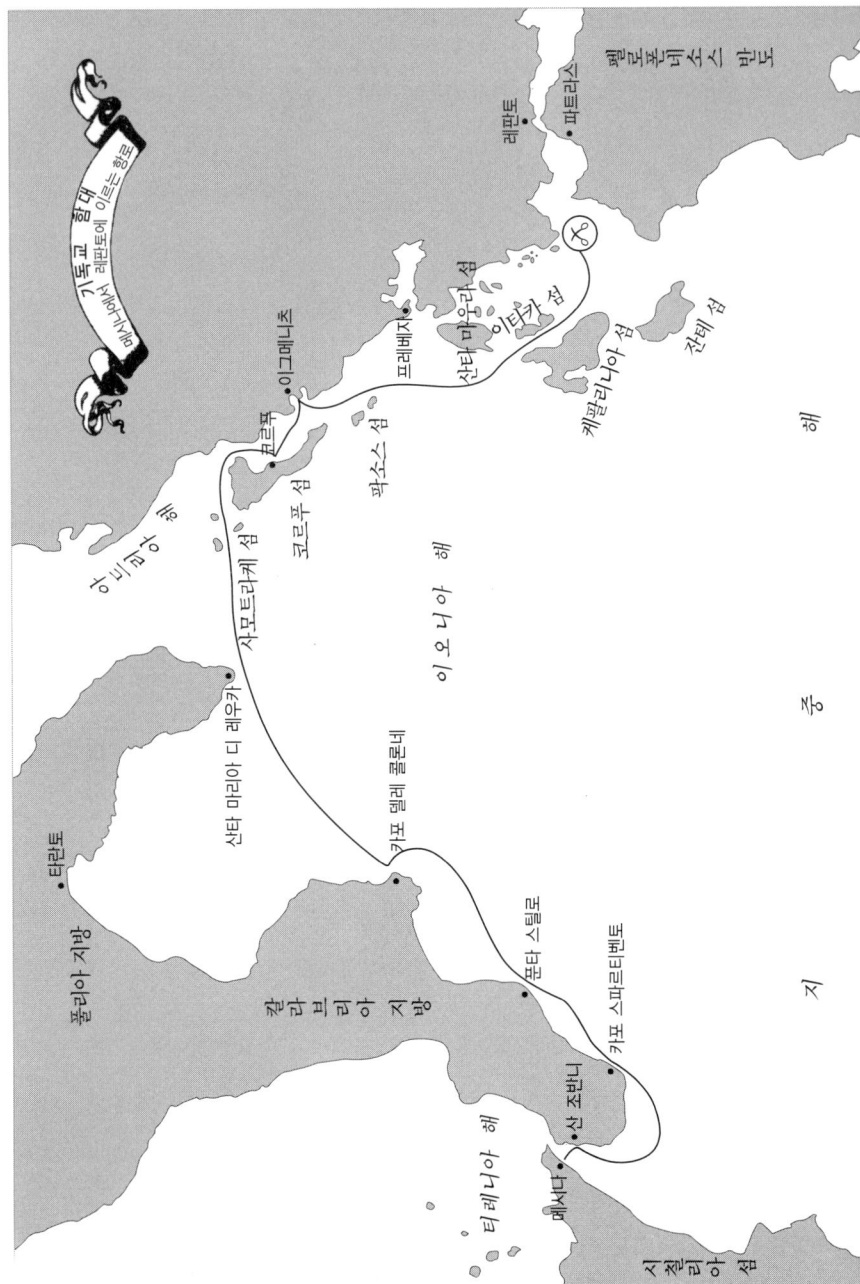

프롤로그

로마 교황이 바오로(파울루스) 6세였을 때니까 한 10년쯤 전이었나 보다. 이탈리아 국영방송의 텔레비전 뉴스를 보다가 무심코 쓴웃음을 지어버린 적이 있다. 이런 뉴스가 방송되어서였다.

"교황 바오로 6세는 다른 종교를 믿는 민족과도 종교를 초월한 우호관계를 확립한다는 의사 표시의 일환으로, 1571년 레판토 해전에서 기독교국 함대가 획득한 이슬람의 군기(軍旗)를 터키에 반환하기로 했습니다. 오늘 교황은 이 군기를 주 이탈리아 터키 대사에게 전했습니다."

군기를 뺏긴다는 것이 동서고금을 통해 더할 나위 없는 굴욕임은 물론 알고 있다. 하지만 1571년이면 400년도 더 된 옛날이다.

터키의 이스탄불에 있는 육군박물관 안은 기독교국에서 뺏은 전리품으로 가득 차 있고, 박물관 앞 통로에도 역시 전리품인 베네치아공화국 군대의 대포가 줄지어 늘어서 있다.

그렇다고 300~400년 전에 탈취한 것을 현대 터키공화국이 자랑삼아 전시하는 것은 아니다. 이 정도 시간이 흐르고 나면 원래

전리품이었던 것도 어엿한 사료(史料)가 되는 법이니까.

레판토 해전 당시의 군기를 돌려받은 터키는 그 처리를 두고 전전긍긍하지 않았을까? 아직도 터키의 교과서에는 레판토의 패전 사실이 실려 있지 않은데, 적에게 뺏긴 군기라면 패전의 확실한 증거가 될 터이니 내놓고 전시하는 것도 어딘지 모르게 꺼림칙할 것이다. 그렇다고 해서 친절을 베푼다고 돌려준 것을 태워버릴 수도 없는 노릇 아닌가. 이 '애물단지'는 아마도 어딘가 사료보관소 깊숙이로 들어가버린 것 같다. 뉴스를 보고 터키에 가서 군기를 찾아 돌아다녀봤지만 토프카피 궁전에서도, 육군뿐만 아니라 옛 투르크제국의 전승 기념품은 뭐든지 전시하는 육군박물관에서도, 영구 폐관한 듯한 느낌이 드는 해군박물관에서도 끝내는 찾아내지 못했기 때문이다.

진보파를 자처하는 이상주의자는 때로 이렇게 시키지도 않은 행동을 한다. 그 덕분에 이 해전을 위해 성지 메카에서 가져왔다는 하얀 비단 테두리에 코란의 문구를 금실로 수놓은 깃발, 이슬람 함대의 총사령관 알리 파샤가 탄 기함(旗艦)의 돛대 높이 걸려 있던 그 군기를 우리는 이제 두번 다시 볼 수 없게 된 것이다.

이미 400년이나 지났는데, 오늘날 바티칸 박물관에서 그 군기를 본다고 역시 기독교도는 이슬람교도보다 잘났다며 뻐길 사람이 과연 얼마나 될까. 기분 상할 이슬람교도도 별로 없을 것이다.

레판토 해전은 역사상의 한 사건이다. 기독교도와 이슬람교도 간에 치러진 전투라는 특수성이 있긴 하지만 다른 전투와 마찬가지로 결국엔 사내들이 어떻게 싸웠는가로 모든 것이 귀결되는 그런 전투이다. 이런 시각에서 보면 기독교도냐 이슬람교도냐 하는 차이는 사라져버릴 것이고 400년이라는 세월도 사라져버릴 터이다.

레판토 해전은 지중해가 역사의 무대였던 기나긴 시대에 종지부를 찍은 전투였고, 또한 갤리선이 주역을 맡은 마지막 대해전이기도 했다.

내 서재 옆에는 사료열람실이라 이름지은 좁고 기다란 방 하나가 붙어 있다. 이 방 한가운데 있는 탁자 위에는 몇 달 전부터 한 장의 도표가 놓여 있다. 세로 1미터, 가로 70센티미터인 이 도표와 영국 해군이 만든 10만분의 1 척도의 레판토 해역 지도를 나란히 놓으면 길이 2.4미터, 너비 70센티미터인 중세 수도원식 탁자도 더 이상 뭘 둘 데가 없어진다. 이탈리아 해군에서 만든 100만분의 1 지도에는 남이탈리아, 그리스, 에게 해역이 모두 담겨 있지만 이 두 장의 종이 밑에서 고개를 빼꼼 내밀고 자기가 거기 있음을 잊지 않게 해줄 뿐이다.

도표는 레판토 해전에 참가한 기독교, 이슬람 양군이 소유한 400척을 넘는 군선 전체의 일람표인데, 각 선박의 문장(紋章), 선박명, 소속 국적, 함장 이름 등이 아주 간단한 해설밖에 안 나오는 배들에까지 일일이 붙어 있다.

이런 일람표만 따로 묶어 출판된 적은 없다. 약 반세기 전 베네치아에서 출판된 연구서에 부록으로 실려 있던 것을 내가 따로 떼어낸 것이다. 몇 년 전 고서점에서 이 책을 산 것은, 물론

연구 내용에도 관심이 있긴 했지만 그보다는 이 부록을 정말 갖고 싶었기 때문이었다.

처음 출판되었을 때는 종이질이 좋았을 것이다. 하지만 50년이란 세월을 보내고 나면 사람의 손길을 거치지 않아도 종이색이 누레지고 접힌 부분의 글자가 지워지게 마련이다. 찢어진 곳만도 네 군데나 된다. 책을 사자마자 처음 한 일은 지워진 글자를 연필로 덧칠해 쓰고 찢어진 곳에 투명한 테이프를 붙이는 보강 작업이었다.

도표는 한가운데 선을 그어 왼쪽에 기독교 국가 군선, 오른쪽에 이슬람 군선이 서로 마주보도록 표기해놓고 있다.

왼쪽의 반을 차지하는 기독교 군선들은 위에서부터 좌익, 본대, 우익 순으로 늘어섰고, 표의 왼쪽 끝인 진영 뒤쪽에 후위가 대기하고 있다.

오른쪽의 반을 점하는 이슬람 쪽도 마찬가지로 위에서 아래로 우익, 본대, 좌익 순이다. 여기서도 후위는 표의 오른쪽 끝에 늘어서 있다.

1571년 10월 7일 정오나절, 파트라스 만 입구에서 양군이 격돌하기 직전의 진용 그대로이다.

일람표의 표기는 임의로 몇 개를 집어보면 이런 식으로 되어 있다.

표의 최상단, 즉 기독교 진영 최좌익의 갤리선은,

(1) 베네치아공화국 해군 기함. 좌익 총지휘, 베네치아 해군 참모장 아고스티노 바르바리고. 함장 페데리코 나니. 기사대장 시

지스몬도 말라테스타. 보병대장 실비오 디 포르차.

이에 맞서는 이슬람군 최우익은,

(1) 이집트 기함. 총지휘, 알렉산드리아 총독 무하마드 샬루크.

이렇게만 적어놓으면 모를 사람이 더 많겠지만 이 알렉산드리아 총독은 시로코(남동풍)라는 별명으로도, 아니 오히려 이 별명으로 더 많이 알려진 해적 두목 출신이다.

베네치아와 달리 투르크는 해운국이 아니었기에 해군의 전통도 빈약해서 실전에 나설 때는 이슬람교도 해적에게 해군의 지휘를 맡길 수밖에 없었다. 이 해적 두목들을 해적의 소굴로 유명한 알렉산드리아, 튀니스, 알제 등의 총독이나 파샤로 임명하는 대신 해전이 있을 때마다 소집하는 것이다.

이 방식은 투르크제국 술탄의 구미에도 맞았을 뿐 아니라 해적 두목에게도 나쁘지는 않았다. 아무리 강해도 응달에서 살 수밖에 없던 몸이 공적인 지위에 앉게 됨을 뜻했기 때문이다.

이슬람 진영의 최좌익, 도표의 오른쪽 제일 밑에 있는 배에도 이런 설명이 붙어 있다.

(246) 알제리 기함. 이슬람 해군의 좌익 지휘관, 알제 왕 울루지 알리(울루그 알리)의 배.

울루지 알리도 해적 두목이다. 하지만 다른 해적 두목이 아라비아나 그리스 출신인 데 반해 그만은 조반니 갈레니라는 본명을 지닌 남이탈리아 출신이다. 소년 시절에 해적에게 납치되어 갤리선 노예로 몇 년을 보낸 적도 있는 이 사내가 곧 이슬람 함대의 좌익 지휘관이었다.

여기서도 분명히 알 수 있듯이, 이슬람 쪽은 해전의 경우 가장 숙련된 장수가 배치되게 마련인 양익을 해적 두목에게 일임했다.

기독교 쪽도 숙련된 노장에게 양익을 맡긴 것은 마찬가지이다. 최좌익은 베네치아인인 아고스티노 바르바리고. 진영 최우익에서 해적 울루지 알리와 상대하는 사람은 해운국의 전통에 관한 한 베네치아에 조금도 뒤지지 않는 제노바 출신 장수였다.

(167) 도리아 함대 기함. 함장 잔안드레아 도리아. 빈첸초 카라파, 옥타비오 곤차가 등 다수의 귀공자나 기사들이 승선.

이것이 일람표 왼쪽 최하단에 표시된 배이다. 역시 이 표에 다 나와 있지는 않은데, 도리아는 제노바인이지만 제노바공화국의 해군 총사령관은 아니다. 어디까지나 도리아 함대의 통솔자로, 그가 승선한 배도 도리아 함대의 기함이다. 도리아 일족은 배와 승무원, 게다가 전투원까지도 자체 비용으로 고용해서 싸우는 바다의 용병대장이었기 때문이다. 레판토 해전 당시 이 도리아 일족을 고용한 사람은 에스파냐 왕 펠리페 2세였다.

덧붙여 말하자면, 제노바공화국 군대의 기함은 각국 기함이 모여 있는 본대에 속해 있었고, 이렇게 설명되어 있다.

(84) 제노바 함대 기함. 함장 에토레 스피놀라. 알레산드로 파르네세 공 승선.

기독교국 배를 하나씩 좇다 보면 아무래도 총사령관의 배가 어떻게 설명되어 있는지 궁금해지게 마련이다. 하지만 이 배가 설명된 부분은 일람표 한가운데에 있어서 종이가 제일 많이 손

상된 곳이다. 누렇게 색이 바래고 푸석푸석해졌을 뿐 아니라 접혀 있기까지 해서 글자가 많이 닳아 있다. 그래도 어쨌든 글자를 주워 모아보면 이렇게 씌어 있는 것 같다.

(86) 기독교 함대 기함. 함장 후안 바스케스 데 콜로나도. 신성 동맹 연합 함대 총사령관 오스트리아 공 돈 후안 승선.

에스파냐 귀족 30명, 펠리페 2세가 특별히 임명한 돈 후안 전속의 고해 신부 프란시스코 등을 합해 100명의 수행원이 승선. 기타 사르데냐 섬 출신으로 엄선된 400명의 소총수.

편의상 (86)번으로 표기된 이 대형 갤리선 가까이에는 대투르크 동맹의 주요 참가국인 베네치아공화국과 교황청의 기함이 좌우를 지키는 형세로 늘어서 있다.

(85) 베네치아공화국 해군 기함. 총지휘, 베네치아 해군 총사령관 세바스티아노 베니에르.

(87) 교황청 해군 기함. 함장 가스파르 브루니. 신성 동맹 연합 함대 부사령관 마칸토니오 콜론나 공 승선. 교황 피우스 5세의 조카 파올로 기스리에리 외 로마 귀족 다수 승선. 스위스 창병 25명, 보병 180명, 프랑스의 자원 기사 다수.

대장들이 승선했음을 한눈에 알아볼 수 있는 이런 배들이 아닌 일반 군선의 경우 다음과 같이 기술되어 있다.

(123) 깃발 문장(紋章), 부활한 그리스도. 베네치아. 함장 베네데토 소란초.

(33) 후작 부인호. 도리아 함대 소속. 함장 프란체스코 산타페드라.

이 갤리선 전투원 중에는 젊은 날의 세르반테스도 있었다.

꼭 필요한 것만 적어놓았음이 분명한 이 도표를 보고 있노라면 참전한 사내들 각자가 자신만의 드라마를 연출했으리라는 것을 충분히 상상할 수 있다. 하지만 그것을 일일이 추적한다는 것은 완전한 픽션이 아닌 이상 어려운 일이다.

아나톨 프랑스는 역사란 결국엔 널리 알려진 사실의 나열이라 했다. 아무리 사실이라도 널리 알려지지 않으면 역사 속에 끼지 못할 위험성이 상존한다는 얘기다. 세르반테스만 해도 만일 나중에 그가 『돈 키호테』를 써 남기지 않았더라면 이 해전에 참전했다는 사실은 까맣게 잊혀졌을 것이다. 서민의 입장에서 글을 쓰는 것도 역사일 경우 말처럼 간단한 일이 아니다.

수개월 동안 이 도표를 보면서 지낸 내가 행한 두번째 일이란, 다른 사료를 읽어가는 도중에 알게 된 전몰 함장이나 지휘관의 이름에 밑줄을 쳐두는 것뿐이었다.

이 작업을 마치고 나서는 그 이름들이 너무 많아 입을 다물지 못했다. 당연히 정리는 꿈도 꾸지 못했다. 그렇지만 이 작업을 함으로써 격전이 벌어진 장소를 확인할 수는 있었다.

해상 전투가 배들끼리 멀리 떨어져 서로 포를 쏘아대는 트라팔가르 해전처럼 바뀌기까지는 아직 200년이나 더 있어야 했다. 레판토 해전 당시만 해도 말은 해전이라지만 싸우는 장소가 바다라는 것뿐이지, 일단 적선에 접근해서 올라탄 뒤에는 검이나 총, 창, 활이 난무하게 되는 것은 육전의 양상과 한치도 어긋나지 않았다. 그 때문에 전사한 지휘관이나 함장의 분포는 곧바로 격전 장소의 분포와 거의 일치하게 마련이었다.

전쟁은 피를 흘리는 정치, 정치는 피를 흘리지 않는 전쟁이라 한 이는 누구였던가. 마오 쩌둥이었던가, 클라우제비츠였던가, 아니면 이 둘 다였던가.
만일 이 주장이 맞다면 나 역시 피를 흘리는 정치를 그려내기 전에 피를 흘리지 않는 전쟁을 묘사할 필요가 있지 않나 싶다.
레판토 해전은 제일 먼저,
"피를 흘리지 않는 전쟁"
에서 출발해 이어,
"피를 흘리는 정치"
로, 최종적으로 다시,
"피를 흘리지 않는 전쟁"
으로 끝난 역사상 한 사건이었다. 다른 모든 전쟁이 그랬듯이.

베네치아 1569년 가을

아고스티노 바르바리고는 그날 평소보다 일찍 원수 관저(팔라초 두칼레)를 나섰다.

2년 동안의 키프로스 섬 근무를 끝내고 일주일 전에 돌아온 베네치아지만, 원로원이나 10인위원회(콘실리오 디 디에치)에 이런저런 보고를 하느라고 바빠 오랜만에 돌아온 집에서 빈둥거릴 틈조차 없었다.

키프로스에 대한 투르크제국의 태도를 정확히 파악할 수 없어 머리를 싸매고 있던 베네치아 정부 고관들에게 바르바리고의 귀국은 다시 없을 호기였다. 정해진 임기가 다 되어 오는 만큼 특별히 소환해서 사정을 물어보는 경우와 달라 투르크를 자극할 우려가 없었기 때문이다. 원로원 의원들도 10인위원회 위원들도 관례에 따른 바르바리고의 귀국 보고가 끝난 뒤에도 그를 놓아주지 않고 연달아 질문을 퍼부어대며 그의 의견을 물었다. 해가 진 뒤로도 불 밝힌 회의장에서 시달리는 나날의 연속이었다.

바르바리고는 귀국 후 일주일 동안이나 대운하 가의 자택에서 원수 관저까지 오간 것 외에 아무것도 한 일이 없지만 그것이 전혀 괴롭지 않았다. 베네치아에서 으뜸가는 명문가 출신이라는 것을 제쳐두더라도, 조국에 대한 그의 책임감은 몸 속에 흐르는 피만큼이나 자연스러운 것이었기 때문이다.

마찬가지로 베네치아 명문 출신인 그의 아내도 본국에 없을 때가 더 많은 남편의 공백에 더 이상 허전해하지 않고 혼자 잘 지내는 스타일이었다. 남편의 귀국은 이 귀부인의 사교 일정에 아무 변화도 주지 못했다. 자식은 없었다. 양자로 삼은 조카는 여왕 엘리자베스 1세가 다스리는 영국에 대사 부관으로서 주재하고 있다.

원수 관저에서 산 마르코 선착장이라 불리는 항구로 나오자 부드럽고 따스한 석양이 온몸을 감쌌다. 눈앞에 펼쳐진 바다에는 물결 한 점 일지 않는다. 선착장에는 근무를 마치고 귀가하는 정부 고관들을 기다리는 자가용 곤돌라가 몇 척이나 늘어서 있다. 나이가 많은 고관들 중에는 관저에서 집안 현관까지 곤돌라를 타고 가기를 좋아하는 이가 많았다.

바르바리고는 부드러운 햇살이 몸을 적시자 비로소 해방감에 잠겼다. 연일 계속되던 질문의 지옥에서 간신히 풀려난 것이다. 틀림없이 얼마 지나지 않아 다음 임무가 맡겨지리라. 2년 동안 베네치아공화국의 최전방 기지인 키프로스 섬의 해군 사령관으로 근무한 자기 같은 사람을 이런 시국에 그냥 놔둘 리 없다.

물론 그간의 사정은 알고 있다. 하지만 다만 며칠 간이라도 자기에게 허용된 이 얼마 안 되는 시간을 조용히 보내리라 결심하고 있었다. 본토의 비첸차 전원 지방에 있는 별장, 어린 시절의 추억이 가득한 그 집에서 머물 생각을 하니 무심결에 미소가 떠오른다.

그전에 먼저 해야 할 일이 하나 있다. 2년 동안 잊은 적이 없었지만 이제서야 정리할 시간적 여유를 얻은 것이다. 그 때문에 집과 반대 방향에 있는 문으로 나왔다. 부관의 유족들이 사는 집은 베네치아 귀족이나 부자들의 저택이 즐비한 대운하 지역에서 멀리 떨어진 산 세베로 교구에 있다 했기 때문이다.

석양을 등에 받으며 바르바리고는 똑바른 걸음걸이로 다리를 건넜다. 이 다리를 건너면 더 이상 산 마르코 선착장이 아니다. 산 마르코 선착장과 잇닿아 있는데도 거기서부터는 '스키아보니 강가'(리바 델리 스키아보니)라 불린다. 산 마르코 선착장이 함대의 기함이 닻을 내리는 부두라면, 스키아보니 강가는 기함을 따르는 군선이 줄지어 정박하는 부두였다. 물론 갤리 군선이 없을 때는 상선들의 선미가 끝도 없이 이어진다.

군선과 상선을 불문하고 베네치아가 해운국인 이상 없어서는 안 될 하급 선원들 중에는 달마치야 지방 사람들이 많다. 이들을 존중하는 의미로 여기서부터 연연히 이어진 선착장에 '스키아보니 강가'라는 이름을 붙인 지도 꽤 오래되었다. 달마치야인의 강가란 뜻이다.

당연히 이 일대에는 베네치아 배의 하급 선원들이 많이 산다. 그리스 정교 교회당까지 있다. 베네치아 귀족이 어째서 이런 곳에 살았을까. 스키아보니 강가를 걷는 바르바리고는 일순 그런 의문을 가져도 보았다. 깊이 생각지는 않았다. 부촌과 빈촌이 명확히 구분되지 않는 베네치아에서는 대운하 근처라고 해보았자 부유한 집이 다른 데보다는 좀더 많다는 정도였기 때문이다.

베네치아 특유의 가운데가 불룩한 다리를 하나 더 건넜다. 외국에 오래 머물다 와서 어색한 것은 이 다리를 건너는 일뿐이라는 생각에 얼핏 웃음을 짓기도 했다.

아고스티노 바르바리고는 대체로 키가 큰 편인 베네치아 귀족 남자들 사이에 있으면 그다지 튀어 보이지 않는다. 하지만 오리엔트에서 온 상인들이나 달마치야·그리스 출신 선원들과 노잡이들이 북적대는 스키아보니 강가를 걷다 보니 오가는 사람들보다 머리 하나는 더 컸다. 원로원 의원의 제복인 검은 모직옷을 입고 있어 더 눈에 잘 들어왔다.

나이는 40대 중반에 접어들었다. 아직은 대체로 까맣고 숱이 많은 곱슬머리가 목덜미께에서 짧게 잘려 있다. 이래야 강철 투구를 쓰는 데 편하기 때문이다. 머리카락 정도로 검은 수염이 얼굴을 반쯤 덮고 있다. 이 역시도 머리카락처럼 관자놀이 언저리가 희끗희끗해지기 시작했다.

몸단장에 완전히 무관심하지는 않은 듯 수염을 뾰족하게 잘 다듬어놓았다. 이 수염 덕분에 베네치아 사내들에게 흔한 길쭉한 얼굴 생김은 근엄한 분위기를 띠고 있었다.

눈은 조용한 인상을 주는 벽안이었다. 유일하게 노출된 부분인 얼굴은 햇볕에 갈색으로 그을렸는데, 외모면에서 좀 전까지 질문을 퍼부어대던 정부 고관들과 다른 점은 이것 하나뿐이었다.

  손에는 아무것도 들려 있지 않다. 전사한 부관의 유품은 이전에 이미 다 보내 놓았기 때문이다. 비록 장교들만이라고는 해도, 자기 밑에서 싸우다 죽은 이들의 집에 기회나는 대로 반드시 한 번은 들르는 것이 바르바리고의 오랜 습관이었다.

  스키아보니 강가를 조금 걷다가 왼쪽으로 트인 골목길로 발을 들여놓았다. 이 길로 가면 목적지까지는 조금 돌아가는 셈이지만 산 자카리아 교회 앞으로 지나갈 수 있다. 그리고 그렇게 많이 돌아가는 것도 아니다.

  바르바리고는 어릴 때부터 왠지 이 교회가 좋았다. 아니 교회보다는 이 교회 앞이 좋았다 해야 할지도 모르겠다.

  산 자카리아 교회는 언제나 조용히 서 있다. 베네치아에서만 볼 수 있는 곡선이 많은 양식이 약간 이국적이면서도 쓸데없는 잔 치장을 모두 버린 시원스런 모습으로 차분히 앉아 있다. 어쩌면 흰 대리석으로만 만들어져서 그런지도 모르겠다.

  바르바리고는 이 교회를 정면에서 바라볼 때마다 조용하고 평온하면서도 밝은 기분에 잠기곤 했다.

  산 자카리아 교회 앞 광장(캄포)은 번잡한 스키아보니 강가에서 20미터 정도밖에 떨어져 있지 않은데도 이상하리만치 조용하다. 사람들이 다니지 않는 것도 아니다. 다만 이곳은 베네치아의 다른 광장들과 달리 한쪽 길에서 다른 길로 가기 위해 광장을 가로지르지 않고 교회의 정면을 곁눈질하며 광장 한쪽 구석을 걸어가면 되는 곳이다. 그래서 유독 교회가 있는 곳만 이 세상이 아닌 듯 정적 속에 감싸여 있는지도 모른다.

사람들이 모두 잠든 한밤중이 아닌 이상 베네치아의 어떤 교회에서도 이런 분위기를 맛보기는 힘들다.

바르바리고는 광장에 들어서서 발길을 멈췄다. 때마침 내리쬐는 석양을 한껏 받아 교회 정면의 흰 대리석이 따스한 빛깔을 품고 있었다. 미사 시간이 아니어서 그런지 교회 앞에는 약방에 감초 같은 존재인 거지가 한 사람 웅크린 채 졸고 있을 뿐 아무도 없다. 바르바리고는 낯익은 이 광경을 앞에 하고서야 비로소 베네치아에 돌아왔음을 가슴으로 느낄 수 있었다.

그때였다. 교회 문이 열리더니 처음에는 소년이, 그리고 바로 뒤로 한 여자가 모습을 나타냈다.

거지는 잠귀가 밝은지 금세 깨어나 두 사람에게 말을 걸었다. 지나치던 여자가 말소리를 들은 듯 발을 멈추더니 손에 든 작은 주머니에서 뭔가를 꺼내 곁에 있던 소년에게 주며 몇 마디 속삭였다.

아마도 동전이리라. 소년은 거지에게 다가가 몸을 굽혀 그것을 건네주었다. 그러고는 좀 떨어진 곳에서 기다리고 있던 여자에게 돌아가 바르바리고가 서 있던 곳 건너편의 골목길을 향해 걷기 시작했다.

모자 사이가 틀림없어 보였다. 여자가 소년에게 속삭일 때의 느낌이나 소년이 여자에게 말하는 태도로 보아 두 사람이 얼마나 친한지 금방 알 수 있었다. 그저 친한 것이 아니다. 무의식중에 상대를 배려하는 태도였다. 바르바리고는 두 사람을 보고 있는 자신의 마음 속에 뭔가 그리운 감정이 북받쳐 올라옴을 느꼈다. 오랫동안 잊고 지냈던 감정이다.

어머니 쪽은 척 봐서도 베네치아 여자가 아니다.

베네치아에서 태어난 여자는 보통 풍만한 몸매에 약간 갈색기가 도는 금발이 많다. 물론 다 금발로 태어나지는 않지만, 그럴 경우엔 엄청난 인내심을 발휘해서 햇빛에 내놓고 머리를 태우는 것이 보통이다. 흔히 말하는 '베네치아 금발'이 되는 것이다.

그런데 산 자카리아 교회 앞에서 본 그녀의 엷은 흑색 베일로 감싼 머리는 온통 검정색이다. 몸매도 날씬하고 유연하다. 쿵쾅쿵쾅대며 빨리 걷는 베네치아 여자들과 달리 우아하면서도 가벼운 발걸음이다.

소년은 열 살쯤 되었을까. 어머니처럼 유연한 몸매지만 청년다운 육신을 갖추려면 아직 한참 남았다.

바르바리고는 소년이 어머니에게 말하는 모습을 보고서 미소를 지었다.

주인과 산책하는 강아지처럼 때로는 착 달라붙었다가 또 가끔씩 약간 떨어지기도 하면서 끊임없이 조잘거렸다. 교회에서 조용히 있었으니까 이제부터는 떠들 작정이라는 듯, 어머니의 얼굴을 올려다보며 이 얘기가 끝나면 다음 얘기로 끝도 없이 이어진다. 어머니는 계속 걸음을 옮겨놓으면서도 일일이 대답해주고 있는 듯했다.

어머니와 아들은 광장에 난 골목길을 빠져나갔다. 말 그대로 빠져나간다는 표현이 어울릴 것 같았다. 산 자카리아 광장에 이어진 이 길은 건물 밑에 터널을 뚫은 것처럼 생겼기 때문이다. 성모 마리아의 부조로 장식된 이 길을 빠져나온 어머니와 아들은 오른쪽으로 방향을 틀었다.

바르바리고가 가는 길도 같은 방향이어서 자연스레 두 사람의 뒤를 좇는 꼴이 되었다. 그는 두 사람을 감싼 그립고 가슴 뭉클한 분위기를 좀더 맛보고 싶어서 이, 삼십 보 거리를 두고 계속 걸어갔다. 앞에 가는 두 사람은 그런 바르바리고를 전혀 눈치채지 못하고 있는 것 같았다.

좀 지나자 운하(리오)를 따라 뻗은 길이 나온다. 같은 길이라도 운하를 따라 나 있는 길을 베네치아에서는 '칼레'(길)가 아니라 '폰다멘타'(부두, 하안)라고 부른다. 운하가 종횡으로 나 있는 베네치아에는 도처에 배가 있고 이 배를 댈 수 있는 곳이면 어디든 길임과 동시에 부두이기도 하기 때문이다.

운하를 따라 나 있는 폰다멘타를 조금 걷다 보니 자그마한 다리가 나왔다. 여전히 친하게 얘기를 주고받는 어머니와 아들은 그 다리를 건너기 시작했다. 바르바리고도 산 세베로 교구에 가려면 이 근처에서 다리를 건너야 한다는 것을 떠올렸다. 운하 이쪽은 산 자카리아 교구이고, 건너편이 산 세베로 교구이기 때문이다.

이, 삼십 보 그들로부터 떨어져 걷던 바르바리고가 배가 불룩한 다리 기슭까지 왔을 때였다. 다리 위에도, 다리 건너편 골목길에도 그 어머니와 아들의 모습은 보이지 않았다.

사람들 속에 파묻혀버린 것은 아니다. 시내 중심가에서 많이 떨어진 곳이어서 사람들이 많이 지나다니지도 않았다. 이곳 주민만이 오가는 길이다. 오후의 햇살마저 비치지 않는 추운 골목길에는 고양이 한 마리가 지나가고 있을 뿐이었다.

바르바리고는 엉겁결에 허어! 하고 허탈한 신음 소리를 냈다. 갑자기 까만 막이 내려와 지금까지 즐기던 광경을 가로막은 듯한 느낌이 들었다. 그 덕분에 그는 비로소 본래의 목적을 생각해 냈다. 이윽고 대문 옆에 박혀 있는, 번지가 적힌 하얀 대리석판들을 하나씩 들여다보며 걷기 시작했다.

베네치아 시는 여섯 개 구역으로 나뉘는데 이들 구역을 '세스티에레'라 부른다. 이들 세스티에레는 다시 몇 개의 '파로키아'(교구)로 나뉜다. 그렇기 때문에 베네치아의 주소는 ○○세스티에레 ○○파로키아 ○번지라는 식으로 표기된다.

베네치아는 뭍과 이어진 도시가 아닌 만큼 인간이 발디딜 틈만 있으면 어디든 활용했다. 길만 해도 피아차(대광장), 캄포(광장), 코르테(작은 광장), 칼레(길), 비콜로(골목길), 폰다멘타(운하 곁길), 소토 포르티코(샛길) 등 가지각색의 이름이 있었던 데서 알 수 있듯이 활용법이 천차만별이었다. 다른 도시처럼 고대 로마식으로 도로를 생각하는 사치는 허용되지 않는 땅이었다. 다른 도시라면 대로(비아)라는 한 단어만 써서 ○○대로 ○번지라 표기하겠지만 베네치아에서는 불가능했다. 오늘날도 마찬가지다. 그런데 이 베네치아에서는 주소만 갖고 집을 찾기가 조금 힘든 편이었다.

바르바리고도 쉽사리 집을 찾지 못했다.

근방을 짓누를 듯한 모습으로 서 있는 집은 베네치아 귀족 중에서도 유명한 프리울리의 저택이다. 이 저택의 번지수가 자기가 찾는 집과 제일 가깝다는 것을 알게 된 바르바리고는 일단 프리울리 저택의 문을 두드렸다. 입구까지 나온 시종은 그의 질문에 정중한 태도로 답하면서 바르바리고가 찾는 집은 이 저택과 등을 맞대고 있다고 했고 어떻게 찾아가는지까지 가르쳐주었다.

마침내 찾아낸 그 집 입구는 마치 남의 눈을 피하고 싶다는 듯 나무 그늘 아래 있었다. 바르바리고는 비로소 어찌된 영문인지 알 수 있었다. 땅이 귀한 베네치아에서는 꽤 이름난 귀족이라도 자기 집 뒤에 입구가 따로 있는 집을 지어 소유한 사람이 많다. 해외 교역이 성한 나라인 만큼 다른 나라에서 오는 사람도 많았기에 이들에게 세를 내주는 것이다. 바르바리고가 간신히 찾아낸 이 집도 그런 유의 셋집이었다.

머리 위로 드리워진 노랗게 물든 나뭇잎 밑으로 사람을 부르는 데 쓰는 작은 철제 종 하나가 걸려 있었다. 바르바리고는 조심조심 종을 잡아 흔들었다. 좀 지나자 문이 빠끔 열리고 쉰 살쯤 되어 보이는 여자가 얼굴을 내밀었다. 바르바리고는 그 자리에 선 채 찾아온 이유를 말했다. 짤막하게 답한 하녀가 주인에게 알리기 위해 집 안으로 들어간 뒤에도 바르바리고는 여전히 문밖에 서서 기다렸다. 기다리면서 하녀의 토스카나 사투리를 멍하니 입안으로 웅얼거려보았다.

되돌아온 하녀는 문을 완전히 열고는 방문자를 집 안으로 불러들였다.

뜰이라 부르기에도 민망하리만치 조그만 안뜰 위로 노랗게 물든 낙엽이 끊임없이 떨어져 내리고 있었다. 한구석에 이층으로 통하는 돌계단이 있어 따라 올라갔다. 이층 현관문은 열려 있었다. 하녀는 현관으로 들어가 작은 방 하나를 지나더니 거기 달린 문을 열어 여기서 기다려달라고 말하고는 다시 걸어나갔다.

이 방이 이 집의 응접실인가 보았다. 넓지는 않지만, 남쪽을 향한 창 두 개가 모두 운하에 면하고 있다. 운하라고 해도 너비가 넓지 않아서 4층, 5층짜리 건물이 따닥따닥 붙어 있는 베네치아에서는 건너편 집이 바로 눈앞에 보인다. 그만큼 햇빛은 잘 들어오지 않는다. 그래도 어둠침침하지는 않았다.

방 한구석에 불꺼진 반원형 난로가 있다. 거실 격인 이 방과 위층의 같은 위치에 있는 방은 남향인데다 좁긴 해도 운하에 면한 까닭에 베네치아 시내에 있는 집치고는 쾌적한 편일지도 모른다는 생각이 들었다.

그렇다고는 해도 너무 작은 집이다. 하지만 놓여 있는 가구나 가재도구가 피렌체 양식이고, 더구나 상당히 고급품이라는 것이 바르바리고의 주의를 끌었다.

집 안은 적막하리만치 조용했다. 바르바리고는 자신이 집주인을 기다리고 있음도 잊었다.

무심결에 창가로 다가가 아주 조금 열린 창문 틈새로 밑으로 흐르는 운하를 보고 있을 때, 문득 등 뒤에 누군가 있다는 느낌에 돌아보았다. 방 입구에 짙은 청색 옷을 입은 여자가 서 있었다.

바르바리고는 그 순간 평상시의 그라면 생각도 못 했을 행동을 했다. 여자가 누군지 안 순간 우아하게 허리를 굽혀 인사해야 한다는 것도 까맣게 잊어버리고, 그녀에게 다가가 여자의 손을 두 손으로 꽉 잡았다. 걸음걸이만은 여느 때와 같았다. 여자 쪽에서도 놀란 기색은 없었다. 그저 엷게 화장한 가냘픈 얼굴에 부드러운 미소를 띨 뿐이었다.

미지의 남녀가 더 이상 미지의 관계가 아니게 된 이 순간은 묘한 자연스러움 속에서 시작되고 끝이 났다.

바르바리고와 여자는 의자에 앉았다. 이윽고 바르바리고가 2년 전 자신의 부관인 바로 그녀의 남편이 어떻게 죽었는지 조용한 어조로 말하기 시작했다. 여자는 눈물을 흘리지 않았다. 부드러운 얼굴 표정 그대로 사내의 얘기에 귀를 기울일 뿐이었다.

여자의 남편은 키프로스 근해에서 벌어진 해전에서 투르크 병사가 쏜 총탄에 쓰러졌다. 전사 소식은 즉각 유족에게 전달되지만 베네치아공화국에서는 전사자의 시신을 본국으로 송환하지 않는다. 오랜 항해 기간 동안 시신의 부패를 막을 도리가 없었기 때문에 가장 가까운 베네치아 기지에서 장사지내는 것이 보통이었다.

키프로스 섬에도 크레타 섬에도, 또한 배로 열흘만 가면 될 만큼 본국에서 가까운 코르푸 섬에까지도 베네치아공화국의 시민을 장사지내는 묘지가 있었다. 그래서 베네치아에 있는 유족들 대부분은 죽은 가족의 시신을 보지도 못한다. 묘는 만들지만 죽은 자의 머리카락 하나 묻히지 않은 경우도 많았다.

방 바깥에서 하녀의 목소리가 들렸다. 방 안은 완전히 어두워져 있었다. 등불을 가지고 들어온 하녀에게 여자는 아들을 불러오라고 말했다. 그리고 바르바리고에게 지금 말씀하신 내용을 아들에게도 말씀해주시지 않겠습니까 하고 물었다. 물론 이의가 있을 리 없었다.

소년이 방에 들어오자 방의 분위기는 역시 좀 바뀌었다. 생글생글 웃는 소년은 예의바르게 인사한 뒤 바르바리고 앞에 있는 의자에 앉아 이야기를 들을 자세를 갖췄다.

여자에게 한 얘기를 소년에게도 들려주었지만, 말하는 방식이 아까와는 전혀 달랐다. 자식이 없는 까닭에 애들한테는 어떤 식으로 얘기해야 할지 모르는 탓이기도 했지만 그 때문만은 아니었다. 아버지가 어떻게 최후를 맞이했는지를 그 아들한테 얘기해주는 이런 경우, 설령 그가 열 살 난 소년이더라도 어린애 취급을 해서는 안 된다고 생각했던 것이다. 이런 마음이 소년에게도 전해진 것일까. 열 살 소년은 어엿한 한 사람의 사내처럼 담담한 태도로 바르바리고의 얘기에 귀기울이고 있었다.

어머니는 둘에게서 조금 떨어진 곳에 있는 의자에 앉아서 똑같은 얘기가 전혀 다른 방식으로 말해지는 광경을 지켜보고 있었다. 되살아난 상흔에 슬퍼하는 표정이 아니었다. 그보다는 오래도록 그 존재마저 잊고 지내왔던 따스한 추억을 떠올린 듯 은

은한 기쁨마저 느끼는 표정이었다.

  그녀의 집을 나선 바르바리고는 다리 근처에서 손님을 기다리는 곤돌라에 올라탔다. 자택 이름을 뱃사공에게 알려준 뒤 검은 양모로 안이 덮인 선실로 들어가 의자에 몸을 맡긴 그의 가슴 속은 미끄러지듯 물 위를 나아가는 배 위에서 따스한 기억으로 뿌듯해지고 있었다. 비첸차 근교의 별장에서 지낼 생각은 이미 까맣게 잊어버리고 있었다.

콘스탄티노플 1569년 가을

　마칸토니오 바르바로를 처음 본 사람들은 한결같이 이 사내가 일흔 살은 훨씬 넘었을 거라고 생각했을 것이다. 실제로는 그보다 한 세대나 밑이지만 외모만 놓고 보면 얼핏 보기에 노인에게 있는 특징은 다 갖춘 사람이었다.

　일단 체격이 명태같이 말라 비틀어졌다. 키는 컸지만, 지방이라곤 하나도 없는 뼈와 살 위를 햇빛에 그을린 피부가 덮고 있는 듯한 느낌을 주었다. 앞머리는 벗겨졌고, 조금 남은 머리카락에서 그대로 이어져 내린 텁수룩한 수염은 흰 부분이 더 많았으며 손질 한 번 않는지 제멋대로 얼기설기 자라서 좀 떨어져서 보면 거친 회색으로밖에 안 보인다. 몇 겹이나 되는 주름이 얼굴을 온통 덮고 있었다. 하지만 갸름해도 사람의 눈을 끌기에 충분한 매부리코와 상대를 뚫어볼 듯 빛나는 커다란 눈은 이 사내를 예사 노인으로 보이지 않게 했다.

　게다가 만일 그와 얘기를 조금이라도 나눈 뒤라면 더더욱 예사 노인으로 보지 않았을 것이다. 그리고 이 사내가 이렇게 겉늙은 것이 투르크 주재 베네치아 대사인 것과 연관이 있음을 알게 된다면, 그나마 외교를 중시하는 나라에 태어났으니 어느 정도 위안이 되지 않을까 생각했을 것이다.

마칸토니오 바르바로는 지금부터 1년하고도 조금 더 전인 1568년 8월부터 콘스탄티노플에서 근무하기 시작했다. 지금의 그로서는 상상도 할 수 없는 일이지만, 그의 근무 기간은 5년이라는 긴 세월에 달하게 된다. 더구나 그 중 3년은 포로 생활로서이다.

콘스탄티노플에 오기 전에 대사로 있던 곳은 프랑스였다. 프랑스도 대국인데다 같은 기독교국이라고 마음을 놓을 수 있는 시대도 아니었다. 하지만 역시 베네치아에게 특별한 의미를 갖는 나라는 누가 뭐래도 투르크였다. 동지중해 세계에서 양국의 이해 관계가 정면 충돌하고 있었기 때문이다. 이런 투르크에서 근무할 대사로는 프랑스와 에스파냐에서 대사 생활을 해본 외교 베테랑을 보내는 것이 관례였다. 바르바로도 베네치아-투르크 간 긴장이 고조되는 현 상황에서 가능한 최선의 카드라고 생각하여 베네치아공화국 원로원이 선출한 인물이다.

그런 인물인 만큼, 부임 즉시 정확한 정세 파악에 기초하여 보고서를 제출하는 것은 그리 놀랄 일도 아니었다. 대사 바르바로는 본국에 보내는 보고서에 이렇게 쓰고 있다.

"투르크와의 외교 교섭은 유리공을 서로 던지며 주고받는 것 같습니다. 단 상대가 아무리 세게 던져도 이쪽에서는 그럴 수 없으며, 그렇다고 공을 팽개칠 수도 없습니다."

열 살은 더 늙어 보이는 것도 무리는 아니었다.

평소에도 베네치아공화국의 가상 적국 일순위인 투르크였다. 그런 곳에 주재하다 보면 한 달에 하나씩 주름살이 늘 만큼 근심도 많게 마련이다. 어느 정도 단련되었을 법도 하지만 올해 1569년의 가을은 바르바로에게는 겨울처럼 느껴졌다. 투르크가 유리공을 평소보다 훨씬 세게 던질 듯한 기미를 보이기 때문이다.

그해 9월 13일, 베네치아의 국영조선소(아르세날레)에서 화재가 발생했다.

베네치아 국영조선소는 그저 배만 만드는 공장이 아니다. 일종의 컨베이어 시스템에 의해 용골이나 판을 굽히는 작업부터 완성된 배의 진수에 이르는 전 과정을 도맡아 하는 이 공장 안에는, 배에 실을 대포는 물론이고 전투원이 쓸 소총이나 석궁까지 모아놓은 창고도 있고 돛을 깁는 곳도 있는데 무엇보다도 특징적인 것은 화약 저장고이다. 그 때문에 베네치아 중심가에서 떨어진 북동부에 위치하며 성벽 하나 없는 베네치아에서 유일하게 흉벽까지 갖춘 높은 벽으로 에워싸여 있는 곳이다.

9월 13일 한밤중에 발생한 화재는 즐비한 화약고 중 세 개에 연달아 옮아 붙어 연속 폭발을 일으킴으로써 대사건이 되어버렸다.

네 번에 걸쳐 일어난 폭발은 1만 4천 두카토분의 화약을 재로 만들었을 뿐 아니라 부근 성벽을 40미터 가까이 날려버렸다. 성벽 바로 옆에 있던 수도원과 교회도 파괴되었다.

배는 갤리선 네 척이 전소한 것 외에는 별달리 큰 피해를 보지 않았다.

하지만 국영조선소에 화약고가 있다는 것은 베네치아 시민들 모두가 아는 사실이다. 이 탓에 배에 올라타 피난하려는 사람들이 몰려든 대운하에서는 새벽이 될 때까지 일대 혼란이 연출되었다.

불행 중 다행이라면 불이 더 이상 화약고로 옮겨 붙지 않았다는 것과 화재 발생 장소 근처에 있던 24만 리브레분의 화약이 며칠 전 코르푸 섬으로 반출되었다는 것이었다. 또한 건조중이던 수십 척의 갤리선도 거의 피해를 입지 않았다.

화재에 따른 피해와 화약 폭발에 따른 파괴 부분은 즉각 원상복구되었다. 공장이 이전처럼 재가동되는 데는 채 일주일도 걸리지 않았다.

그러나 베네치아로부터 콘스탄티노플로 정보가 전달되는 데는 보통 한 달 정도는 걸린다. 더구나 웬일인지 자기들에게 유리한 정보만 빨리 오곤 하는 것이다. 투르크 궁정은 '국영조선소 화재'라는 전갈을 받은 한참 뒤까지도 복구가 조기 종결되었다는 소식을 접하지 못했다.

베네치아의 국영조선소에 화재가 일어났다는 얘기에 투르크 궁정 안의 강경파는 술렁거렸다. 베네치아 해군은 이제 재기 불능이라 판단한 것이다. 지금이야말로 키프로스와 크레타를 탈환할 때라고 그들은 주장했다.

이렇게 되자 지금까지 강경파를 눌러온 온건파의 입장이 애매해져버렸다.

온건파는 3년 전에 세상을 떠난 선대 술탄 쉴레이만의 생각을 지금까지도 충실히 지키는 사람들로, 재상 소콜루가 이들의 지도자였다. 베네치아 대사 바르바로의 눈에 교섭이 가능한 유일한 투르크 고관으로 비치던 사람이기도 했다.

어떤 세상에서도 온건파는 곧 현실파이다. 베네치아공화국의 경제력이 투르크제국을 운영하는 데 도움이 된다고 생각하던 사람들이었다.

베네치아는 더 이상 영토를 확장할 마음이 없으며 오로지 경제 활동의 자유를 원할 뿐이다. 이 때문에 키프로스와 크레타가 그들에게 중요한 것이다. 반면 투르크는 동지중해를 감싸안을 만큼 광대한 영토의 주인이다. 투르크 궁정의 온건파는 바로 이 점에서 베네치아공화국과 투르크의 이해가 일치한다고 본 것이다. 그들은 베네치아와 전쟁을 벌여야 할 어떤 이유도 찾아내지 못했다.

반대로 강경파는 새 술탄 셀림 2세를 에워싼 투르크 궁정의 신흥 세력으로, 피랄 파샤를 우두머리로 하고 있었다.

이 일파는 굳이 따지자면 이상주의자 그룹이었다. 코란의 가르침을 온 세상에 전파하는 것이야말로 이슬람의 본래 모습이라 믿는 사람들이다. 그들에게는 자기네 제국 안에 기독교도의 기지를 그냥 놓아두는 것은 굴욕 그 자체였던 것이다. 키프로스와 크레타를 탈환할 경우 과연 이 섬들이 투르크제국에 얼마나 기여할 것인가는 논외 문제였다. 베네치아가 키프로스의 사용료로 투르크에 제공하는 조공이 그 땅을 직접 지배할 때 생기는 이익

보다 훨씬 크다는 현실도 이들 강경파 앞에서는 전혀 설득력을 띠지 못했다. 동지중해에서 기독교 세력을 일소하는 일은 이제 에스파냐 따위와 비교도 안 될 정도로 커진 투르크제국의 체면 문제이기도 했던 것이다.

게다가 가진 재주라고는 술에 취해서 비틀거리는 것밖에 없던 새 술탄 셀림은 대제라는 존칭으로 불린 아버지의 그늘에서 벗어나려 발버둥치는 사람이기도 했다. 맨정신일 때의 술탄은 아버지도 해내지 못한 것을 내가 해보이겠다는 야심에 골몰하곤 하는 전제 군주였다.

대사 바르바로에게는 본국 정부로부터 정확한 정보가 전달되어 온다. 국영조선소의 화재 피해가 실제로 어느 정도였는지를 콘스탄티노플 사람들 중 그보다 더 정확하게 아는 이는 없었.

바르바로는 재상 소콜루에게 사실을 있는 그대로 알려야 한다고 생각했다. 감추기보다는 알리는 쪽이 더 유리한 경우가 있는 법이니까.

토프카피 궁전으로 간 대사는 통역 한 사람만 대동한 채 재상에게 모든 것을 말해주었다. 피해를 입은 배는 어디가 어떻게 파괴되었고 그 수리에 어느 정도의 시간과 비용이 들어가는지까지. 이 정보를 가지고 온건파가 실지를 만회할 수 있기를 바랐다.

그러나 한 번 타오른 격정을 잠재우는 것은 불을 끄는 것보다 더 어렵다. 투르크 궁정의 강경파는 재상의 설득에 꿈쩍도 하지 않았다. 그들은 그 이유를 하나하나 열거해갔다.

첫째, 아드리아 해에 출몰하는 해적선에게 투르크 상선이 습격당하는 것은 베네치아 해군이 투르크 배를 경호 대상에서 빼기 때문이다.

둘째, 키프로스 섬은 투르크 배의 습격을 목적으로 삼는 몰타의 성 요한 기사단 선박에게 기항을 허용하고 있다.

한결같이 아무 근거도 없는 억지였다. 하지만 아무리 억지라 해도 전제 군주인 술탄이 암묵적으로 동의하면 얘기가 달라진다. 대사는 평소 게을리하지 않던 정보 수집에 더 많은 정성을 쏟기 시작했다.

정보를 수집한 결과 그는 본국 정부에 경계 경보를 보낼 수밖에 다른 도리가 없다는 판단을 내리게 된다.

먼저 11월 11일발로 투르크의 동향이 위험한 방향으로 흐르고 있다는 신호를 보냈다.

이어서 투르크 정세의 위험성을 구체적인 사례를 들어 실증, 확인한 12월 19일자 보고서를 발송했다. 대략 다음과 같은 내용을 담고 있었다.

투르크 영내 각 항구에서 배의 건조 속도가 평소보다 빨라지고 있음.

특히 지중해 쪽 항구에서 배의 건조 속도는 눈에 띄게 빨라졌음.

믿을 만한 소식통에 따르면 목적은 키프로스 공략이라 함.

그런 까닭에 키프로스와 크레타 총독 앞으로 경계 태세를 늦추지 말라는 서한을 보냈음.

대사 바르바로는 이 보고서를 보냄으로써 본국 정부가 비상시에 대비한 군비 증강에 박차를 가하고, 두 섬, 특히 키프로스에 원군을 파견하라고 재촉한 것이다. 100년이나 되는 오랜 기간 평화를 누려온 키프로스 섬에는 평시 경비대밖에 없기 때문이었다.

1453년, 동로마제국이라고도 불린 비잔틴제국이 멸망한 그해부터 승자 투르크의 수도가 된 콘스탄티노플은 금각만을 사이에 두고 콘스탄티노플 지구와 페라(갈라타라고도 부른다) 지구로 나뉜다.

비잔틴제국 시대에 페라는 제노바 상인의 전용 지구였고 베네치아 및 여타 서유럽인은 콘스탄티노플 지구 중에서도 금각만에 맞닿은 곳에서 활동하고 있었다. 제노바와 자웅을 다투며 발전한 베네치아의 상업 활동은 여러 서유럽 상인들과 비교를 불허하리만치 왕성했기에 이 지구 안에는 대사관과 상관까지 두어졌다. 근처에서 열리곤 하던 향신료 바자가 '베네치아인 바자'라 불릴 정도였으니까.

이 상태를 근본적으로 바꾼 것이 1453년의 콘스탄티노플 함락이었다.

여러 세기 동안 갈라타 지구를 독점하고 있던 제노바인이 추방당했으며, 이즈음부터 페라라고만 불리게 된 이 지구에는 콘스탄티노플 지구에서 쫓겨난 베네치아 및 여타 서유럽인이 강제 이주되었다. 그래도 이 땅에 남을 것이라 한 제노바인들도 이들 서유럽인과 함께 지내게 되었다.

대사관과 상관도 페라 지구로 옮겨졌지만, 상품 거래 장소인 '바자'만은 여전히 콘스탄티노플 지구에 남았다. 그 덕분에 금각만에서는 페라 지구에서 콘스탄티노플 지구로 통근하는 상인들의 작은 배가 물방개처럼 오락가락하는 광경이 펼쳐지게 되었다.

　제노바 세력마저 쇠퇴해버린 지금 더 이상 베네치아와 맞먹을 서유럽 세력은 하나도 남지 않았다. 그 때문인지 페라에 있는 서유럽 각국 대사관들 중 베네치아 대사관이 제일 좋은 땅을 차지하고 있었다. 금각만에서 완만한 경사를 그리며 언덕으로 이어진 페라 지구, 그 중에서도 높은 곳에 자리잡은 까닭에 금각만 건너편의 콘스탄티노플 지구까지도 한눈에 들어오는 자리다. 건물은 호화로운 것과는 거리가 멀었다. 보통 단신으로 부임하는 대사와 부관 및 비서관 몇 명, 여기에 요리사 등 시중드는 사람 몇 명이 고작인 대사관 사람들이 살기에도 빠듯한 집이었다. 내부 장식도 베네치아 본국의 귀족 저택에 한참 못 미쳤다. 비용이 부족해서가 아니다. 날이 갈수록 사치를 더해가는 투르크의 술탄을 자극하지 않으려는 배려에서였다.

　바르바로는 이 대사관에서 가장 좋은 방인 대사의 응접실 창문 너머로 겨울날의 가냘픈 아침햇살에 젖은 콘스탄티노플을 바라보고 있었다. 모스크의 반원형 돔과 날카로운 칼끝을 하늘로 뻗고 있는 첨탑들. 이곳은 이슬람의 도시이다. 이 도시 콘스탄티노플을 차분히 바라보는 것이 얼마 만인가.

　본국 정부에 보낼 긴급 보고는 언제나처럼 두 가지 암호문으로 만들어 어제 각각 다른 방법으로 보내두었다. 이제 남은 것은 본국이 움직이기를 기다리는 것뿐이다.

하지만 자신이 해야 할 일이 아직 두 가지가 남아 있다.

비상 사태에 대비해 투르크제국 안에 있는, 특히 이곳 콘스탄티노플에 집중되어 있는 자국 상인의 보호책을 강구해두는 것과 밀 수입량을 늘리라고 베네치아 상관에 지시해두는 것이다.

식량을 자급하지 못하는 베네치아의 대투르크 수입에서 최대 비중을 차지하는 것은 투르크령인 흑해 주변 지역으로부터 밀을 수입하는 것이었다. 만일 이것이 중단된다면 베네치아는 상당히 곤란한 사태에 직면하게 된다. 지금 바르바로가 할 수 있는 것은 수입량을 늘리게 하는 것뿐이지만, 베네치아로서는 언젠가는 밀의 수입선 자체를 바꿔야 할 필요가 있었다.

그러나 이것은 본국 정부가 할 일이다. 베네치아의 해외 식민지 중 수출까지도 가능하리만치 밀이 많이 생산되는 유일한 장소는 크레타 섬이지만 지금은 겨울이다. 어떤 대책이 나오든 간에 밀의 수확이 끝나는 계절까지만이라도 사태가 더 이상 악화되지 않기를 신에게 빌고 싶어졌다.

베네치아 1569년 겨울

 사람에게는 진실을 간파하는 눈이 있다. 그러나 한편 진실이 길 바라는 것을 진실이라 믿고야 말 때도 왕왕 있는 법이다.
 콘스탄티노플 주재 베네치아 대사인 바르바로의 보고를 받은 직후의 베네치아 정부의 대응이 바로 그런 좋은 예였다.
 정보가 모자라는 것은 아니었다. 정보를 정확하고 객관적으로 파악할 의지와 능력이 모자라는 것도 아니었다. 그런데도 베네치아공화국 수뇌부의 대응은 도저히 민첩하다고는 할 수 없었다.
 베네치아의 외교 및 군사상 의결 기관인 원로원의 의견은 칼로 벤 듯 둘로 나뉘었다. 투르크가 키프로스 공략을 결심했다고 보는 일파와 이번에도 통상료 인상을 노리는 협박일 뿐이라고 주장하는 일파였다.
 공화제에서는 다수결로 모든 것이 결정된다. 더구나 원로원이 방향을 정하지 않는 한 비밀 결정권을 지닌 10인위원회도 발이 묶일 수밖에 없다. 이 상태에서 결의된 것이라곤 키프로스 구원

병의 고용과 국영조선소의 총력 가동뿐이었다.

 국영조선소에 관해서는 세 명의 귀족으로 이뤄진 특별 위원회가 설치되었다. 위원장으로 뽑힌 이는 아고스티노 바르바리고였다.

 바르바리고는 진심으로 기뻐하며 임무를 수락했다. 비첸차의 별장에 가지 않고 베네치아 시내에 머물 이유가 생겼기 때문이다.

 아침에 대운하 가에 있는 자택을 나서서 자가용 곤돌라를 타고 국영조선소로 출근했다. 그의 곤돌라는 그대로 조선소 안까지 들어갈 수 있는 특권을 받았다.

 오전중에는 사무소 안에서 기술자들과 토의하는 것에 시간을 보냈다. 군선 건조가 주목적인 만큼 선박 구조의 개량 문제와 관련해서도 열띤 토의가 이뤄진다. 뱃머리에 뾰족한 철봉을 붙인 것도 그 한 예이다. 적선의 동체를 들이받을 때는 보다 예리하고 강력할수록 좋은 것이다.

 범선에 노를 달고 대포를 장착한, 범선과 갤리선의 합성물 같은 '갈레아차'라는 배의 경우 대포의 위치를 검토할 여지가 아직 많이 있었다. 베네치아 해군에만 있는 이런 식의 배는 개발한 지 얼마 안 된 신무기였기 때문이다.

 점심은 조선소 안에서 기술자들과 함께 했다. 기술자나 기능공들은 갖고 온 도시락을 먹지만 바르바리고는 때맞추어 집에서 날라오는 점심을 먹었다.

 점심 시간이 끝나면 매일같이 그 여자의 집으로 가서, 학교가 파한 뒤 집에 와서 점심을 먹고 그를 기다리는 소년을 데리고 조선소로 돌아왔다. 조선소에서 그녀의 집까지는 얼마 되지 않는다. 게다가 오후 일과는 주로 조선소 안을 돌면서 기술자들과 의논하는 것뿐이었다. 열 살 소년은 배 위에 오르거나 안에 들어가거나 하는 품이 이곳에서 일어나는 일들을 꽤나 즐기는 것 같았다. 아직 뺨이 뽀송뽀송한 나이의 소년은 눈을 반짝이며 바르바리고를 따라 공장 안을 돌았다. 가끔씩은 키가 큰 그를 올려다보며 어린애다운 질문을 퍼부어대기도 했다.

만종 소리가 울리고 광대한 조선소 안이 정적에 휩싸이면 바르바리고는 소년을 집에 바래다준 뒤, 베네치아 시가 전체의 반쯤 되는 거리를 걸어 집으로 돌아갔다. 이렇게 하루 일과가 끝났다.

아주 가끔씩은 소년의 어머니가 저녁 식사에 초대할 때도 있었다. 그런 날의 저녁 식사는 평소 검소한 그들의 생활을 엿보게 해주었다. 빈약한 음식과는 정반대로 그들의 행동거지는 웬만한 대귀족의 식탁에서도 찾아보기 힘든 품위로 가득 차 있었다.

몇 번 초대를 받은 끝에 바르바리고는 여태껏 몰랐던 사실들을 알게 되었다.

여자의 이름은 플로라. 바르바리고도 들으면 알 만한 피렌체 명문가에서 나고 자란 사람이었다. 베네치아 대사의 비서관으로 피렌체에 머물던 남편이 그녀를 보고 첫눈에 반해 결혼을 하게 되었고, 베네치아에서 살게 되었다고 한다. 하녀는 원래 그녀의 유모로, 결혼할 때 그녀를 따라와서는 지금까지 함께 살고 있다고 했다. 당연히 아들은 베네치아에서 태어났다.

남편의 양친은 다른 나라 여자와 결혼한 장남보다는 베네치아 귀족 집안 딸과 결혼한 둘째 아들을 더 아꼈고, 장남이 죽자 대운하 근처에 있는 저택에는 둘째 아들의 식구들이 들어가 양친과 함께 살기 시작했다. 그래서 이 셋집을 빌려 나와야 했다.

그래도 피렌체 친정에는 돌아갈 수가 없다. 소년은 베네치아 귀족의 적자(嫡子)인 것이다. 스무 살이 되면 공화국 국회의 의석이 주어지고 서른이 되면 원로원 의원으로 뽑힐 자격도 얻을 터였다.

피렌체 친정집의 양친은 이미 돌아가셨고 집안은 오빠가 상속했다. 결혼할 때 양친께서 주신 피렌체 시내의 집과 교외 별장을 판 돈에다가 결혼 당시의 지참금을 합쳐 국채를 사서 그 이자로 생활하고 있었다. 베네치아공화국에서는 전사자라도 귀족일 경우에는 유족에게 연금이 지불되지 않았다.

이 곤궁한 생활도 그녀의 기를 죽이지는 않은 듯했다. 지금은 아들을 당당한 베네치아 시민으로 길러내는 것 외에 아무것도 생각지 않습니다라고 또박또박 말했다. 그러더니 이내 표정을 누그러뜨리고는 명랑하고 즐겁게 지내는 아들을 보니 얼마나 기쁜지 모릅니다, 모두 당신 덕분입니다, 정말 고맙습니다라고 말했다.

플로라는 언제 만나더라도 행동거지가 전아하고 의연한 여자였지만, 그 태도는 어느 때인가 바르바리고가 입에 올린 말로 인해 변하기 시작했다. 아니, 변했다기보다는 무너져내렸다고 해야 할까.

"씩씩하게 파도를 가르고 나아가는 배를 바다 멀리서 보고 있으면 모두 완벽한 상태에 있는 것 같지만, 그런 배라도 때로는 항구에 머물 필요가 있습니다. 항구에 들어가서 휴식을 취하고 노후된 부분을 수리도 하고. 그래서 어떤 배든지 항구가 필요한 겁니다."

이 말을 한 것은 저녁 식사를 마친 뒤 응접실에 있을 때였다. 소년도 하녀도 없었다. 난로 안에서 틱틱 소리를 내며 장작이 타고 있었다. 난로 앞에는 그와 그녀 둘만이 있었다.

바르바리고의 말을 듣고 있던 플로라의 검은 눈동자가 흐려졌다. 이내 눈물이 맺히고 한 줄기 선을 그리며 볼 위를 흘렀다.

눈물은 한동안 멎지 않았다. 그녀는 소리없이 흐느끼고 있었다. 바르바리고는 처음 만난 그날처럼 여자의 양손을 끌어다 두 손으로 꼭 쥐었다. 하지만 이번에는 바로 놓지 않았다. 오랫동안 그대로 있었다. 이윽고 남자는 눈물로 젖은 그녀의 손에 조용히 입맞추었다. 희미하게 바다 냄새가 났다.

남자는 항구를 빌렸다. 여자와 만나기 위해 작은 집을 빌린 것이다. 조선소와 그녀의 집 중간쯤에 자리잡은 곳이었다. 도심에서 떨어져 있어 남의 눈에 띌 우려도 없다. 장사하러 온 외국인들을 위한 셋집이 많은 베네치아였으므로 이런 집을 빌리느라 고생할 이유는 없었다. 입구가 따로 달린 방 두 개짜리 작은 집이었다.

바르바리고는 플로라의 집이 그녀에게 항구가 될 수 없음을 알고 있었다. 삼층까지 있다 해도 저택이라 하기엔 부족한 집,

그곳에서 아들과 하녀와 함께 사는 것이다. 게다가 그 집에서 플로라는 어디까지나 어머니일 수밖에 없었다.

남자는 여자에게 아무 말 없이 열쇠를 건넸다. 주소도 알려주었다. 그리고 날짜와 시간도 전했다.

한 번 빙그르르 돌면 다 볼 수 있는 작은 방이다. 바르바리고는 그 방에서 기다리고 있었다. 안 올지도 모른다. 그런 생각이 들자 평소와 달리 초조해지기 시작했다. 그답지 않게 방 안을 이리저리 걸어다니기도 했다.

그때였다. 익숙지 않은 자물쇠에 열쇠를 맞추는 소리가 들렸다. 주눅든 손짓이 내는 둔탁한 소리였다. 그는 방문으로 뛰어갔다. 그가 방문을 여는 것과 동시에 밖에서도 문이 열렸다. 열린 문 건너편에 그녀가 있었다.

두 사람은 한마디도 하지 않았다. 집 안으로 맞아들이자 플로라는 돛을 접은 배가 항구로 미끄러져 들어오듯 남자의 품에 기대었다. 이 여자에게는 내가 필요하다, 바르바리고의 가슴을 메운 단 하나의 생각이었다.

베네치아 1570년 봄

베네치아공화국은 사시사철 동지중해를 감시하는 상설 함대를 보유한 유일한 국가였다. 뿐만 아니라 다른 나라라면 무장을 해제하는 겨울에도 해양 감시를 늦추는 일이 없었다.

다른 나라의 경우에 겨울부터 다음해 봄까지 출항하는 배라고는 기껏해야 상선뿐이었다. 상선도 꺼려하는 겨울 항해를 군선이 할 이유가 없었던 것이다.

배는 항구로 들어와 조선소에서 수리를 받거나 육지로 인양된 상태에서 봄이 오기를 기다린다. 노잡이도 승무원도, 그리고 군선에만 있는 수많은 전투원들도 이 기간에는 해고되었다가 봄이 오면 다시 고용되곤 했다.

물론 베네치아라고 해서 다른 나라와 아주 많이 다른 것은 아니었다. 다만 겨울철 해상 경계에 임할 소함대 정도는 남겨둔 것뿐이었다. 이처럼 군선이 일년 내내 무장을 풀지 않는 것이 당연시되었기 때문에 조선소 또한 언제 어디서든 필요할 경우 함대를 파견할 수 있도록 준비를 갖춰놓아야 했다.

평시에도 겨울철의 베네치아 경비선은 다음과 같은 식으로 배치되고 있었다. 상선의 왕래가 많아지는 봄부터 가을까지는 같은 편제에 수가 두 배로 늘어난다.

먼저, 베네치아가 있는 아드리아 해의 북반부를 경계할 전력으로 갤리선 열 척이 상시 출동 태세를 갖추고 베네치아 항에 상주한다.

그리고 아드리아 해의 출구를 지키는 코르푸 섬에는 아드리아 해 남반부와 그리스 남서 해역 경비용으로 여섯 내지 여덟 척의 갤리선이 주둔한다.

이 함대의 사령관을 '만 경비 함대 사령관'(카피타노 델 코르포)이라 불렀다. 베네치아 해군의 요직 중 요직이다. 오늘날 아드리아 해로 불리는 이 일대의 바다는 이 시대만 해도 아직 '베네치아의 만'이라 일컬어지고 있었고, 그 입구에 있는 코르푸 섬은 베네치아의 실질적인 외항이었다.

코르푸에서 더 남쪽으로 내려가면 잔테 섬이 보인다. 이 근해는 대형 갤리선 한 척이 상시 순항하고 있었다.

에게 해로 들어서면 동지중해 최대의 기지 크레타 섬이 버티고 있다. 베네치아 직할령인 크레타에는 여기서부터 북아프리카에 이르는 해역을 담당하는 경비 함대가 배속되어 있었다. 겨울철에도 갤리선 네 척 정도가 상시 경비 태세에 임했다.

이 크레타로부터 동쪽으로 나아가면 지중해 동쪽 끝에 위치한 키프로스 섬이 있다. 역시 겨울철에만도 네 척의 군선이 주둔하는 곳이다. 대투르크 전선의 최전방 기지이기도 했기 때문이다.

바르바리고가 불과 몇 개월 전까지 지휘한 것이 바로 이 키프로스 주둔 함대였다.

물론 함대의 배속지가 철저히 고정된 것만은 아니다. 각 기지에 주둔한 함대는 일이 생기면 그 즉시 분쟁 지역으로 이동한다. 이렇게 여러 기지에 주둔한 함대들이 합동 작전을 펼 경우 그 지휘는 코르푸 섬 주재 사령관이 맡고, 본격적으로 전쟁이 터지면 본국 정부가 임명하는 최고사령관이 본대를 이끌고 남하해 온다. 그럴 경우 코르푸 사령관 이하 각 기지의 함대 사령관들은 즉각 '바다의 총사령관'(카피타노 제네랄레 다 마르)이라는 직함의 베네치아 해군 최고사령관 밑으로 들어가게 된다.

1569년부터 1570년에 걸친 시기에도 코르푸, 크레타, 키프로스의 각 기지에 배속된 함대는 언제나처럼 겨울을 맞으며 봄을 기다리고 있었다. 이 세 섬에는 본국에 있는 것만큼은 안 되어도 당시 최고 수준의 기술과 설비를 갖춘 조선소도 완비되어 있었다.

그러나 이들 해외 기지의 조선소가 올해도 여느 해처럼 상선의 수리까지 떠맡은 데 반해, 베네치아 본국의 조선소는 그렇지 않았다. 상선은 사립조선소로 돌리고 군선만 건조하라는 명령이 비밀리에 전달된 것이다.

그 때문에 바르바리고도 키프로스에 있을 때와는 달리 여기서는 군선만을 생각하면 되었다.

1570년 이른 봄에 베네치아 국영조선소에서 건조하고 있던 배

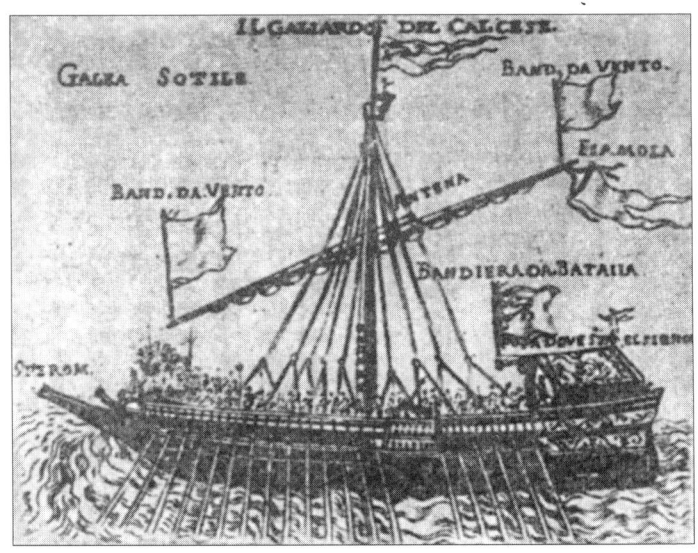

갤리 군선(베네치아)

갈레아차

는 크게 나눠 다음 세 종류였다.

첫째는 통칭 '가느다란 갤리선'(갈레아 소틸레)이라 불리는 갤리 군선이었다.

길이 40여 미터, 너비 4미터, 높이는 동체가 물에 잠기는 한계선인 흘수선(吃水線)을 기준으로 1.5미터 남짓 되었다. 돛대는 보통 하나였다. 이 돛대 위에 비스듬히 걸린 가로대인 활대는 길이가 40미터나 되었고, 순풍일 경우 여기에 큰 삼각돛을 폈다. 다양한 크기의 돛을 갖춰 바람의 세기에 맞출 수 있도록 해두었다.

선교는 선미에만 있다. 하지만 이런 유형의 배일 경우 선교라 해도 고정된 지붕이 있는 것은 아니고 대부분은 바구니를 엎어놓은 것같이 생긴데다 돛과 같은 질감의 튼튼한 천을 덮어놓아 최소한도로 필요를 충족시킨 데 지나지 않았다.

군선인 만큼 승선감 따위는 완전히 무시된 것이나 마찬가지였다. 즉 레이스 전용 요트와 같은 개념으로 만들어진 배였다.

뱃머리에는 끝을 날카롭게 연마한 철제 충각이 새 부리처럼 길게 튀어나와 있다.

이런 군선에는 보통 160명의 노잡이가 승선해 160개의 노를 다루고, 돛이나 닻을 다루는 항해 기술상의 필요에 따라 20명의 승무원이 승선했으며, 포수 등이 포함된 전투원은 최소 60명 정도가 들어갔다.

이 경우 전투원 수에서 다른 나라의 군선에 비해 떨어진다. 하지만 베네치아의 노잡이는 다른 나라, 특히 이슬람의 배와 달리 사슬에 묶인 노예가 아니라 자유민이었다. 그렇기 때문에 여차

하면 그들도 전투원으로 투입될 수 있으므로 필요 최소한의 병력만 승선시켜도 큰 무리는 없었던 것이다. 대포는 뱃머리에만 배치된다.

두번째 유형은 방금 말한 가느다란 갤리선을 한층 더 키운 배였다.

돛대 세 개에 노잡이만도 200명을 넘어서고 배높이도 두 배, 선교도 뱃머리와 선미 두 군데에 설치되었다. 선미에 있는 선교는 지붕다운 지붕을 갖춘 거주가 가능한 공간이다. 이 역시 대포는 뱃머리에만 있었다.

이 대형 갤리선은 오로지 상선으로만 쓰이는데, 군선으로 쓰일 경우엔 사령관 승선용, 즉 기함으로 배치될 때가 많았다.

가느다란 갤리선보다 큰 만큼 움직임이 둔했다. 바꿔 말하면, 가느다란 갤리선이 군선으로 활용된 이유는 움직임이 자유로웠기 때문이었다 할 것이다.

이 대형 갤리선은 곧 기함이기도 했던 만큼, 일반 갤리선이 짙은 갈색으로 도색된 반면 온통 붉은색으로 칠해졌다. 노까지도 붉은색이었다. 속칭 '베네치아 적색'(로소 베네치아노)이라 불리는 색, 정확히 말해 거무스름한 기가 도는 등적색으로서 금실로 성 마르코의 사자를 수놓은 베네치아 국기와 같은 색이었다.

언제나처럼 함께 조선소 안을 돌던 플로라의 아들은 이제 어느 정도 친해진 그에게 저 배엔 누가 타느냐고 물었다. 그들의 바로 앞 독(dock)에서 기함 두 척의 마무리작업이 한창이었기 때문이다. 바르바리고는 곁에 선 소년을 미소 띤 얼굴로 바라보며 아직은 누가 탈지 정해지지 않았다고 말해주었다. 그때만 해도 그 중 한 척에 자신이 타게 되리라고는 꿈에도 생각해보지 않았다.

국영조선소에서 건조중인 배 중에는 사람들의 이목을 집중시키는 배가 또 한 종류 있었다. '갈레아차'(보통 영어식 명칭인 '갈레아스'로 통한다-옮긴이)라 불리는 배이다. '잡종'(바스타르다)이라는 애정 어린 별명까지 얻은, 범선과 갤리선의 특색을 합쳐서 만든 배였다. 16세기 후반 베네치아 해군이 고안해냈으며 아직 다른 나라에서는 찾아볼 수 없는 신무기이기도 했다.

길이는 45미터로 기함용 갤리선보다는 짧은 편이지만, 너비는 10미터 가까이 된다. 게다가 높이는 흘수선부터 따져도 10미터에 달해 범선과 맞먹었다.

삼각돛을 주로 쓰지만 사각돛도 갖추고 있으며 돛대 역시 주로 쓰는 세 개에다가 선미에 하나 더 설치되었다.

당연히 범선과 갤리선의 합성품인 만큼 바람 없이도 움직일 수 있게 노가 마련되어 있다. 갤리선과 다른 점은 노잡이들의 위치가 갑판 위가 아니라 갑판 바로 밑 계단 같은 데로 설정되어 있다는 점이었다.

이는 갤리선이 적과 접근전을 전문으로 한 데 반해 좀 떨어져서 적선에 포격을 가하는 것을 주목적으로 한 갈레아차에서는 노잡이까지 전투원으로 동원할 필요가 거의 없었기 때문이었다. 이처럼 갑판 밑에 노잡이를 배치했을 때 생기는 이점은 그들을 적의 포격에서 막아줄 수 있다는 것이었다.

단, 갈레아차는 날씬하고 낮은 갤리선에 비해 바람과 공기의 저항을 받을 확률이 높은데다 덩치가 크기 때문에 움직임이 둔했다. 하지만 갈레아차는 어디까지나 해상 포대로 생각하고 만든 배임을 잊어서는 안 된다. 뱃머리에 마련된 포대는 3층짜리 원형 선교 전체를 활용한 것으로, 합계 10문의 대포가 270도 각도 전체를 사정권 안에 둘 수 있도록 배치되어 있었다.

좌·우현 각각에 대포 4문씩이 배치되었고 선미 쪽 선교에도 소형이긴 하지만 11 내지 12문의 대포가 장착되어 있으므로 배 전체가 포대라 해도 좋았다. 소총까지 포함하면 이론적으로는 60발에 달하는 탄환을 동시에 발사하는 것도 가능했다.

이런 이상 승무원도 대폭 늘 수밖에 없어서 한 척당 400 내지 500명이 탑승했다.

사람이 부족한 베네치아에서 인해전술은 꿈같은 얘기다. 그렇기 때문에 바다에서 대포를 사용하는 것은 자원 절약인 동시에 이 인기 있는 무기의 가장 효율적인 사용법이기도 했다.

그러나 갈레아차만으로는 해전을 벌일 수 없다. 투르크는 대체로 소형 갤리선(보통 '갤리엇'으로 통한다-옮긴이)으로 밀어붙이기 때문에 기동성이 떨어지는 갈레아차가 불리할 때도 많은 것이다. 그래서 종래의 갤리선과 갈레아차를 병용하는 전술을 베네치아는 고안해냈다. 풍향이 자주 바뀌는 지중해에서는 돛에만 의지할 경우 도저히 전투를 계속할 수 없었기 때문이다.

1570년 초두의 베네치아 국영조선소는 갤리선 기준으로 하루

한 척을 진수할 수 있는 능력을 갖추고 있었다. 이런 능력이 있었기에 불과 몇 개월 만에 150척의 갤리선과 12척의 갈레아차, 그리고 30척 이상의 대범선을 진수할 수 있었던 것이다. 대범선은 전투에 직접 참가하진 않지만 군량이나 탄약을 운반하는 임무를 띠었다. 이 정도 건조 능력을 지니고 있던 조선소는 16세기 당시 베네치아 외에는 어디에도 없었다.

그렇지만 기술력만으로 전쟁이 판가름되는 것은 아니다. 특히 도시국가 베네치아는 엄두도 못 낼 광대한 영토에 기반한 영토국가들의 진출이 눈부셨던 16세기, 베네치아의 적은 당시 세계 최대의 판도를 자랑하던 투르크제국이었다.

1570년 2월 중순, 베네치아 시에 한 그리스인이 도착했다. 술탄의 친서를 갖고 온 그 사내는 베네치아 시내에 있는 프랑스 대사 저택에 머물렀다.

전문 외교관이 없는 투르크에서는 다양한 언어 능력이 필요한 외교 업무의 속성상 중요한 임무까지도 피지배민족인 그리스인이 맡아볼 때가 많았다. 외교관이 없다는 것은 상설 대사관도 없다는 얘기이므로 투르크의 사절이 베네치아에 와 머물 때는 호텔을 사용할 때가 많았다. 그런데 최근 수년 간 투르크와 프랑스가 동맹관계를 이어온 연유로, 이해에 투르크의 사절로 온 그리스인을 베네치아 주재 프랑스 대사관이 빈객으로 맞이한 것이다.

2월 27일, 이 그리스인은 원수 관저 안의 원로원 회의장에 출석해 술탄의 친서를 읽은 다음 회답을 요구했다. 실로 고압적인 어조로 일관한 친서의 핵심은 키프로스 섬의 '반환' 요구였다.

회의장의 공기가 착 가라앉았다. 그 즉시 술탄의 요구에 따를 것인지를 놓고 투표가 행해졌다. 220표 중 199표가 반대였다.

베네치아공화국은 투르크제국의 요구를 거부했다. 1540년 이래 30년 간 지속된 휴전 상태의 종결이었다.

전운은 다른 어디보다도 국영조선소에 짙게 드리웠다.

급거 동원된 임시직 기능공과 여성 노동자들의 망치 소리가 높이 울려퍼지는 한편으로 돛을 깁는 손길이 바쁘다. 조선소 안에서 볼 수 있는 선원들도 늘어났고, 각 군선별로 탑승할 기술자들의 배속도 완료되었다.

다들 미친 듯 일하는 조선소. 바르바리고는 이런 곳으로 소년을 계속 데려오는 것은 무리라고 생각했다. 소년은 굉장히 섭섭한 눈치였지만 말을 잘 듣는 아이였다. 하지만 소년의 어머니를 만나는 것까지 그만두지는 않았다.

2월 말쯤, 그는 갑작스럽게 해임 통고를 받았다. 그리고 비밀리에 소환된 10인위원회 방에는 또 다른 임무가 그를 기다리고 있었다.

간단히 10인위원회라고만 부르는 이 위원회는 그 평범한 이름 뒤에 엄청난 권력을 숨겨둔 기관이었다.

10인위원회라 불리지만 실제로는 열일곱 명으로 구성된다. 열 명의 위원과 원수(도제), 그리고 여섯 명의 원수 보좌관 등이었다.

원수는 종신제이지만, 다른 열여섯 명은 임명 시기야 제각각 일지언정 한결같이 1년 임기로 선출된다. 열여섯 명 모두 원로원 의원들 중에서 선출된다. 대체로 고령자이게 마련인 원수가 고령자를 대변하는 한편, 여섯 명의 원수 보좌관은 5, 60대가 대부분이었고, 그외 열 명의 위원은 3, 40대에서 뽑힐 때가 적지 않았다. 베네치아공화국 국정 담당자의 각 연령층을 적절히 대변할 수 있는 구조인 것이다.

 10인위원회는 어떤 사안을 비밀리에 신속히 결정해야 할 경우, 때로는 원로원이나 국회에 안건을 상정하지 않고 독자적 판단에 따라 행동할 권한을 지닌 기관이었다. 당연히 처리해야 할 사안들의 성격상 이 기관에서는 극비 정보를 취급하기도 했다. 그 때문에 이 위원회로부터 어떤 일을 위임받는다는 것은 작업의 전 과정이 베일 뒤에서 행해져야 함을 의미했다. 바르바리고에게 부여된 임무도 여기서 크게 어긋나지는 않았을 것이다. 출발까지는 사흘의 여유가 주어졌을 뿐이다.

에게 해 1570년 봄

 솔직히 말해서 아고스티노가 당시 어떤 밀명을 받고 베네치아를 떠났는지 나는 알지 못한다. 베네치아 고문서보관소에 남아 있는 10인위원회 관계 사료를 철저히 조사해보면 알 수 있을지도 모르지만, 이것까지 조사해보지는 못하고 레판토 해전 당시의 중요 사료들만을 보았기 때문이다. 내가 본 사료에는 밀명의 내용까지는 나와 있지 않았다.

 그래도 그의 행적을 좇는 것은 가능하다. 그리고 그 행적과 다른 사료들을 합쳐 생각해보면 대체적인 내용은 상상이 가능해진다.

 1570년 2월, 베네치아 정부는 코르푸 섬 군정관(軍政官, 프로베디토레)으로 세바스티아노 베니에르를 선출했다.

 프로베디토레란 베네치아공화국 특유의 관직명인데, 이 경우엔 민정 담당 총독(고베르나토레)과 동급으로서 군사상 모든 것에 관한 최고책임자를 가리키는 말이었다. 코르푸는 베네치아 기지 중 가장 중요한 곳이었으므로 이 섬을 담당할 군정관을 뽑는 것은 대사의 선출과 맞먹는 중요성을 띠고 있었다.

밀명을 받아 베네치아를 떠난 바르바리고에게 부여된 직함도 프로베디토레였지만, 이 경우엔 어원 그대로 시찰관 혹은 감찰관이라 옮기는 쪽이 알기 쉬울 것이다. 요컨대 임전 태세에 들어간 베네치아의 해외 주요 기지를 순회하면서 응전 태세를 시찰하는 것이 주임무였으리라 생각된다. 단, 투르크를 쓸데없이 자극하지 않기 위해 공식적으로 선출하지 않고 비공식적으로 임명했음에 틀림없다.

특별히 무얼 하는 것이 아니라 시찰이 주목적이었던 바르바리고는 임지로 가는 베니에르를 위해 마련된 쾌속선에 동승했다. 이 역시도 10인위원회의 결정 사항이었다.

세바스티아노 베니에르와는 구면이었다. 6년 전 베네치아공화국과 오스트리아의 합스부르크 왕가 사이에 벌어진 국경 분쟁 때 그 해결을 위해 열린 회의 석상에 동석한 적이 있는 사이다. 당시 수석 대표였던 베니에르와 달리 바르바리고는 그때 대표단의 말석에 가까웠다.

아는 사람은 다 알고 있는 베니에르의 불 같은 성격은 이미 그때 아주 가까이서 충분히 보았다. 일흔네 살의 나이가 무색하리만치 여전히 불 같은 성격을 지닌 이런 사내를 코르푸 수비의 최고책임자로 선출한 것 자체가 투르크에 맞서 어떤 행동이든 취해야 한다고 판단한 베네치아공화국의 의사 표시였다.

3월, 코르푸 섬에서 베니에르와 헤어진 바르바리고는 다른 갤리선을 타고 크레타로 향했다. 크레타 섬 북안에 서쪽에서 동쪽으로 염주처럼 늘어선 여러 도시, 곧 카네아, 수다, 레티모, 수도 칸디아, 그리고 바다에 고립된 난공불락의 성채로 이름 높은 스피나롱가 등의 각 기지를 상세히 시찰하는 것이 목적이었다.

투르크는 당장 크레타까지 공략할 의사는 없어 보였다. 하지만 술탄의 한마디로 세상이 바뀌는 나라가 투르크제국이었다. 크레타 섬의 중요성을 알면서도 방위 준비를 게을리하는 것은 한치도 용납되지 않았다.

일찍이 세바스티아노 베니에르는 원로원 회의장에서 연설을 하던 도중 베네치아공화국에 해외 기지가 어떤 가치를 지니는지 정리해 보인 적이 있다. 이것은 당시 베네치아인들의 일반적인 생각이기도 했다.

코르푸 섬은 우리 바다의 현관.

잔테 섬은 동지중해를 오가는 모든 배에 개방된 항구.

키프로스 섬은 베네치아 수출품 중 가장 중요한 소금의 산출지이자, 역시 고급 수출품인 포도주와 면화를 내어놓는 땅. 또한 우리나라의 국경선과 같은 곳.

크레타는 동지중해 해외 기지 중 가장 크고 가장 중요한 곳. 그 중요도는 타의 추종을 불허함.

이 크레타에서 바르바리고는 오랜 친구인 안토니오 다 카날레와 재회했다.

카날레 가도 바르바리고 가처럼 오랜 역사를 자랑하는 베네치아 귀족 집안이지만, 이 사내에게서는 귀족의 티가 전혀 안 난다. 바르바리고가 육체적으로도 태도상으로도 품격 높은 우아함을 뿜어내는 사람인 데 반해, 동년배인 카날레는 약간 뚱뚱한 듯한 거구에다가 태도는 선원들 속에 섞여 있는 쪽이 더 자연스러워 보이는 그런 사람이었다. 그렇지만 지배계급에 속한 사람의 의무감으로 충만한 그 기질은 당시의 여느 베네치아 귀족에 못지않았다.

이 사내에게는 지휘관이면서도 전투 때 갑주를 입지 않는 희한한 버릇이 있었다. 강철 갑주를 입으면 안전할지는 몰라도 행동이 불편해서 영 아니라는 게 그의 주장이었다. 그 대신 안에 솜을 넣고 누빈 하얀 옷에다 두건을 뒤집어쓰고 전투에 나섰다. 발목까지 누비옷으로 감싼 모습은 오늘날의 스키복 같아 보였을 것이다.

대체로 어두운 색의 옷을 입은 병사들 틈에 있으면 꼭 거대한 백곰 같아 보였다. 이런 꼴로 맨 앞에 서서 싸우느니만큼 싫어도 눈에 띄게 마련이다. 그 모습에 투르크 병사들은 '몽골 백곰'이라 부르며 겁먹곤 했다. 이 이채로운 전투복은 전투가 끝난 뒤면 으레 적의 피로 새빨갛게 물들어 있었다.

옛 친구 카날레가 제공해준 갤리선을 타고 바르바리고는 키프로스로 향했다.

호위용 갤리선 두 척을 대동한 항해였다. 크레타 섬 근해를 빠져나오면 바로 적의 영해이므로 키프로스는 적중(敵中) 기지인 셈이다.

크레타에서 키프로스로 가는 도중 만나게 되는 로도스 섬은 1522년 이래 투르크령이었다. 또한 지중해 동안에 붙어 있듯 떠 있는 섬 키프로스에서 순풍을 안고 출발하면 하룻밤 만에 갈 수 있는 투르크령 소아시아의 남단에 붙어 있는 섬이기도 하다.

바르바리고를 태운 배는 서쪽에서 불어오는 순풍을 안고 다행히 적선을 한번도 만나지 않은 채 동쪽으로 향했다. 노를 쓸 필요도 없을 정도였다. 단, 전속력으로 나아갈 때의 갤리선은 삼각돛에 가득 바람을 안고 가는 만큼 배가 좌우 어느 한쪽으로 기울게 마련이다. 선실에서는 잠도 제대로 잘 수 없다.

얼핏 잠이 들었던 바르바리고는 딱딱한 침대 한켠으로 몸이 기울면서 눈을 떴다. 이불은 어느샌가 발치께에 엉켜 있다. 몸을 일으켜 이불을 끌어올리다가 순간 그 부드러운 감촉에 문득 그녀를 떠올렸다.

플로라와 자기가 열다섯 살 차이가 남을 처음 알았던 밤이었다. 미처 알지 못했지만 어쩌면 그녀와 자기가 지금까지 여러 번 스쳤을지도 모른다는 것도 처음 알았다.

바르바리고는 스무 살 때 사절로 파견된 아버지를 따라 피렌체에 간 적이 있다. 그 도시에, 그것도 바르바리고 부자가 머물던 집과 같은 길에 있던 집에 다섯 살 난 플로라가 살고 있었던 것이다.

그로부터 15년 뒤, 에스파냐 왕 펠리페 2세의 즉위식에 참석한 베네치아 사절단의 일원으로 마드리드로 갔다. 정말 우연히도 플로라 역시 그때 마드리드에 있었다. 외동딸을 애지중지 아끼던 그녀의 아버지가 장삿길에 나서면서 딸을 데려온 것이다. 한시도 딸을 떼어놓고 싶지 않아 결혼 얘기가 들어오는 것도 다 잘라버리던 아버지였지만, 베네치아 귀족의 끈질긴 청혼에 끝내 뜻을 굽힐 수밖에 없었던 것은 바로 이 마드리드 여행 직후였다.

여자는 남자의 팔에 안겨 깊은 한숨을 쉬며 말했다. 왜 신께서는 이제서야 우리를 만나게 하신 걸까요. 남자는 답했다, 우리가 서로를 필요로 하게 될 때까지 기다리셨을 거라고. 마드리드에서 만나게 하셨으면 벌써 오래전에 결혼했을텐데……. 불만스럽다는 투로 중얼거리는 여자의 말에 남자는 아무 말 없이 미소지으며 여자의 머리를 가볍게 쓰다듬었다.

일단 그 생각이 나자 무엇을 보든 플로라가 떠올랐다. 물보라가 튀어올라 미소짓는 그녀의 뺨에 흐르던 눈물에 입맞추었던 밤을 생각나게 했다. 그날 밤 여자는 사랑한다고 말했다. 애무 뒤의 나른한 꿈결 속에 중얼거리던 이 말을 들을 때마다 아련한 그리움이 밀려오곤 했다.

키프로스에 도착한 바르바리고는 처리해야 할 임무 수행에 곤란을 겪지는 않았지만 마음이 무거워졌다. 반년 전 귀국 보고를 했을 때보다 전혀 나아지지 않은 것이 키프로스의 상황이었다. 베네치아 정부는 근본적인 대책은 무엇 하나 세워놓지 않았던 것이다.

키프로스 섬은 지중해에서 시칠리아, 사르데냐 다음으로 큰 섬이다. 크레타가 더 큰 것 같지만 키프로스는 내륙부가 깊다. 베네치아공화국처럼 아무런 영토적 야심도 없이 그저 거점 기지만 확보할 수 있으면 된다는 태도를 가진 나라는 이런 경우 방위책이 허술해질 위험성을 안게 된다.

더구나 섬 내륙부에 위치하는 수도 니코시아는 평야 지대에 있는 도시이므로 대군을 투입해 포위하는 전술이 장기인 투르크를 상대할 경우 방위가 극도로 불리한 곳이다. 베네치아 본국에서 원군이 오더라도 그들이 입항할 여러 항구들과 수도 사이의 거리가 너무 멀고, 항구들끼리도 해안을 따라 뚝뚝 떨어져 있다. 키프로스 최대 최강의 성채라는 파마구스타 항구만 해도 니코시아에서 50킬로미터나 떨어져 있다. 이 외항과 수도 사이에 있는 것은 면화를 재배하는 광대한 평야뿐이었다.

이런 키프로스에 주둔한 방위 병력은 채 5천이 안 되었다. 하긴 평화를 누려온 지 이미 30년이고, 베네치아는 늘상 사람이 부족한 곳이긴 하다. 사람이 모자란다는 사정은 어제 오늘의 일이 아니었다. 물론 지금까지는 이 정도 병력으로도 충분히 잘 버텨왔다. 그렇지만 15세기 중반까지는 양이야 어쨌건 질만 확보되면 상당한 효력을 발휘할 수 있는 시대였다는 사정이 작용한 것일 뿐이다.

그것이 이제 시대가 바뀐 것이다. 오늘날, 1570년에는 적국이 양으로 공격해 오는 투르크이다. 좁쌀만한 로도스 섬을 공략하는 데 최소 10만 병력을 투입한 나라다. 로도스보다 훨씬 크고 군량 확보도 더 유리한 키프로스에, 비록 콘스탄티노플에서 더 멀다고는 하나 투르크가 10만도 안 되는 병력을 파견할 리가 없다.

주민은 그리스 정교도들이다. 콘스탄티노플 등 투르크 지배하의 여러 나라들처럼 그리스 주민이 많은 경우 그 지배에 순종하기만 하면 자신들의 종교는 지킬 수 있음을 알고 있는 사람들이다. 투르크의 영토가 되기보다는 베네치아의 상업 기지로 남는 쪽이 이 섬의 특색을 살려 생활을 윤택하게 하는 데 도움이 된다는 것을 이해하는 사람은 얼마 안 되었다. 결국 섬을 지키는 데 그리스인들의 도움을 기대하기는 힘들었다.

아고스티노 바르바리고가 베네치아로 귀국한 것은 4월 중순이 되어서였다. 돌아온 바르바리고의 눈앞에는 어딜 가나 전쟁을 이야기하는 조국 베네치아가 있었다.

3월 17일에 산 마르코 성당에서 엄숙히 정장을 차려입은 원수를 필두로 투르크에 맞서 전승을 기원하는 미사가 열렸다. 베네치아로서는 이것이 곧 정식 선전포고였다.

동시에 대투르크 통일 전선 결성을 촉구하는 공식 사절을 로마에 있는 교황 피우스 5세에게 파견했다. 이를 접수한 교황도 참가를 청하는 공식 사절을 에스파냐 왕 펠리페 2세에게 보냈다.

그리고 베네치아는 이제 공공연히 전쟁 준비에 돌입하기 시작했다.

3월 30일, 60척의 갤리선으로 이뤄진 함대가 키프로스 응원을 목적으로 산 마르코 선착장을 출항했다. '바다의 총사령관'(카피타노 제네랄레 다 마르)으로 뽑힌 지롤라모 자네가 지휘한다. 베네치아가 총력으로 임전 태세에 들어갔음을 이보다 더 잘 보여주는 것은 없었다.

바르바리고도 귀국을 위해 아드리아 해를 거슬러 올라가던 중 이 함대와 마주쳤는데, 달마치야 지방 최대의 베네치아 기지인 자라에 기항한다고 했다.

'바다의 총사령관'이 등장한 이상 코르푸를 지키는 세바스티아노 베니에르도, 크레타를 지키는 마르코 퀴리니와 안토니오 다 카날레도, 그리고 키프로스를 지키는 마칸토니오 브라가디노도 '바다의 총사령관'인 자네 밑으로 들어가게 되었다.

귀국한 바르바리고는 보고를 위해 며칠 간 연이어 10인위원회를 들락거린 뒤 다시 조선소에서 근무하기 시작했다. 플로라는 그 이름처럼 봄꽃 같은 환한 미소를 만면에 띠고 맞이해주었다.

그러나 콘스탄티노플의 봄은 베네치아보다 늦게 온다. 대사 바르바로는 한 달 전에 받은 10인위원회의 극비 지령에 따라 대사의 통상 업무 범위를 넘어서는 일에 매달리기 시작했다. 보스포루스 해협을 거쳐 오는 흑해의 북풍이 여느 때보다 더 깊이 살을 에는 듯한 나날이었다.

선전포고와는 별도로, 투르크와 화평관계를 지속할 수 있는 가능한 모든 수단을 강구하라. 이것이 10인위원회가 바르바로에게 내린 지령이었다. 원로원이 투르크의 요구를 단호히 거절한 바로 다음날 나온 밀명이었다.

베네치아공화국의 특기인 화전(和戰)과 동시 교섭이라는 태도가 다시 제시된 것인 만큼 그다지 놀랄 것도 없었지만, 실제로 교섭에 임하는 사람에게는 이보다 몹쓸 짓도 없다.

화평을 적극적으로 추진하면 상대가 이쪽을 우습게 본다. 그래도 어쨌든 간에 수단은 계속 찾아봐야 한다. 투르크가 약점을 쥐지 않도록 조심하면서, 즉 베네치아의 단호한 태도를 보여주면서 한편으로는 화평 의사를 타진하는 것도 게을리하지 않아야 했다. 더구나 말이 통하는 상대인 재상 소콜루는 완전히 소수파로 전락했다. 그렇다고 재상 자리에서 쫓겨난 것도 아니기에 바르바로의 교섭 상대는 의연히 재상일 수밖에 없었다.

이 상태에서 임무를 수행하려면 비밀 채널을 통해 교섭하는 수밖에 없었다. 바르바로의 눈은 만약의 경우를 위해 관계를 다져놓은 한 사람에게로 향했다.

아슈케나지라는 유대인 의사는 원래 재상 부인의 주치의였다가 언제부턴가 베네치아 대사 주치의도 겸하게 된 사람이다. 바르바로는 이 사내와 연락을 취하기로 했다. 그것도 거의 매일. 대사 바르바로가 꾀병으로 내세운 것은 설사병이었다.

로마 1570년 봄

고민으로 몸을 망쳐 설사병을 앓는다고 해도 이상할 것 하나 없는 베네치아 외교관은 마칸토니오 바르바로 외에도 한 사람 더 있었다.

조반니 소란초. 베네치아에서 이름 높은 명문가인 소란초 가의 일원이었다. 덧붙이자면, 바르바리고, 바르바로, 카날레, 베니에르 모두 당시 이미 400년의 전통을 자랑하던 귀족 가문이었다. 이들의 성은 베네치아뿐만 아니라 유럽 어디에 내놓아도 달리 소개가 필요없었다.

소란초 가도 수많은 고관을 배출한 집안이었지만 그 중 한 명인 16세기 초의 프란체스코 소란초는 이런 말을 남겼다.

"강국이란 전쟁과 평화를 마음대로 선택할 수 있는 나라입니다. 우리 베네치아공화국은 이제 더 이상 그런 강국이 아님을 인정해야 할 것입니다."

이름은 달라도 성은 같은 소란초인 조반니가 특명 전권대사로서 로마에 파견된 목적은 이 한마디로 요약된다 해도 좋았다. 16

세기의 베네치아공화국은 하루 한 척꼴로 갤리선을 진수할 수는 있어도 혼자서 투르크에 대항할 수는 없었던 것이다.

베네치아 정부가 이 중요한 임무를 상주 대사 한 사람에게만 맡기기에는 불안해서 특명 전권대사까지 보낸 근본적인 이유도 바로 여기에 있었다. 베네치아가 얼마나 교묘한지는 콘스탄티노플의 바르바로에게 하달한 밀명을 로마의 소란초에게는 완전히 비밀로 한 데서도 드러난다. 물론 그만이 몰랐던 것도 아니다.

조반니 소란초가 당시 몇 살이었는지는 분명치 않지만, 이전이나 이후 경력을 보건대 아마 50대였던 것 같다. 불혹도 넘고 지천명도 넘은 그가 자신의 모든 것을 쏟아부은 임무는 로마 교황의 회유였다.

피우스 5세가 로마 교황 자리에 앉은 것은 4년 전인 1566년. 올해로 66세이다.

교황 피우스 5세는 박수갈채 속에 즉위하기는커녕, 즉위 후 4년이 지날 때까지도 두려움과 의구심 어린 눈길을 받아야 했다.

교황으로 선출될 때까지 30년 간이나 이단재판소 판사를 맡아 보던 사람이었기 때문이다. 더구나 마지막 10년 동안은 이 방면의 최고책임자이기도 했다. 로마 가톨릭 교회가 지정한 금서를 팔았다는 이유로 서점 주인이 기소되어 가혹한 형무소 생활을 경험해야 했던 적이 있는데, 수도 없이 쌓인 책더미 속에서 용하게 그 책 한 권을 집어낸 사람이 바로 당시 추기경이던 그였다.

스코틀랜드 여왕 메리 스튜어트를 잡아둔 잉글랜드 여왕 엘리자베스 1세를 공공연히 비난한 것도 그였고, 프랑스에서 벌어진 신구 양파의 종교·권력 항쟁에서 노골적으로 카트린 드 메디시스 편을 든 사람도 그였다. 같은 이유로, 독일 지방의 프로테스탄트 군주들이나 홀랜드(네덜란드)의 시민 계급을 거리낌없이 비난하기도 했다.

이 교황은 가톨릭 교회 재건을 빌미로 프로테스탄트파가 반기를 든 지 오래인 이상, 재건 운동 자체에 엄격히 대응하는 수밖에 없다고 생각하는 사람이었다. 트리엔트 공의회가 가톨릭 재건책을 건의한 지 몇 년 되지도 않은 때, 세상은 예수회가 앞장 선 반종교개혁의 소용돌이 속에 있었다. 도미니크파에 속해 있던 피우스 5세도 모든 점에서 반종교개혁의 적자(嫡子)였다.

사람들이, 특히 이성을 숭상하는 전통을 지닌 이탈리아인이 이 교황을 의심과 두려움 속에 바라본 것은 로마 교황청이 온통 이단재판소가 되지나 않을까 걱정한 때문이었다. 하지만 아직 교황은 가톨릭 교회에 충실하지 않은 왕후들을 비난하느라 바빴고, 교황청이 있는 이탈리아 땅 자체는 원래부터 관용적인 곳이어서 잔혹한 고문으로 전 유럽을 황폐화시킨 이단 재판이나 산 채로 화형시키는 등의 비인도적인 처사에 휘둘리지도 않은 곳이다.

종교와 언론의 자유에 관한 한 당시 유럽에서 가장 관대했던 베네치아공화국으로서는 이 교황 피우스 5세만큼 마음이 안 맞는 사람도 드물었을 것이다. 그러나 베네치아에게는 다른 기독교국의 원조가 필요했다. 그리고 피우스 5세는 이교도와 이단이 뿌리뽑히는 그날까지 고기를 끊고 오로지 달걀만 먹겠다고 맹세한 사람이기도 했던 것이다.

그럼에도 불구하고 베네치아의 피우스 5세 회유는 전혀 간단한 문제가 아니었다.

광신적인 가톨릭교도인 피우스 5세가 이교도와 교역함으로써 강대해진 베네치아를 내심 증오하고 있음은 익히 알고 있는 사실이다. 그런 교황에게 오리엔트 상업기지가 위험에 처했다고 호소해보았자 과연 무슨 소용이 있을까. 게다가 교황을 회유함으로써 에스파냐 왕을 움직인다지만, 지중해의 베네치아 세력을 껄끄럽게 생각하던 에스파냐 왕으로서는 투르크의 키프로스 공략을 내심 반기면 반겼지 딱히 애석해할 이유도 없었다.

결국 베네치아가 택한 길은 달걀만 먹겠노라 맹세한 교황의 십자군 정신을 부추기는 것이었다. 단, 이는 어디까지나 피우스 5세 스스로가 결의하고 교황이 직접 나서서 다른 왕후들까지도 설득하는 것이어야 했다. 이를 위해 특명 전권대사 소란초도, 베네치아 본국의 10인위원회도 교황 피우스 5세의 십자군 결성 요청에 희색이 만면하여 응하는 따위의 행동은 하지 않았을 뿐 아니라 때로는 그 요청에 거스르는 언동까지도 서슴지 않았다. 적어도 표면적으로는 대이슬람 십자군의 주창자는 어디까지나 교황이어야 했다. 그렇지 않으면 원하는 효과를 기대할 수 없었기 때문이다.

교황 피우스 5세는 이런 술책에 완전히 넘어갔다.

키가 큰 교황 피우스 5세는 도대체 그 비쩍 마른 몸 어디에 그런 정열이 숨어 있었는지 의아하리만치 적극적으로 나섰다. 이리저리 말을 돌리며 끝내 확답을 주지 않는 에스파냐 왕 펠리페 2세 앞으로 로마의 특사가 꼬리를 물고 파견되었다. 에스파냐 왕이 약간이라도 언질을 주면 교황이 직접 나서서 즉각 이를 기정사실로 만들어버렸다.

베네치아공화국도 자주 그의 성미를 건드렸다. 하지만 교황은 화가 나면 날수록 대투르크 연합 함대 결성에 더 골몰했다.

그럼에도 불구하고 베네치아는 역시 초조했다. 키프로스의 운명이 풍전등화라는 사실이 그들로 하여금 주도면밀함을 잃게 했다. 기독교국 연합 함대를 하루빨리 결성하게 하려고 애쓴 나머지 자국 함대의 구성을 소홀히 한 것이다.

급조되었다는 느낌을 끝내 못 지운 채 조인된 1570년의 연합 함대가 어중이떠중이, 그것도 확실한 방책도 없이 지금 있는 자원을 그대로 모은 어중이떠중이에 지나지 않았음은 육전·해전을 불문하고 전쟁을 조금이라도 아는 사람들의 눈에는 여실히 드러났다. 그럼에도 어쨌든 한시바삐 일을 추진해야 할 필요가 있다는 것만은 누구든 인정하고 있었다.

에게 해 1570년 여름

 30년에 달한 투르크와의 평화는 역시 베네치아 정부의 임기응변 능력을 무디게 한 것 같았다. 일단 더 이상 평화는 없음을 사람들이 깨닫게 하는 것 자체가 어려웠다.

 또한 이 시기는 베네치아공화국 정부의 지주라 해도 과언이 아닌 원수의 교체기와 맞물려버렸다.

 베네치아 유일의 종신직인 원수는 죽지 않는 한 교체도 되지 않는다. 아무리 빨리 새 원수를 뽑아도 전임 원수의 발병부터 죽음, 그리고 새 원수의 선출에 이르는 기간에는 내각이 없는 거나 마찬가지였다. 새 원수로 선출된 모체니고는 대투르크 강경파였으므로 일단 취임한 뒤엔 행보가 빨랐지만 그전까지는 역시 공백 기간이 있게 마련이었다. 투르크는 이 기회를 놓치지 않았다.

 1570년의 연합 함대가 불발로 끝난 최대 원인은 연합 함대의 주요 구성국, 그래 보았자 베네치아와 에스파냐뿐인 이들 나라 간에 아무런 의견 일치도 이뤄지지 않은 상태에서 시작되었다는 것이었다.

에스파냐 왕 펠리페 2세는 교황 피우스 5세 같은 광신도가 아니다. 누가 뭐래도 연합 함대 결성의 직접적인 계기가 투르크의 키프로스 공략에 있음을 잘 알고 있는 것이다. 하지만 그는 '가톨릭 왕'이라는 존칭을 대대로 이어받아온 에스파냐 왕이다. 로마 교황의 요청을 무시하는 것은 가톨릭 왕으로서는 그다지 좋은 모습이 아니었다.

펠리페 2세는 교황의 요청을 수락했지만, 한편으로는 에스파냐 해군의 지휘를 맡긴 제노바인 잔안드레아 도리아에게 베네치아에 이로운 전투는 하지 말라는 밀명을 내려두었다.

베네치아로서도 확인은 하지 못할지언정 예측은 했던 일이다. 그 때문에 연합 함대 총사령관직을 도리아에게 맡기자는 에스파냐의 제의에 단호히 반대를 표명했던 것이다. 도리아는 용병대장이다. '지중해의 상어'라는 별명으로 알려지리만치 유명한 용병대장이었던 백부 안드레아 도리아는 이미 세상을 떠났지만, 제노바의 도리아 일족이라면 휘하 선박과 승무원을 거느리고 계약을 맺어 싸우는 바다의 용병 일족으로 유명했다.

안드레아 도리아 시대에는 처음에 교황청과 계약을 맺었고 이어서 프랑스 왕 밑에서 일하다가, 프랑스 왕의 철천지원수인 에스파냐 왕에게로 옮겨갔다. 에스파냐 왕에게로 간 것은 당시에도 스캔들이 되었으리만치 대담한 행동이었다. 그뒤로 죽 에스파냐 왕과 계약을 맺어왔고, 조카 잔안드레아의 시대가 열린 뒤로도 이는 마찬가지였다. 원래 용병이란 돈을 따라 행동하는 이들이다. 가뜩이나 에스파냐 왕의 진의가 의심스러운 베네치아가 이런 인물에게 자국의 해군을 맡길 마음이 들 리 만무했다. 똑같이 이탈리아어를 쓴다지만, 육군은 용병으로 채워도 해군만은 자국민으로 충당하는 베네치아와 당시의 제노바는 정반대라고 해도 과언이 아닐 만큼 서로 다른 존재였다.

더구나 베네치아는 연합 함대의 절반에 이르는 전력을 제공하고 있지 않은가. 총사령관 자리에 베네치아인을 앉히자는 주장이 강력히 개진되었다. 하지만 이는 에스파냐 왕이 받아들일 수 없었다.

마침내 로마 교황이 타협안을 제시했다. 총사령관으로 교황청 해군을 지휘하는 마칸토니오 콜론나를 임명하자는 것이었다. 이번에는 에스파냐와 베네치아 둘 다 고개를 가로저었다. 해상 전투의 경험이 없는 콜론나에게 총지휘를 맡기는 것은 누가 봐도 위험했던 것이다. 그러나 기독교국의 불협화음에 아랑곳없이 상황은 나날이 급박해지고 있었다.

7월, 투르크는 선박 300척에 10만 병사를 태우고 키프로스 남안에 상륙했다. 베네치아의 수비 태세가 완강한 북안은 나중에 칠 생각이었으리라. 남안에는 상선 기항용 항구가 몇 군데 있는 것을 빼고 나면 오로지 베네치아인이 경영하는 염전이 끝도 없이 이어져 있을 뿐이었다. 상륙 작전은 간단히 완료되었다.

그뒤 투르크는 일로 북상하여 수도 니코시아를 포위했다. 니코시아에는 베네치아 본국에서 파견된 소수의 지원 부대를 더해도 3천 명 남짓한 전투원이 있을 뿐이었다. 베네치아 정부는 위기가 뚜렷해진 뒤에도 키프로스 전체에 4천 명의 병력만을 증파했던 것이다.

'투르크, 키프로스 상륙'

소식을 접한 기독교 여러 나라들은 일단 콜론나를 총사령관으로 삼는다는 것만 결정하고는 각국 함대에게 집결지인 크레타 섬 수다 항으로 향하라는 지령을 내렸다.

1570년은 베네치아에 불행만 찾아든 해였다.

투르크의 선전포고에 분연히 일어선 지 한 달 만에 '바다의 총사령관'으로 선출된 지롤라모 자네 휘하 60척의 함대는 키프로스 구원을 내걸고 베네치아를 떠났다. 그러나 이 함대는 4월 중순에 자라에 기항한 뒤 이 항구 도시에서 두 달 동안이나 발이 묶였다.

아드리아 해를 3분의 1쯤 내려온 곳에 있는 자라에서 키프로스가 목적지인 함대가 두 달이나 머물러야 했던 것은 선원들과 전투원들을 엄습한 지독한 역병 때문이었다. 전장에 나서야 할 사내들이 고국에서 얼마 오지도 않은 이곳에서 하나씩 쓰러져 갔다.

두 달 뒤, 가까스로 역병이 진정되자 함대는 자라를 뒤로 하고 다음 기항 예정지인 코르푸 섬으로 향했다. 코르푸 섬에서 보낸 총사령관 자네의 보고서는 7월 5일자였다. 키프로스에 투르크군이 상륙한 지 닷새 뒤였다.

이곳 코르푸에서 베네치아 함대는 연합 함대 결성을 위한 집결지 크레타로 향하라는 본국 정부의 지령을 받아들었다. 남이탈리아의 오트란토 항구에서 합류할 예정인 교황청 함대와 에스파냐 함대도 크레타로 향할 터였다.

그런데 거의 없는 거나 마찬가지인 몇 척 안 되는 교황청 함대를 이끌고 오트란토에 도착한 콜론나가 도착 후 며칠을 더 기다려도 도리아가 이끌고 올 에스파냐 함대는 모습을 나타내지 않았다. 며칠 거리밖에 안 되는 메시나에 있으면서 오지 않는 것이다. 펠리페 2세의 출진 명령을 받지 못했다는 것이 이유였다.

역병으로 많은 병사를 잃긴 했지만 코르푸 및 크레타 조선소에서 진수된 배까지 합해 여전히 갤리선 130척이라는 규모를 자랑하는 베네치아 함대는, 집결지로 정해진 크레타 섬의 수다 항에 닿은 뒤 8월 4일에 이르러서는 언제든 출진해도 좋을 채비를 갖춰놓은 채 대기하고 있었다. 키프로스에서 격전이 펼쳐지고 있으리라는 것은 누구든 상상할 수 있다. 그린데도 콜론나도 도리아도 모습을 보이지 않는다. 한여름 더위는 역병에 지친 병사들을 잔인하게 괴롭히고 있었다. 다시 역병이 돌지도 모른다는 생각에 지휘부의 속이 타들어갔다.

도리아는 8월 19일이 되어서야 오트란토에 도착했다. 기다리던 콜론나가 도리아를 심히 야단친 뒤에 함대는 크레타를 향해 출발했다. 하지만 도리아가 끌고 온 것은 자기 휘하의 선박과 선원, 병사들뿐이어서 에스파냐 함대라 부르기가 무색할 정도였다. 이 교황·에스파냐 함대가 수다에 입항한 것은 8월 31일이 되어서였다. 이렇게 간신히 집결을 마친 연합 함대가 그렇다고 곧장 닻을 올려 동쪽으로 나아가 키프로스 구원에 나섰던 것도 아니다.

수다 항에 정박한 콜론나의 배에서 열린 작전회의가 전혀 결론에 이르지 못한 것이다. 도리아의 노골적인 지연책 때문이었다.

그는 먼저, 베네치아 배에 전투원이 너무 적다고 불평했다. 갤리 군선에는 승무원과 노잡이 외에도 오늘날의 해병 같은 전투원들이 탑승한다. 당시 베네치아 함대에는 역병 탓에 통상 60명이어야 할 전투원이 20명밖에 안 되는 배도 있었다.

베네치아 쪽은 베네치아 배의 노잡이들은 자유민이므로 전투원으로 전용 가능하다면서 반박했다. 그래도 20명은 너무 적다. 베네치아 쪽도 크레타 섬 주민들을 모집하는 등 나름대로 보강에 열심이었지만, 도리아의 배는 해전을 직업으로 하는 만큼 100명이나 되는 전투원들을 태우고 있었다. 비교해보면 차이는 명백하다.

베네치아의 해군 장수들도 지지는 않았다. 130척이나 되는 갤리선에 12척이 넘는 '갈레아차'를 제공하고 있는 것은 다름 아닌 베네치아였다.

그러자 도리아는 주춤하는 듯싶더니, 이번에는 다른 문제를 거론했다. 이제 와서 전장에 나서기에는 때가 너무 늦었다는 것이었다. 9월 중순도 되지 않았을 때였다.

이런 경우 총사령관의 단호한 의지만이 교착 상태를 깰 수 있다. 하지만 총사령관 직함을 걸고 있는 콜론나는 사람됨이 온화해서 조정은 잘하지만 단호한 의지와는 거리가 멀었다. 사실, 자기 뜻대로 움직일 수 있는 전력이 충분치 않은 총사령관에게 그런 결단력을 기대하는 것 자체가 무리이기도 했다.

총 180척의 갤리선과 12척의 갈레아차, 그리고 수송선 30척을 더한 1570년의 연합 함대는 9월 18일, 크레타 섬의 수다 항을 뒤로 하고 일로 동진했다. 이때는 이미 키프로스의 수도 니코시아가 10만 병사와 60문의 대포에 온통 엉망이 되어 함락된 뒤였다.

연합 함대가 니코시아의 함락 사실을 알게 된 것은 키프로스까지의 항로를 반쯤 왔을 때였다. 연합 함대가 크레타를 출발하기 열흘이나 전인 9월 8일, 3천 방위군이 거의 전멸당한 니코시아는 끝내 함락되고 만 것이다. 방위군을 지휘하던 베네치아 귀족들은 전멸했다.

수도를 함락시킨 투르크군은 동쪽으로 방향을 틀어 키프로스 최강의 성채라는 파마구스타 항구 포위전에 들어갔다고 했다.

파마구스타마저 함락되면 키프로스 전체가 적의 수중에 떨어진다. 필시 파마구스타에서는 브라가디노 이하 베네치아 귀족들이 필사적으로 방어에 임하고 있으리라. 브라가디노가 지휘하는 방어군은 5천을 넘지 않는다. 항구의 배후를 지키는 성채는 견고하기로 유명하지만, 5천 대 10만의 싸움이다. 상황을 구제할 수 있는 것은 원군의 도착뿐이었다. 그러나 키프로스로 향하던 연합 함대에서는 구성국 간의 의견 차이가 재연되고 있었다.

에스파냐를 대표하는 도리아가 더 이상 가보았자 무의미하다며 함대의 철수를 주장했다. 베네치아 장수들은 물론 계속 항진할 것을 주장했다. 콜론나도 계속 항진하는 쪽이었다.

한데 논의 도중에 해상의 기후가 급변했다. 맹렬한 폭풍우가 불어오기 시작한 것이다. 도리아의 발언이 힘을 얻었다. 이렇게 되자 해상의 폭풍에 익숙지 않은 콜론나도 마음이 흔들렸다.

상황 변화를 눈치챈 베네치아 함대 총사령관 자네는 타협안을 내놓았다. 키프로스의 구원은 단념하되, 폭풍을 피해 에게 해를 북상해서 네그로폰테나 콘스탄티노플을 공격하자는 것이었다. 여기에는 콜론나도 찬성했지만, 도리아는 이 역시 반대했다.

이러쿵저러쿵 하는 동안 폭풍은 점점 더 거세지고 하루하루 시간만 흘러갔다.

9월 24일, 190척의 군선으로 이뤄진 연합 함대는 마침내 서쪽으로 철수한다는 결론을 내렸다. 정찰에 나선 베네치아 배가 전한 바에 따르면 키프로스 근해의 투르크 함대는 165척밖에 안 되었다 한다. 끝까지 키프로스 구원을 주장한 이들은 한결같이 베네치아인인 베니에르, 퀴리니, 카날레 등의 장수들밖에 없었다. 세바스티아노 베니에르는 코르푸 섬 군정관으로서 함대의 일익을 맡고 있었다.

그러나 베네치아 해군 총사령관은 지롤라모 자네이다. 그리고 키프로스 구원, 콘스탄티노플 공격, 끝에는 철수로 거듭해서 말을 바꾼 당사자는 바로 그였다.

자네는 크레타 방위 지휘관이기도 한 마르코 퀴리니에게 크레타에 배속된 갤리 군선 및 2,500 병사를 주어 키프로스 구원에 나서게 했다. 그리고 자기는 나머지 선단을 이끌고 먼저 크레타로, 그 다음에는 코르푸로 철수하기로 했다.

하지만 퀴리니 휘하 지원 함대도 키프로스 근해까지 왔을 때 해적 울루지 알리의 선단에 차단되어 결국 키프로스의 땅 한 번 밟아보지 못하고 물러나야 했다. 파마구스타는 버려진 것이다.

한편 크레타를 거쳐 코르푸까지 물러난 베네치아 본대의 퇴로도 엄청난 고생길이었다. 폭풍우에 치이고 치이다가 마침내 코르푸 항구에 다다랐을 때 배의 파손 상태가 너무 심해 섬의 주민들을 질리게 했을 정도였다. 그나마 귀항한 배들은 운이 좋은 편이었다. 상당수 갤리선이 도중에 행적이 끊겼기 때문이다.

콜론나와 도리아의 함대는 시칠리아의 메시나로 향했다. 이 역시도 심한 폭풍에 시달린 끝에야 가을색이 완연한 메시나로 돌아올 수 있었다. 이런 악천후 속에서 단 한 척의 손실도 입지 않은 것은 역시 바다를 일터로 삼는 도리아 휘하의 함대뿐이었다.

1570년의 연합 함대는 이리하여 단 한차례의 전투도 치르지 않은 채 해산했다. 키프로스의 파마구스타에서는 겨울 바람이 불기 시작하면서 투르크군의 공세가 조금 느슨해지자 농성전을 펴던 사람들이 모처럼 만에 안도의 한숨을 내쉬고 있었다.

베네치아 1571년 봄

베네치아의 특명 전권대사 소란초는 올해야말로 결판을 내리라 다짐했다.

교황 주도로 결성된 대투르크 연합 함대는 신성 동맹이란 이름까지 내걸고 목표를 이룰 때까지는 설령 해가 바뀌더라도 존속시키기로 되어 있었지만, 에스파냐 왕이 어떻게 나오느냐에 따라 얘기가 달라지게 마련이다. 이 에스파냐 왕을 무대로 끌어낼 수 있는 사람은 교황밖에 없다. 아직 파마구스타가 버티고 있는 동안 명실상부한 연합 함대를 출전시켜야 했다. 교황에 대한 집요한 설득 작전이 재개되었다. 이해 들어 특명 전권대사는 손에 쥔 카드를 한꺼번에 다 펴 보였다.

소란초의 조국 베네치아도 마찬가지로 배수진을 쳤다.

전년도 총사령관 지롤라모 자네는 해임되었을 뿐 아니라 총사령관직 수행 과정에 문제가 없었는지 여부를 검증받기 위해 본국으로 소환되었다. 자네를 대신해서 '바다의 총사령관'을 맡을 인물로 코르푸 군정관 세바스티아노 베니에르가 뽑혔다.

아울러 작년까지도 베네치아 해군에 없었던 새로운 직위가 하나 신설되었다. 총사령관 베니에르 다음가는 지위인 '프로베디토레 제네랄레' 라는 직위였다. 참모장, 총사령관 대리, 부사령관 등 여러 가지로 옮길 수 있는 말인데, 요컨대 항상 총사령관 곁에 있으면서 베니에르에게 혹 무슨 일이 생기면 즉시 임무를 대행하는 자리였다.

이 자리를 맡을 인물로 베네치아 원로원은 아고스티노 바르바리고를 선출했다.

이 선출에는 그 나름의 속사정이 있었다.

'바다의 총사령관' 다음가는 자리인 만큼 해군 장수로서 오랜 경력과 뛰어난 재능을 갖춘 사람이라야 하는 것은 두말할 나위도 없다. 1571년 당시 베네치아 해군에는 이 기준을 충족시키는 사람이 두 명 있었다. 크레타 섬 해군 기지 사령관과 그 부관인 마르코 퀴리니와 안토니오 다 카날레였다. 둘 다 뭍에서보다는 바다에서 훨훨 난다는 평을 듣던 인물들이다. 나이는 한 명이 바르바리고보다 다섯 살 위, 다른 한 명은 동갑이었다. 하지만 베네치아 원로원은 이 둘을 바르바리고 다음가는 자리인 참모(프로베디토레)로 선출했다.

만일 베니에르가 총사령관으로 뽑히지 않았다면 결과는 달랐을 것이다.

세바스티아노 베니에르는 그해에 일흔다섯 살이었다. 하지만 나이 걱정을 할 필요는 전혀 없었다.

키가 훤칠하니 크고 거동도 젊을 때만큼은 안 되어도 활동에는 지장이 없었다. 체격도 건실하고, 약간 벗겨진 머리와 얼굴을 반쯤 덮은 수염이 온통 새하얗긴 하지만 피부에는 아직 붉은 기가 돌아 나이보다는 젊어 보였으며, 예리한 눈빛이 사람의 속마음까지 단번에 꿰뚫을 듯하여 육신면에서 지도자의 품격을 느끼게 하는 사람이었다.

일년도 채 안 되는 코르푸 주재 기간 동안 에게 해에서 근무하는 베네치아 선원들의 마음을 완전히 사로잡아 그들로부터 '메세레 바스티안'이라는 별명까지 얻을 정도였다. '미스터 성채'라는 뜻이다.

문제는 세바스티아노 베니에르의 성격이 불같이 급하다는 것이었다. 뒤끝은 없지만 한 번 폭발하면 전혀 통제가 안 된다는 게 문제였다.

베네치아 해군을 대표하는 총사령관에게는 군사적 지휘 능력뿐만 아니라 정치적 재능도 있어야 한다. 더구나 다른 기독교 국가와의 동맹에 기반한 연합 함대일 경우 이런 능력이 더 절실히 요구되게 마련이었다.

하지만 작년의 실패를 생각해보면, 올해 베네치아 해군을 통솔할 사람에게는 단호한 의지와 이를 강력히 실행할 수 있는 성격 또한 절대 무시할 수 없는 요건이었다. 베네치아 원로원은 베니에르를 총사령관으로 하는 데는 이의가 없었지만, 아무래도 이 불 같은 사내만 보내기엔 너무 불안했다. 그래서 '불' 옆에 '물'을 둬야겠다고 생각한 것이다.

해전 경험이 다른 사람보다 풍부한 것도 아니고 특별히 눈에 띄는 전공을 세운 것도 아닌 바르바리고가 발탁된 이유는 바로 여기 있었다. 하지만 바르바리고는 그저 '물'에 불과한 사내는 아니었다. 원로원 의원들도, 선거에 참여한 여섯 명의 원수 보좌관들도, 그리고 원수 모체니고도 이는 충분히 알고 있었다.

1571년 1월, 산 마르코 선착장에서 바르바리고는 조국을 떠났다. 그가 탄 배는 온통 '베네치아 적색'으로 도색된 기함이었다. 유사시 총사령관을 대행해야 하는 참모장에게는 기함에 탈 권리가 있었다.

기함에는 금실로 성 마르코의 사자를 수놓은 붉은색 베네치아 공화국 국기가 걸려 있다. 그 전날 산 마르코 성당에서 열린 특별 미사에서 성별(聖別)된 깃발이다. 기함용 깃발은 다른 것들보다 조금 크다. 전투가 시작되면 선미 쪽 선교에서 나부끼며 전장을 굽어볼 것이다. 공화제를 취한 베네치아에서는 군선별로 함장의 문장(紋章)이 수놓인 깃발을 걸지 못하도록 했다. 물론 다른 나라 배에는 그 배에 승선한 귀족의 가문 문장이 그려진 깃발이 가지각색으로 모양을 뽐낸다. 그러나 베네치아 배에 개인은 없다. 오직 공화국이 있을 뿐이다. 이것이 베네치아의 원칙이었다.

국기와 아울러 원수가 직접 건네준 원수봉(元帥棒)은 코르푸 섬에 있는 베니에르에게 전달될 것이다.

온통 붉은색으로 치장된 기함은 한 척이 더 있었다. 이 역시도 총사령관 베니에르가 탈 배였다. 이 두 척의 기함과 50척의 갤리선, 그리고 20척의 대형 범선. 이것이 바르바리고가 베니에르에게 인도할 함대였다. 국기 및 원수봉과 아울러 이 모든 것을 총사령관에게 넘기면 그뒤에 비로소 1571년의 베네치아 해군의 활동이 시작되는 것이다.

베네치아 본국에서는 전투원의 결원을 보충하기 위해 병사를 모으느라 여념이 없었다. 목표는 5천 명. 이 수가 채워지면 곧바로 코르푸 섬으로 파병한다는 계획이었다.

코르푸 섬에 도착한 바르바리고는 크레타 근해에 있다가 급거 귀환한 베니에르를 만났다. 이로써 그에게 주어진 일차 임무가 완료되었다.

일년 만에 재회하는 셈인 바르바리고 앞에 반가운 표정으로 나타난 베니에르는 "감시하기 힘들지?"라며 농담을 던졌다. 다른 사람이 이런 말을 했으면 비꼬는 것처럼 들렸겠지만, 똑같은 말이라도 베니에르의 입에서 나오면 느낌이 다르다. 베니에르는 자기의 성격에 결함이 있음을 빤히 알면서도 고칠 생각은 눈꼽만치도 없는 그런 스타일의 사내였다.

코르푸에 있던 전임 총사령관 자네는 바르바리고가 전해준 본국 정부의 소환 명령을 받아든 뒤, 베니에르가 제공해준 갤리선을 타고 베네치아로 돌아갔다. 귀국한 그는 곧장 사령관의 직무 불이행 죄로 기소되어 유죄를 선고받고 수감되었다. 항상 자네와 같은 입장을 취했으며 그와 함께 소환된 전투원 지휘관 팔라비치노도 동일한 죄목으로 형에 처해졌다. 1570년도 연합 함대 실패의 책임은 이 둘에게만 지워졌다.

이리하여 베네치아공화국은 모든 면에서 배수진을 치게 된다. 이제 모든 것은 로마의 행보에 달렸다.

한편 크레타에서 온 퀴리니, 카날레 등 베네치아 해군력을 실제로 움직일 사내들이 속속 모여든 코르푸에서는 진지하면서도 대국적인 논의들이 연일 성채 안에서 벌어지고 있었다. 베니에르가 의장을 맡은 이상 근엄한 얼굴로 수선을 떠는 궁정식 회의 같은 것은 발 붙일 데가 없었다. 명실상부한 야전군 사령관들의 회의였다. 키프로스의 봄이 무엇을 뜻하는지 모르는 사람은 없었다.

코르푸 섬 1571년 봄

코르푸 섬의 원주민은 그리스인이다. 하지만 400년 동안이나 베네치아 식민지, 그것도 아주 중요한 기지였던 까닭에 베네치아 이주민이 많아 16세기 후반 당시에는 상당한 정도로 피가 섞여 있었다. 그리스계 성을 쓴다고 그리스인이랄 수도 없고, 베네치아계 성을 쓴다고 베네치아인이랄 수도 없게 된 것이다. 똑같이 중요한 기지라도 크레타나 키프로스에서는 찾아보기 힘든 현상이었다.

크레타와 키프로스는 에게 해에 있는 연유로 그리스색이 강해서 서유럽 국가인 베네치아 식민지로 지낸 세월은 같아도 코르푸 섬 주민처럼 베네치아공화국에 충성하지는 않았다. 크레타의 경우 베네치아에서 이주해 온 사람들이 원주민과 너무 잘 동화된 탓에 때로는 본국 정부에 반항하는 일마저 있었고, 정식 지배는 100년밖에 안 된 키프로스는 지배계급은 곧 베네치아인, 피지배계급은 그리스인이라는 식으로 확연히 구분되어 있었다.

코르푸 섬의 자연환경도 크레타나 키프로스와는 달랐다.

코르푸 섬의 자연은 자비롭다. 물이 풍부해서 호수에는 물가까지 사이프러스나무가 빽빽이 서 있고 기후도 온난했다. 크레타나 키프로스에서 객사한 베네치아인들은 일말의 아쉬움을 남기고 죽지만, 코르푸의 묘지는 그렇지 않았다. 사람들도 동포의 죽음을 애석해하며 정성들여 묘를 돌보아주었다.

아고스티노 바르바리고가 묵은 곳은 교역을 위해 콘스탄티노플로 갔다가 얼마 전에 돌아왔다는 코르푸 유수의 대상인 집이었다. 베네치아공화국에서는 이런 식으로 군인을 상인의 집에 묵게 할 때가 많았다.

군인이라지만 젊을 때는 상선을 탄 몸이고, 상인 역시도 언제 군선을 지휘하게 될지 모르기 때문이다. 가뜩이나 사람이 부족한 베네치아인만큼 외교관이든 정치가든 군인이든 상인이든 간에 뭐든 할 수 있는 인재가 항상 필요했던 것이다.

게다가 이 상인들은 중요한 정보원이기도 했다. 바르바리고도 그를 묵게 해준 집에서 이제 반베네치아 분위기로 고조된 콘스탄티노플의 동태를 소상히 들을 수 있었다.

콘스탄티노플 주재 베네치아 대사 바르바로가 일년 전부터 페라 지구에 있는 대사관에서 연금 상태에 들어간 것은 바르바리고도 베네치아에 있을 때부터 알고 있던 사실이다. 하지만 실제로 뭐가 어떻게 된 건지는 알지 못했다. 10인위원회는 알고 있겠지만 말이다. 베네치아 원로원 주변에서 들을 수 있는 정보라고는 그런 상태에서도 대사의 보고서는 끊임없이 전해져 온다는 것뿐이었다.

코르푸의 상인이 해준 얘기로는 투르크가 도중에 보고서를 가로챌 때도 있다고 한다. 하지만 대사 바르바로는 암호문으로 보고서를 쓰기 때문에 이를 해독할 수 없는 투르크는 수중에 넣은 보고서를 들고 대사를 찾아가 해독을 부탁한다고 했다. 물론 대사는 이를 받아들이는데, 적이 알면 안 좋은 것들은 다 빼버리고 이도 저도 아닌 무덤덤한 내용으로 바꿔 읽어주는 것이다. 이 상인도 한 번 현장에 있었던 적이 있는데, 바르바로는 아무 말도 안 했지만 대사가 너무 자연스레 속여 넘기는 데 혀를 내둘렀다고 하면서 웃었다.

일촉즉발의 긴장 상태에서도 그 이면에는 인간의 다양한 모습들이 펼쳐지는 것이다. 긴장감으로 터져버릴 듯한 1571년 봄의 코르푸에서도 날이 지나면서 가지각색의 꽃들이 꽃망울을 터뜨리고 대기가 겨울날의 차가움에서 벗어남을 온몸으로 느낄 수 있었다.

상인의 집은 자그마한 호수 부근에 있다. 이제 몇 달만 지나면 호수를 건너오는 바람이 기분 좋게 느껴질 계절이 올 것이다. 아직은 호수에 비친 사이프러스나무가 조금씩 밝은 녹색을 띠어가는 봄일 뿐이다.

아고스티노 바르바리고는 베네치아를 떠나던 날 아침을 떠올렸다.

기함의 출항인 만큼 원수 이하 원수 보좌관들, 그리고 원로원

의원 거의 전원이 산 마르코 선착장에 나와 배웅했다. 정장으로 눈부신 원수 바로 왼쪽에는 총사령관 베니에르의 부인, 다시 그 왼쪽에는 바르바리고의 아내도 화사한 옷을 입고 앉아 있었다. 산 마르코 성당의 종루에서 축하의 종소리가 울리고 함대를 배웅하기 위해 바다에 늘어선 배들이 축포를 쏘았다.

붉은색 기함의 돛대 높이서 붉은 바탕에 금실로 수놓은 베네치아 국기가 햇살에 번쩍이며 바람을 품고 춤춘다. 산 마르코 선착장도, 바르바리고를 따를 군선들이 출항할 스키아보니 강가도 화려한 출진 모습을 보려고 몰려든 인파들로 인산인해였다. 올해야말로 투르크와 목숨을 걸고 싸운다. 아무도 이를 의심치 않았다.

배웅차 나온 사람들과 인사를 나눈 뒤 함상에 오른 바르바리고는 선착장을 메운 사람들 속에서 사랑하는 여자의 모습을 보았다. 이렇게 많은 사람들 속에서 어떻게 그녀를 알아보았는지 자신도 알 수 없었지만, 그 모습만이 또렷이 눈에 들어왔다. 차마 눈을 떼지 못하다가 이러면 안 되지 다짐하며 눈을 돌렸다. 그녀 옆에는 그녀의 아들이 함께 나와 있었다. 소년은 다른 사람들처럼 손을 내저으며 환성을 질러댔다.

바르바리고가 참모장으로 선출되어 남쪽을 향해 출발하기로 결정된 날, 소년은 자기도 데려가달라고 졸랐다. 바르바리고와 함께 출발하는 갤리 군선의 함장 파스칼리고가 열두 살 난 동생을 데려간다는 소문을 들었나 보다.

바르바리고는 소년의 부탁을 단호히 거절했다. 열한 살은 너무 어린 나이다. 소년은 이제 곧 열두 살이 되니까 갈 수 있지 않겠느냐, 열두 살인데 가는 사람도 있지 않느냐고 하면서 다시 졸라댔지만 바르바리고의 대답은 변하지 않았다. 네 나이 또래에서 한 살은 천지 차이라며 설득했다. 소년은 여전히 수긍하지 않는 듯했지만 더 이상 조르지는 않았다.

소년의 나이 때문은 아니었다. 물론 이 역시도 큰 이유지만, 사실은 어머니 곁에 머물게 하고 싶었던 것이다. 남자의 출진이 결정되던 날 밤, 소리내어 울지는 않았어도 여자는 멍하니 중얼거렸다.

"당신한테 무슨 일이 생기면 나도 살지 못할 거예요."

남자는 자기와 만나기 전만 해도 아들을 기르면서 꿋꿋이 혼자 살아온 여자가, 자기가 있기 때문인지 요 일년 동안 이전 같은 의연함을 잃어버렸음을 알고 있었다.

하지만 전장에 나서는 몸이다. 헛된 위로 따위를 입에 올려서는 안 된다고 생각했다. 정말로 무슨 일이 생길지 모르는 것이다. 아들마저 데려가서 혹 무슨 일이라도 생기면 여자는 정말로 죽어버릴지도 모른다. 아들만이라도 곁에 있으면 자기한테 변고가 생겨도 그녀는 계속 살아갈 수 있으리라 생각했다. 그렇기 때문에 설령 소년이 열여섯 살이라도 데려갈 마음은 전혀 들지 않았을 것이다.

플로라에게도 소년에게도 언제 돌아오마고 말할 수 없었다. 아니, 언제 돌아올지, 과연 돌아올 수 있을지 자기 자신도 모르는 일이다. 어머니도 아들도 그런 것은 묻지 않았다. 단지 두 사람에게 편지를 보낼 것만은 약속해두었다.

코르푸에 있는 그를 괴롭힌 유일한 일은 바로 이 편지를 쓰는 것이었다. 각 기지의 요새 수리나 대포 정비, 화약 보충, 갤리선 복구 따위는 익숙한 일이니만치 전혀 문제가 없었다. 특히 이곳 코르푸에서는 베네치아 본국에 있는 것처럼 주민의 전적인 협력 하에 움직일 수 있기도 했다.

글을 쓰는 데 익숙지 않은 것도 아니었다. 본국 정부로 보낼 보고서를 거의 하루에 한 통꼴로 쓰는 것은 총사령관 다음가는 자기의 몫이었기 때문이다.

하지만 어머니와 아들에게 편지를 쓰려고 자리에 앉으면 도통 펜이 움직이지 않았다.

이럭저럭 날이 지나갔다. 결국 바르바리고는 그들에게 보낼 편지도 자신에게 익숙한 보고서 형식으로 쓰기로 했다.

매일같이 오늘은 무얼 하고 누구와 만났으며 어디에 갔다는 둥의 얘기가 나열될 뿐인 편지였다. 물론 도중에 적이 가로챌 우려도 있어서 아무리 사랑하는 사람들에게 보내는 편지라 해도 기밀에 해당되는 것은 빼놓았다. 어느 정도 양이 차면 이틀에 한 번꼴로 출발하는 베네치아행 쾌속선에 건네주었다. 그러면 다른 우편물들처럼 발송될 것이다. 이 편지 같지 않은 편지에서 그나마 다정하게 느껴지는 부분은 맨 끝에 쓴 '당신들의 바르바리고가'라는 한 줄뿐이었을 것이다.

이처럼 바르바리고의 편지는 일견 무미건조했지만, 어쩐 일인지 여자는 이런 식으로 써주는 것을 무척 좋아했다. 그녀의 편지도 점차 일기식으로 바뀌어갔다. 이런 편지를 읽노라면 베네치아에 있는 어머니와 아들이 서로 의지하며 살아가는 모습이 눈앞에 선연히 떠오르곤 했다.

단 한 가지, 바르바리고가 보내는 편지 겉봉에는 그녀의 이름이 적혀 있음에도 그녀가 보내오는 편지 겉봉에는 아들의 이름이 적혀 있음이 사내를 슬프게 했다.

콘스탄티노플 1571년 봄

　베네치아 대사 바르바로가 자유를 잃은 것은 꼭 일년 전인 1570년 봄부터이다. 정확히 따져서 5월 7일부터였다.

　그날, 페라 지구에 있는 베네치아 대사관으로 술탄의 근위병인 통칭 예니체리 군단 병사들 열여섯 명이 몰려왔고, 그 중 대장인 듯한 자가 대사 및 그 부하 전원은 위험인물이니 대사관 안에 연금하라는 요지의 명령서를 읽어 내려갔다.

　솔직히 말해서 의외였다. 외교관의 특권 따위는 안중에도 없는 투르크는 베네치아와 전쟁을 벌일 때마다 대사 및 대사관 직원들 모두를 보스포루스 해협 연안에 있는 '루멜리 히사리' 성채 안의 감옥에 가두곤 했기 때문이다. 그런데 이번에는 대사관 밖으로의 외출 금지 정도로 그친 것이다. 바르바로의 기분이 좋지 않을 리 없었다. 투르크 궁정 안에 베네치아와의 관계 유지를 꾀하는 세력이 남아 있다는 한 증거였기 때문이다.

　그러나 연금 상태는 몇 달 가지 못했다. 어느 날 아침 공병대 한 무리가 몰려와 대사관의 창이란 창을 모조리 판자로 막아버린 것이다. 그날 이후 대낮에도 초를 밝혀두는 날들이 이어졌다. 그래도 감옥에 던져지지는 않았다.

이런 상태에서도 대사는 조국으로 보고서를 보내고 투르크 궁정 안의 온건파 수장인 재상 소콜루와 연락을 취하기를 게을리하지 않았다.

어떻게 보고서를 보낼 수 있었을까? 판자로 꽉꽉 막아놓았다고 해도 대사관을 찾는 사람들의 발길이 끊긴 것은 아니었다. 사실, 방문을 일체 금지하는 것 자체가 무리이기도 했다.

방문자 대부분은 통상에 관한 한 콘스탄티노플에서 계속 활동하고 있던 베네치아계 상인이었다. 본국은 물론이고 베네치아의 여타 상업 기지나 전 유럽의 주요 도시에 흩어져 있는 지점 앞으로 상거래상 통신문을 보내야 할 필요가 있는 사람들이었다.

당시 서유럽 여러 나라 중에서 투르크와 정기적인 우편 제도를 갖추고 있던 나라는 오로지 베네치아뿐이었다. 그리고 이 업무를 담당하는 부서, 즉 우체국은 다름 아닌 베네치아 대사관 안에 있었다. 사정이 이러한 까닭에 베네치아 상인뿐만 아니라 다른 나라 상인들도 베네치아 대사관을 찾게 마련이었다.

우체국 이용자를 극비 문서의 전달자로 쓰지 말라는 법도 없다. 나라 밖으로 나온 베네치아인은 그가 비록 상인일지라도 첩보원과 다를 게 하나도 없다는 것은 당시 상식으로까지 통용되었다. 대사가 부탁하면 누구든 거의 예외없이 받아들였다. 상용 문서로 위장한 극비 문서를 보내려고 이름을 빌려달라고 할 때도 거절하는 사람은 아무도 없었다.

게다가 서유럽과 정기 우편을 취하려면 베네치아 대사관을 통해야 하는 이상, 콘스탄티노플에 주재하는 다른 나라 대사들도 보통은 베네치아 우편을 쓰게 마련이었다. 상거래상 필요에 따라 생긴 것인 만큼 베네치아를 거친다 해도 신속성과 안전성, 비밀 보장 등에 대해선 신용할 수 있었다. 더욱이 당시의 프랑스는 에스파냐에 대한 대항심 때문에 베네치아에 이로운 것은 자진해서 해주는 분위기였다. 베네치아 주재 프랑스 대사 앞으로 보고서를 보내도 되었다.

그러나 다른 나라는 절대 믿지 않는 베네치아는 이 방법을 취하지 않았다. 부탁하기는커녕, 베네치아 대사관의 '우체국'을 경유하는 다른 나라 대사들의 보고서의 경우 그 신속 안전한 배달은 보증하면서도 발송 전에 반드시 한 번은 내용을 확인하곤 했다.

물론 이 정기 우편 제도가 100퍼센트 안전하다고는 할 수 없었다. 신속성과 정기성을 중시한 까닭에 콘스탄티노플에서 베네치아까지 갈 때 무조건 해로를 취하는 것이 아니라, 일단 콘스탄티노플에서 아드리아 해 연안의 도시 카타로까지는 육로로 간 다음 거기서 비로소 쾌속선에 올라타 베네치아로 향할 때가 많았기 때문이다. 이 경우 육로의 대부분은 투르크령 안이다. 베네치아와 투르크 간의 정세가 심상치 않을 때마다 투르크는 우편물을 도중에 가로채려 했다. 파발꾼을 변장시키거나 그 출발 날짜를 바꾸기도 했지만, 그래도 몇몇은 투르크의 수중에 떨어지곤 했다.

베네치아 대사의 보고서는 암호문으로 씌어져 있곤 했다. 레몬즙과 우유를 섞어 만든 잉크로 글자를 쓰는 중세 유럽식 방법은 이미 오래전에 폐기되었다. 이 잉크로 글을 쓰면 평소엔 보이지 않다가 불에 쬐면 비로소 모습을 드러낸다는 장점이 있긴 하지만, 이 정도는 투르크도 이미 알게 된 것이다.

베네치아 외교 담당자들이 쓴 암호문은 단순한 것부터 복잡한 것까지 몇 가지로 나뉘었다. 한 시대에는 한 종류만 쓴다거나 한 것이 아니라 동시에 몇 가지를 병용했다.

첫번째 방식은 사전에 약속된 작은 원형 도표에 따라 글을 쓰는 것으로, 원형 도표의 맨 가장자리에는 알파벳이 차례로 적혀 있다. 그 다음 원에는 라틴어, 다시 그 다음에는 그리스어와 터키어가 적혀 있는 등으로 해서 원 중심에 이르기까지 몇 개 나라 문자가 늘어서 있다. 이 원형 도표를 쓰면 일견 라틴어로 씌어진 것 같아 보이는 글도 이탈리아어 문장으로 읽어낼 수 있다.

두번째 방식은 수신자와 송신자가 알파벳 문자 각각에 대해 다른 문자를 대응시키도록 사전에 약속한 문자 대조표를 쓰는 것이다. 예컨대 A를 써 보내면 S로 읽어내고 B로 표기하면 A로 읽어낸다는 식이다.

세번째 방식은 원래 한 줄로 씌어져야 할 글을 한 글자씩 떼내어 두 줄로 쓰는 것이다. 예컨대 함대를 뜻하는 FLOTTA는

FOT

LTA

가 된다. 하지만 이런 식으로 하면 금방 암호임을 알아챌 수 있

다는 결점을 안고 있다. 그래서 네번째 방식을 쓰는 경우도 적지 않았다.

그것은 언뜻 보기에는 오선지에 적힌 보통 악보 같아 보이는 것이었다. 하지만 실상 음표 하나하나는 각각 알파벳 한 문자씩에 대응된다. 수신자측이 악보상의 음표 밑에 정해진 알파벳 문자를 적어넣기만 하면 자연스레 문장이 떠오르는 셈이다.

꽤 그럴싸한 방법이긴 하지만 콘스탄티노플 주재의 베네치아 대사관에서 본국으로 보내는 것이 악보뿐이라는 것도 말이 안 된다. 말이 안 되면 당연히 투르크의 주의를 끌게 마련이다. 그래서 이런 식으로 작성된 암호문은 귀국길의 상인에게 부탁하거나 일단 크레타 섬으로 보내서 그곳에서 다시 부치게 하는 등 가능한 모든 방법을 동원해 발송하곤 했다.

대사 바르바로는 감금 상태 3년을 포함한 5년 간의 임기중에 온갖 고생을 다 겪으면서도 400통 이상에 달하는 보고서를 본국으로 보냈다. 본국에서 받아든 보고서의 수만 따져서 그렇다는 얘기다. 이 중 대부분이 암호문으로 씌어진 것이었다.

투르크는 이런 암호문을 끝내 해독해낼 수 없었다. 일단 가로채는 데는 성공했지만 도저히 무슨 소린지 알 수 없는 보고서를 감금중인 바르바로에게 가져와 읽어달라고 청하는 웃기는 일도 벌어졌다. 당연히 바르바로는 정반대 내용으로 해석해 읽어주었다. 물론 투르크인이 예상했음직한 문장을 섞어가면서 말이다.

투르크 궁정 내 온건파와의 연락도 계속 취해졌다. 이 역시도 극비리에 행해진 것이었다.

아슈케나지라는 유대인 의사가 연락 채널이었다. 한데 언젠가 강경파 수장이자 술탄의 제일가는 측근으로 세력을 떨치던 피랄 파샤가 그를 불러세워 왜 그리 자주 재상을 찾아가는지 캐물었다.

당장 그 자리는 교묘하게 둘러대고 빠져나올 수 있었지만 그는 사정이 위태로워졌음을 깨닫고 잔뜩 겁에 질려 재상과 바르바로에게 이 사실을 알렸다. 누군가 비밀을 누설하고 있음에 틀림없었다.

의혹의 눈초리는 이 유대인 의사가 재상과 만날 때 동석한 통역에게로 돌려졌다. 유대인 의사는 터키어가 그리 능통한 편은 아니어서 재상 직속의 통역이 입회할 때가 많았다.

이 의구심은 그러저럭 제대로 맞아떨어진 것 같았다. 재상과 대사 바르바로가 아슈케나지를 통해 상의한 결과, 통역을 제거하기로 했다. 독약의 제조는 유대인 의사가, 독약을 먹이는 일은 재상이 맡았다. 결과는 성공이었다. 언제나처럼 암호문으로 씌어진 보고서 중 하나에서 대사 바르바로는 다음과 같이 본국의 10인위원회에 보고하고 있다.

"닷새 전, 의사는 임무를 완료했습니다."

1571년 2월 19일의 일이었다.

교전국에서 임무를 수행하는 외교 담당자의 노고는 이처럼 끝을 몰랐다. 우방이라고는 하나 로마에서 일하는 베네치아 외교관에게도 즐거운 임무는 하나도 없었다.

로마 1571년 봄

로마에 파견된 베네치아 특명 전권대사 소란초에게 1570년부터 71년에 걸친 겨울날은 너무나 길고 혹독했다. 이번 봄에야말로 무슨 일이 있어도 신성 동맹을 실질적으로 완성시켜야 했다.

그런 그가 의지할 것이라곤 달걀만 먹고도 힘이 넘치는 교황 피우스 5세의 십자군 정신뿐이었다.

3월, 유럽 여행이 조금이나마 자유로워지자마자 교황의 친서를 품에 넣은 추기경들이 각국 궁정을 향해 떠나갔다.

결과가 생각대로 나오지 않으리라는 것은 출발 전부터 예상한 일이었다. 왕후들에게 각자 나름대로의 정치적 속셈이 있을 뿐 아니라 여태껏 피우스 5세가 보여준 반종교개혁적인 언동이 그들의 반발을 사고 있기 때문이기도 했다.

독일, 오스트리아, 헝가리 땅에 군림하는 신성로마제국 황제 막시밀리안 2세는 자기의 영토를 겨눈 투르크의 창끝을 돌리려고 바로 작년에 술탄 셀림과 불가침조약을 체결했다. 당연히 교황을 만족시킬 만한 응답은 나오지 않았다.

프랑스는 샤를 9세가 왕으로 있지만 섭정을 맡고 있는 사람은 카트린 드 메디시스였다. 가톨릭 대 위그노의 분쟁이 과열 상태인 국내 사정만으로도 참가할 여유가 있을 턱이 없는 나라였다. 게다가 에스파냐에 대한 적개심 때문에 투르크와 동맹을 맺고 있는 상태이기도 해서 대투르크 전선을 목표로 삼은 동맹에 참가하는 데 긍정적인 회답이 나올 수가 없었다.

엘리자베스 여왕이 다스리는 잉글랜드의 런던에 간 교황 특사는 여왕의 알현마저 거부당했다. 잉글랜드와 적대 관계인 스코틀랜드의 메리 스튜어트를 지지한다고 공언한 피우스 5세가 할 수만 있다면 내 손으로 엘리자베스를 쳐죽이겠다고 막말을 해댄 것이 여왕의 귀에 들어가 격노하게 했기 때문이었다. 잉글랜드에서는 기사 한 명이라도 파견되기를 기대하는 것은 애당초 무리였다.

포르투갈 왕의 대답도 부정적이었다. 독일 지방의 프로테스탄트 제후들은 들은 척도 하지 않았다. 로마 교황보다는 차라리 투르크인이 열 배는 더 올바르다고 한 루터의 말이 통용되던 지역이었다.

이슬람 타도를 기치로 내건 십자군의 혼에 있어서만큼은 절대 교황에 뒤지지 않는 몰타 섬의 성 요한 기사단도 6년 전에 벌어진 투르크와의 공방전으로 기력을 소진해서 쾌히 승낙하고 싶어도 그렇게 하기 힘든 형편이었다. 그럼에도 기사단장이 직접 갤리선 세 척을 이끌고 참전하겠다는 말을 전해왔다.

소규모이긴 해도 참가를 알려온 나라들은 다음과 같다. 이 중 어느 하나도 16세기 서유럽의 주인공인 영토형 대국은 아니었다. 한결같이 이탈리아 반도 안의 소국들인 것이다. 만토바공국, 페라라공국, 사보이아후국, 우르비노공국, 루카공화국, 그리고 제노바공화국이다. 적으나마 갤리선을 제공할 수 있는 나라도 사보이아와 제노바 양국에 지나지 않았다. 그외에는 군주의 친족이나 귀족이 병사를 이끌고 참가하는 전투원만의 참전인 셈이었다.

참전을 알려온 나라 중에는 피렌체에 수도를 둔 토스카나 대공국도 들어 있었다.

이는 교황청 분담분을 떠맡은 것이었다. 바티칸에는 해군이 없다. 그렇다고 주창자인 교황이 군사적 발언권을 못 가진 채 있도록 두는 것은 작년도의 실패를 반추해보더라도 절대 바람직한 일이 아니었다. 그래서 해운국이 되려고 선박 건조에 박차를 가하고 있던 토스카나 대공국에 의뢰한 것이다.

대공 메디치는 자국 내에서 군주제를 확실히 다질 생각으로 교황의 요청을 받아들였다. 그는 열두 척의 갤리 군선 및 이에 필요한 전투원까지 제공할 것을 보증했다. 실질적으로는 토스카나 대공국 함대인 교황청 함대의 탄생이었다.

사정이 이런 이상 대투르크 연합 함대의 주요 참가국은 이번에도 작년처럼 에스파냐와 베네치아일 수밖에 없었다. 교황의 특사도 마드리드에 집중 파견되었다. 만사는 펠리페 2세의 의중에 달렸다.

그런데 이것이 순조롭게 진행되지 않은 것이다. 3월부터 4월까지 숱한 편지와 사람이 로마와 마드리드 사이를 오갔다. 베네치아는 펠리페 2세 설득 작전의 제일선에 서지는 않았다. 어디까지나 교황을 정면에 내세운다는 방침으로 일관했다. 마드리드 주재 베네치아 대사도 동분서주했지만 베네치아의 전의가 결연함을 보여주는 데 주력했을 뿐이다. 이렇게 하는 쪽이 에스파냐 왕의 불참 의사 표명을 어렵게 하는 데 더 좋다고 보았기 때문이다.

 에스파냐왕국이 베네치아공화국을 좋지 않게 생각한 이유는 세 가지였다.
 첫째는, 전 이탈리아 반도의 지배를 노리는 에스파냐의 앞을 막아선 유일한 이탈리아 국가가 바로 베네치아공화국이었다는 점이다.
 나폴리부터 시칠리아까지의 남부 이탈리아와 밀라노 · 제노바를 중심으로 하는 북이탈리아를 이미 영유하고 있고, 에스파냐 출신이 대공 부인인 토스카나 대공국과 반종교개혁파가 주도권을 쥔 교황청까지도 영향하에 두는 데 성공한 에스파냐이다. 이런 에스파냐의 정치 구도에 강력히 저항하는 유일한 세력이 곧 베네치아공화국이었다.
 두번째 이유는, 비타협적인 반종교개혁 운동의 진원지로 자부하는 에스파냐와 달리 베네치아는 그 역시 가톨릭 국가이면서도 전통적으로 다른 종교를 믿는 민족에게 관용적인 태도를 유지해온 국가라는 점이었다.
 베네치아는 정교분리의 입장에 서서 늘상 교황청과는 일정하게 선을 그어온 긴 역사를 지니고 있다. 게다가 당시 서유럽 국가로서는 거의 유일하게 종교의 자유를 인정한 나라이기도 했다.

이단 재판의 그물에 걸린 불운한 사람들 중에 탈주에 성공한 사람들은 베네치아 영내에 들어왔을 때야 비로소 안심할 수 있었다. 교황이 선한 기독교도에게는 어울리지 않는다 하여 금서 처분한 책들도 베네치아에서라면 살 수 있었고, 설사 읽더라도 화형에 처해지거나 하지 않았다. 베네치아에서는 루터도, 마키아벨리도, 그리고 고대 연애시들도 당당히 서점에 진열되어 있었다.

세번째 이유는, 같은 라틴계 민족인 에스파냐와 베네치아의 민족성이 극단적이리만치 서로 달랐다는 점이다. 베네치아에는 절대 돈 키호테 같은 인물은 없었을 것이다. 그렇기 때문에 양국의 대립도 민족적이고 역사적인 것에 뿌리를 둔 것일 수밖에 없었다.

당시 정말로 사태를 복잡하게 한 것은 이 두 나라의 관계가 적대로 끝날 문제가 아니었다는 데 있었다.

베네치아공화국이 투르크의 위협을 자체 국력만으로 물리치는 것은 이미 불가능해진 시대였다. 한편 에스파냐왕국도 북아프리카 영토에 대한 야심을 채우기 위해서는 베네치아의 해군력이 꼭 필요한 처지였다.

즉 두 나라 모두 적대하는 상대 국가를 절실히 필요로 하고 있었던 것이다. 상대의 힘이 줄어드는 것은 반길 일이지만 상대 국가가 없어져버리면 이쪽 역시 아무것도 되지 않는다. 설상가상으로 이해 관계를 초월한 종교 문제에서는 견원지간이기도 하다.

그래서 로마를 무대로 교황을 가운데 끼워 넣고 줄다리기를 하는 두 나라의 교섭은, 사정을 모르는 사람이 보면 필시 결렬로 끝나리라고 추측할 만한 것이었다. 하지만 누구보다도 절실히 연합 함대의 실현을 갈망한 쪽은 역시 베네치아공화국이었다. 베네치아의 특사 소란초는 이미 3월에 협상 테이블에서 베네치아가 제시할 수 있는 마지노선을 본국 정부로부터 통보받았다.

신성 동맹 연합 함대의 규모는 군선 200척, 전투원 5만으로 정해져 있었다. 함대의 규모가 이 정도도 안 되면 도저히 투르크 함대에 맞설 수 없었기 때문이다.

이 연합 함대에 각국이, 실질적으로는 베네치아와 에스파냐가 어떤 비율로 참가할지가 으뜸가는 문제였다.

군선의 비율만 문제되는 것이 아니다. 적에게 근접한 이후 백병전으로 귀결될 것이 자명한 갤리선끼리의 전투인 만큼 전투원의 수도 군선만큼 중요하다.

특사 소란초는 이 문제를 끈질기게 물고 늘어졌다. 작년처럼 도리아의 용병대만 파견해서 물을 흐리게 놓아둔다면 만사 끝이다. 무슨 수를 쓰든 에스파냐의 정규 함대를 출진시켜야 했다. 단순히 배나 병사의 지원 문제가 아니었다. 에스파냐 왕도 참가한다는 '무게'의 문제인 것이다.

전투원에게 들어가는 경비를 중시했기 때문인지 총경비의 분담은,

에스파냐 — 6분의 3

베네치아 — 6분의 2

교황청 — 6분의 1

로 정해졌다. 사람에게 들어가는 비용이 얼마나 중시되었는지는 군선의 분담 비율과 비교해보면 금방 드러난다.

에스파냐 총 수 — 73척

(에스파냐 항구에서 출발하는 배 15척, 에스파냐 지배하의 나폴리·시칠리아에서 36척, 용병대장 도리아 소유 22척)

교황청 — 12척

기타 이탈리아 여러 나라 — 11척

성 요한 기사단 — 3척

베네치아 — 110척

합계 — 209척

이것은 각국이 정해진 분담 비율에 따라 부담한 수치가 아니라 각국이 부담할 수 있는 수치를 그대로 분담 비율로 정한 것이다. 또한 어디까지나 예정 수치일 뿐이고 최종적으로 집결지에 닻을 내리게 될 실제 선박 수는 확실치 않았다. 집결지로 가는 도중 난파당하는 경우 따위를 고려해야 했던 것이다.

두번째 문제점은 전략 목표에 관한 것이었다.

이 부분이 명확히 규정되지 않아 작년에 실패를 초래했으므로 베네치아도 신경을 바짝 곤두세웠다. 올해는 세부에 이르기까지 상세히 명기해야 했다.

베네치아의 진의는 키프로스 구원이다.

에스파냐는 북아프리카 공략에 연합 함대를 이용하고 싶어했다.

교황은 이슬람교도와 싸우는 게 중요할 뿐이요 어디서 싸우든 상관없다는 태도다. 하지만 지금 당장 기독교도와 이슬람교도 간에 전쟁이 일어난 곳은 키프로스이므로 연합 함대의 진로는 당연히 오리엔트 쪽으로 잡아야 한다고 생각했다.

하지만 상황을 좌우할 수 있는 힘은 자신에게 있다고 생각한 에스파냐 왕은 전략 목표를 동지중해로 한정하는 데 단호하게 반대했다. 일리가 없는 것도 아니어서 먼저 교황의 마음이 흔들렸고 이어서 베네치아도 타협할 수밖에 없었다.

결국 정해진 것은 지중해의 동서를 불문하고 적이 있는 곳은 어디든 나아가 싸운다는 것이었다. 또한 다음과 같은 것도 함께 정해졌다.

베네치아공화국의 영토가 투르크에 침략당할 경우 에스파냐 왕 이하 동맹 참가국 전원은 원조 의무를 진다. 또한 에스파냐 왕의 영토가 투르크에 침략당할 경우에도 베네치아 이하 각국은 원조 의무를 진다.

키프로스 구원을 명문화하려 무던히도 애썼던 대사 소란초가 얻은 것은 바로 이 조항이었다. 지금 투르크의 침략을 받고 있는 곳은 베네치아령 키프로스니까 이 정도면 되었다고 생각했을 것이다. 그렇지만 생각하는 것과 글로 적는 것은 역시 차이가 나는 법이다.

결의 사항에는 다음과 같은 항목들도 추가되었다.

신성 동맹 연합 함대는 매년 3월에 준비를 완료하고 4월에 출진한다. 문서상으로는 이렇지만 1571년의 3월과 4월은 아직 교섭이 한창 진행되고 있을 때였다.

투르크군과 싸워 얻은 땅은 이전에 이 땅의 주인이었던 나라에게 귀속시킨다. 단 튀니지와 트리폴리, 그리고 알제리의 경우 에스파냐 왕의 영토로 한다.

투르크로부터 밀의 수입이 불가능해진 베네치아를 위해 남이탈리아의 풀리아 지방의 밀을 베네치아로 수출함을 에스파냐 왕이 보증한다.

당시 남이탈리아는 에스파냐 왕의 영토였다.

뭐니뭐니 해도 최대의 문제는 총사령관 인선이었다.

잔안드레아 도리아를 추천하는 에스파냐의 의견에 작년과 마찬가지로 베네치아의 단호한 반대 의사가 개진되었고, 베네치아 해군 총사령관 세바스티아노 베니에르를 내세우는 베네치아의 의견에는 에스파냐가 반대했다. 교황이 타협안으로 내세운 마칸토니오 콜론나는 베네치아도 반기지 않았고 에스파냐도 난색을 표했다. 일시적이나마 이 문제 하나로 인해서 교섭 자체가 소강 상태에 빠져들 정도였다.

이윽고 5월에 이르러 에스파냐가 제2안으로 오스트리아 공 돈 후안을 제시하자 베네치아도 뜻을 굽혀 비로소 난제가 해결되었다. 더 이상 버티면 모든 것이 휴지 조각이 될까 두려웠던 것이다.

그러하나 돈 후안이라는 인물에게 연합 함대를 지휘할 총사령관의 자질이 있는지 없는지는 마드리드 사람들도 딱히 뭐라 할 말이 없었을 것이다.

특히 베네치아 해군 장수들은 그 이름마저 처음 듣는 것이어서 "돈 후안이 누구야"라는 분위기가 지배적이었다.

느닷없이 국제 무대에 등장했고 이 무대 위에서 '오스트리아 공 돈 후안'으로 알려지게 된 이 사람은 그해 나이 스물여섯으로, 에스파냐 왕 펠리페 2세의 배다른 동생이었다.

이 둘이 형제로서 죽 함께 살아온 것도 아니다. 돈 후안은 선제(先帝) 카를로스가 독일 귀부인에게서 얻은 아들로, 1545년 남부 독일 지방의 레겐스부르크에서 태어났는데 카를로스의 가신이 그를 맡아 쉬쉬하며 키웠다. 열세 살 나던 해 카를로스가 죽자 그전에 이미 에스파냐 왕이 되어 있던 펠리페 2세는 이듬해에 열네 살 난 돈 후안을 동생으로 정식 인정했다.

돈 후안은 애당초 성직에 몸담을 예정이었지만 나이를 먹을수록 군사 부문에 관심을 보이기 시작했다. 형 펠리페 2세도 군사적으로 이용 가치가 있다고 보았는지 그에게 군무를 맡기기 시작했다.

스물세 살 때 돈 후안은 알제리 전투에 참가했다. 이듬해에는 에스파냐 남부의 이슬람 일소를 위해 벌인 전투에서 총지휘관을 맡기도 했다.

이것이 1571년 당시까지 그가 쌓은 전적이다. 모두 승리자로 남긴 했지만 어디까지나 육전의 승리자일 뿐이다. 해전의 실적이

전무한 것이다. 이런 인물에게, 더구나 아직 젊은 귀공자에게 200척으로 이뤄진 대함대의 지휘를 맡기는 것은 베네치아 해군 장수들로서는 불안하기 그지없는 일이었다. 이런 베네치아의 불안감을 조금이나마 해소해줄 임무가 대사 소란초에게 부여되었다.

 왕의 동생이 출전함은 왕 자신이 출전하는 것만은 못해도 용병대장 도리아를 총사령관으로 하는 데 비하면 함대의 위신을 헤아릴 수 없으리만치 높이 세워주는 것이었다.

 베네치아 대사는 돈 후안의 총사령관 취임에 베네치아가 동의하는 표면적인 이유로 이런 대의명분을 내걸었다. 하지만 그 속셈은 신뢰할 수 없는 도리아의 총사령관 취임을 최종적으로 저지하는 데 있었다.

 그러나 해군 장수로서 돈 후안의 능력에도 일말의 불안감이 있었기에 다음과 같은 제안을 했다.

 연합 함대 총사령관 돈 후안은 모든 것을 베네치아 해군 총사령관 베니에르 및 교황청 함대를 이끄는 콜론나와 상의해야 하며, 이들 세 사람이 합의를 보기 전에는 어떠한 결정도 실행에 옮길 수 없다는 것.

 펠리페 2세도 이 조건을 받아들였다. 일단 에스파냐 세력이 총사령관 자리를 차지한 이상 앞으로는 뭐든지 자기 마음대로 될 거라고 생각했을 것이다.

 동맹의 주창자가 교황인 이상 교황청 함대 책임자의 취임이 당연시되던 부사령관 인선에 임해서도 같은 조건이 추가되었다.

총사령관 유고시 즉각 그를 대신하여 총지휘를 맡을 사람은 부사령관이다. 작년에 보여준 행동으로 미루어 이 부사령관으로서 콜론나의 자질이 의심되던 차였다. 그 때문에 아마추어와 다름없는 두 사람에게 대함대의 지휘를 맡기는 데서 생기는 불안감을 상기 조건을 추가함으로써 조금은 해소할 수 있었다.

함대의 집결지는 시칠리아의 메시나로 정해졌다.

집결 일시까지 정하지는 않았다. 베네치아 해군을 빼고 나면 지금부터 사람과 선박을 모아야 하는 나라가 많았기 때문이다. 그나마 베네치아 해군도 본국에서 모집한 전투원 5천 명을 아직 코르푸 섬에 보내지도 않은 상태였다.

1571년 5월 25일, 로마에 모인 참전 각국의 대표들이 조인함으로써 신성 동맹은 공식적으로 발족되었다.

산 피에트로 대성당에서 열린 특별 미사에서 총사령관 기함의 돛대 높이 나부낄 동맹기(同盟旗)도 성별되었다. 난산 끝에 간신히 태어난 어린아이 같은 동맹이었지만, 출산된 뒤에도 제대로 자라려면 아직 몇 달은 더 있어야 했다.

6월 18일, 콘스탄티노플에 있는 베네치아 대사 바르바로는 10인위원회의 극비 지령을 받았다. '투르크와의 화평 타진 작업을 중지하라'는 것이었다.

베네치아공화국은 마침내 전쟁을 결의한 것이다. 대사 바르바로가 보낸 암호문에 따르면 이즈음 투르크의 항구에서는 알리 파샤가 지휘하는 대함대가 남쪽을 향해 출발했다 한다.

메시나 1571년 7월

동맹이 발족된 뒤 비교적 순탄한 길을 밟은 것은 콜론나가 지휘하는 교황청 함대였다. 소함대였기에 가능했던 일이다.

6월 15일, 마칸토니오 콜론나는 성대한 환송을 받으며 로마를 출발해 바티칸의 주요항인 치비타베키아에 도착했다. 기함에 승선할 사람들도 동행했다. 일행 중에는 교황의 조카나 콜론나 가 사람들은 물론, 콜론나와 원수지간인 오르시니 가 남자들도 있어 로마 귀족의 총동원을 방불케 하는 위용을 갖추고 있었다. 25명의 에스파냐 병사와 180명의 보병은 교황의 로마 수비대에서 떼어내준 병력이었다.

치비타베키아 항구에는 토스카나 대공이 제공한 12척의 갤리 군선이 빠짐없이 입항해 있었다. 이들 배에는 피렌체 귀족들이 다수 승선했다. 이 귀족들 중 대부분은 피렌체에서 번영을 누리는 종교 기사단인 성 스테파노 기사단의 제복을 입고 있었다.

다른 이탈리아 국가의 배들은 준비가 갖춰지는 대로 메시나로 집결하라는 명령을 내린 뒤, 남달리 뛰어난 재능의 소유자는 아닐지라도 사람됨이 충실한 콜론나는 6월 21일, 12척의 배만을 이끌고 치비타베키아를 떠나 다음 기항지인 나폴리로 향했다.

6월 24일, 나폴리에 입항했다. 에스파냐에서 출항한 돈 후안을 기다리기로 한 곳이다. 그 때문에 정식으로 따지자면 교황이 자기 손으로 돈 후안에게 건네줬어야 할 성별된 동맹기는 콜론나가 나폴리까지 가져왔다. 이 깃발을 받아듦으로써 비로소 돈 후안의 신성 동맹 총사령관의 임무가 시작된다.

그런데 그 돈 후안이 전혀 도착할 기미를 보이지 않고 있다. 나폴리에서 시칠리아에 이르는 남부 이탈리아를 지배하는 에스파냐는 왕을 대행하는 부왕(副王, 비체 레)을 나폴리에 두고 있다. 그 부왕을 추궁해도 돈 후안의 소식조차 알 수 없다는 대답뿐이었다.

난처해진 콜론나는 일단 동맹기를 부왕에게 맡겨두고 먼저 메시나로 가기로 했다. 연합 함대의 실현이라는 피우스 5세의 열정을 자기 가슴 속에 품은 충실한 콜론나는 교황청 함대만이라도 메시나에 가서 함대의 결성을 기정 사실로 만들어두는 것이 유리하다고 생각했던 것이다. 3주 동안이나 나폴리에 머문 끝에 내린 결론이기도 했다.

7월 15일에 나폴리를 떠난 교황청 함대가 티레니아 해를 일로 남하하여 메시나 항구에 들어선 것은 7월 30일 저녁나절이었다.

좁고 물살이 센 해협을 사이에 두고 이탈리아 반도를 마주본 시칠리아 섬의 동쪽 끝에 있는 메시나 항구에는 이미 일주일 전에 베니에르 휘하의 베네치아 함대가 들어와 있었다.

베네치아 함대가 제일 먼저 도착한 것은 모든 일이 순조롭게 진행된 결과가 아니었다. 희생을 수반한 괴로운 선택의 결과에 지나지 않았던 것이다.

투르크 함대는 본대 출항 전에 휘하의 해적 울루지 알리로 하여금 철저한 게릴라 작전을 펴게 했다.

이탈리아 태생으로 본래 기독교도였던 이 해적이 이끈 12척의 쾌속 갤리선은 키프로스 구원에 나선 베네치아 배를 집중적으로 공격했다. 해적이 직업인 만큼 지중해를 자기 손바닥 들여다보듯 훤히 아는 사람이다. 소형 갤리선이어서 행동도 민첩하다. 키프로스 근해에 있다 싶으면 어느새 로도스 섬 근해에 모습을 나타내곤 했다. 크레타 남안을 황폐화시킨 며칠 뒤에 몰타 섬 근해에 나타나기도 했다.

대담하게도 베네치아 함대가 정박해 있는 코르푸 섬 앞바다에서 키프로스로 향하던 대형 범선 3척을 침몰시키는 전과를 올리기까지 했다. 이 사내의 종횡무진하는 활약상으로 인해 베네치아에서 키프로스까지 이르는 항로 중 크레타 이동(以東) 부분은 기능이 마비되었다.

베네치아는 코르푸와 크레타에 함대를 두고 있었다. 천하의 울루지 알리도 아드리아 해까지 넘보지는 못했다.

그러나 이마저도 코르푸와 크레타에 있는 베네치아 함대가 메시나로 떠나면 예전 같지 않으리라는 점은 확실했다. 그렇다고 메시나행을 늦춰버리면 이는 곧 연합 함대의 출진을 늦추는 것이 되었다. 베네치아의 해군 총사령관 세바스티아노 베니에르는 괴로운 양자택일을 강요받았다.

결국 베니에르는 코르푸 주둔 함대만을 이끌고 메시나로 향하기로 했으며, 크레타 주둔 함대에게는 명령이 떨어지면 즉시 메시나로 오라고 했다. 연합 함대를 실현시키기 위해 크레타 근방에게해와 거기서부터 코르푸까지의 이오니아해를 사실상 무방비 상태로 하는 희생을 치른 것이다. 더 이상 베네치아에는 코르푸와 크레타 모두에 함대를 배치하고도 메시나로 함대를 보낼 여유가 없었다.

베니에르가 메시나로 이끌고 온 함대는 58척의 갤리 군선과 6척의 갈레아차였다. 크레타에서는 마르코 퀴리니가 60척을 이끌고 올 예정이었다.

이러한 베니에르가 메시나에 머문 지 일주일 뒤에야 모습을 보인 콜론나를 딱딱히 굳은 표정으로 맞이한 것도 무리는 아니다. 나폴리에서 돈 후안을 기다렸으나 소식도 전해듣지 못했다는 콜론나의 해명에 베네치아의 무장은 참고 참았던 분노를 마침내 터뜨리고 말았다.

서른여섯 살의 마칸토니오 콜론나는 무장이라기보다는 궁정 사람을 떠올리게 하는 사내였다. 키가 작고 마른 체격에 젊은 나이임에도 약간 벗겨진 머리, 눈은 유달리 커서 마치 비리비리한 아이가 그대로 어른이 된 듯한 느낌을 주었다.

이 사내 앞에 남들보다 키도 크고 등이 딱 벌어진 체격에 꼿꼿이 선 백발의 베니에르가 서 있으면, 노성을 발하지 않아도 비둘기를 갖고 노는 독수리 같아 보였다.

그러나 마칸토니오 콜론나는 교황 피우스 5세의 두터운 신임을 받고 있는 가신이다. 또한 콜론나 가는 로마 최고의 명문가일 뿐 아니라 에스파냐 왕가와의 관계도 돈독하다. 베네치아 쪽이 화가 난다고 소리를 버럭 질러대고 끝낼 상대가 아닌 것이다. 화제를 돌려 분위기를 바꾼 이는 동석해 있던 바르바리고였다.

아고스티노 바르바리고는 콜론나에게 에스파냐 함대를 지휘하기로 되어 있던 도리아의 소식을 물었다. 사람 좋은 콜론나는 한숨 놓았다는 듯한 어조로 바르바리고의 물음에 응했다. 소수의 배를 제공하는 나라들을 돌아서 올 예정인 도리아가 언제쯤 도착할지 두 사람은 의견을 나누었다. 하지만 콜론나마저도 뭐라 확실히 대답할 수는 없었다.

결국 베니에르, 콜론나, 바르바리고는 모두 입밖으로 말을 내놓지는 않았어도 모든 것이 돈 후안의 도착 여하에 달려 있음을 통감할 수밖에 없었다.

사람들의 관심의 초점이 된 오스트리아 공 돈 후안은 이미 6월 6일에 마드리드를 떠나 바르셀로나로 향했다. 바르셀로나 항구에서는 산타 크루즈 후작이 기다리고 있었다. 이끌고 갈 갤리 군선도 모든 준비를 끝내고 언제든 출항해도 되는 상태에 있었다.

그런데 출항일이 거의 며칠 간격으로 조금씩 늦춰지고 있었다. 펠리페 2세의 명령으로 에스파냐의 합스부르크 가 방문을 끝내고 귀국하는 독일 합스부르크 가의 왕족 두 사람을 제노바까지 배웅하게 되었는데, 이 두 왕족의 채비가 갖춰지지 않았다는 이유에서였다.

돈 후안은 여름의 바르셀로나에서 계속 기다렸다. 마드리드에서 그들 두 왕족이 도착하여 마침내 출항할 수 있게 된 것은 7월 20일이었다. 돈 후안의 바르셀로나 도착부터 헤아려 이미 43일이 지난 때였다.

일행이 제노바에 도착한 것은 7월 26일이다. 하지만 곧바로 제노바 항을 떠날 수도 없었다. 두 독일인 왕족의 귀국 환송회가 열렸는데, 그 자리에 빠질 수는 없어 다시 며칠을 허비한 것이다. 뿐만 아니라 이곳 제노바에서는 6천 명의 독일인 병사와 2천 명의 이탈리아 병사, 1,500명의 에스파냐 병사를 승선시켜야 하기도 했다.

당시의 함대는 처음부터 전체 선박의 무장을 완료한 다음 출항하지는 않았다. 갤리 군선의 경우 지휘관들과 선원, 노잡이만 태운 채 출항해 도중의 기항지에서 전투원을 승선시키는 것이 보통이었다. 용병이 보통인 전투원은 기항지에서 모집되어 자신이 승선할 배를 기다린다. 이 때문에라도 함대는 자주 기항해야 했다.

이것도 대체로 죄수를 노잡이로 쓰는 에스파냐의 얘기고, 노잡이까지도 자유민을 쓰는 베네치아 배의 경우는 본국 항구를 나올 때 배에 탄 사람은 대체로 지휘관들과 선원들뿐이었다. 아드리아 해의 여러 항구들에 기항하면서 노잡이와 전투원들을 승선시켜 코르푸에 닿을 즈음에야 무장이 완료되는 것이 보통이었다.

돈 후안도 에스파냐에서 이끌고 온 배들을 제노바에서 무장시켜야 했다. 일행이 나폴리로 가기 위해 제노바를 떠난 날짜는 8월 5일이었다.

나폴리 입항이 8월 9일. 교황이 내린 커다란 군기와 원수봉을 받는 의식을 치르느라 다시 열흘을 보낸 돈 후안 휘하의 함대가 마침내 메시나 앞바다에 모습을 보인 것은 8월 23일 해질녘이었다.

메시나 1571년 8월

 마침내 모습을 보인 젊은 귀공자는 미리 배를 보내 도착을 알리는 순서를 밟지도 않고 갑자기 메시나 항구로 들어왔다.
 석양이 맞은편 산맥을 물들일 시간으로, 해협의 물살도 잦아들어 바다는 온통 황금색으로 빛나고 있었다.
 콜론나도 베니에르도 미처 함대를 정렬시켜 예를 취할 여유를 갖지 못했다. 그래도 어쨌든 축포를 쏘고 급히 마련한 배에 올라타 바다로 나갔다. 배에 오른 교황청과 베네치아의 고관들은 첫 대면을 하는 총사령관에 대한 호기심이 발동했는지 너나할것없이 뱃머리로 몰려들어 호화로움의 극치를 달리는 기함이 이쪽으로 오는 것을 뚫어져라 쳐다보았다. 뱃머리에 홀로 서 있는 청년이 있었다. 틀림없이 돈 후안이리라.
 훤칠한 키의 이 청년은 석양을 등지고 있지만 창백한 피부의 소유자임을 알 수 있었다. 눈동자는 티 한 점 없는 파란색이고, 머리카락은 눈부시게 빛나는 금발이었다. 서 있는 모습만 보아도 행동 하나하나가 우아한 사내이리라 추측할 수 있었다.

좌우로 늘어서서 그를 맞이하는 콜론나와 베니에르의 배를 알아본 청년은 비로소 미소지었다. 화려한 혈통을 자기의 것으로 체현한 사람만이 띨 수 있는 여유롭고도 우아한 미소였다.

항구를 메운 배에서, 선착장의 사람들에게서 일제히 거대한 환호성이 터져나왔다.

"돈 후안!"

"돈 조반니!"

에스파냐어와 이탈리아어로 청년의 이름을 부르는 외침이 좁은 해협에 가득 번져갔다. 젊은 귀공자는 이 환호성에도 역시 자연스런 미소를 띠고는 손을 흔들어 답했다.

공화제를 자랑하는 베네치아인은 골백번 뒤집어져도 이뤄낼 수 없는 일이었다. 단지 모습을 보이는 것만으로도 사람들을 열광케 하는 존재는 공화제 베네치아에서는 나올 수 없었던 것이다.

베니에르와 콜론나는 기다리고 기다린 끝에 마침내 도착한 총사령관을 보고 안도의 한숨을 내쉬는 한편으로 사람들이 보이는 이런 반응 때문에라도 돈 후안은 있어야 한다고 생각했다. 이제 남은 문제는 이 젊은이에게 정말로 총사령관의 자질이 있는가 어떤가이다. 적어도 젊디젊은 총사령관의 등장이 선원들과 병사들에게 밝은 희망과 확실한 기대감을 안겨준 것만은 사실이었다.

그날 밤은 긴 여행에서 쌓인 피로를 생각해서 환영회조차 열지 않았다. 참전 각국의 사령관들이 모이는 작전회의도 다음날로 미루었다.

단 한 사람, 콜론나만은 부사령관이라는 지위상 돈 후안과 단독 회담을 가졌다. 한 시간 남짓한 회의에서 무슨 말이 오갔는지는 아무도 모른다. 콜론나가 나중에 교황에게 보낸 편지에 따르면 모든 것은 세 명의 사령관이 합의해서 결정해야 함을 돈 후안이 도착하자마자 다짐해두기 위한 회담이었다고 한다.

명색이 궁정인인 만큼 눈치가 빠른 콜론나이다. 아마도 돈 후안 곁을 한시도 떠나지 않는 레케조스 경의 존재가 거슬렸을 것이다. 실제로 이 에스파냐인은 펠리페 2세의 명을 받아 돈 후안의 고문을 맡은 사실상의 감시자였다. 콜론나가 단독 회담을 요망한 것은 이 사람이 없는 곳에서 돈 후안과 말을 나누고 싶어서였다.

다음날인 24일, 총사령관 돈 후안의 기함에서 제1차 작전회의가 열렸다.

출석자는 의장에 돈 후안, 베네치아 쪽에서 베니에르와 바르바리고, 교황청에서는 마칸토니오 콜론나와 전투원 지휘관인 프로스페로 콜론나. 기타 사보이아, 제노바, 몰타 등 전투원만 파견한 국가 대표들도 얼굴을 내비쳤다.

물론 레케조스 경도 돈 후안의 등 뒤에 서서 꿈쩍도 하지 않았다. 에스파냐 왕은 그에게, 연합 함대의 출항을 가능한 한 미뤄라, 만일 그게 여의치 않다면 공격 대상을 북아프리카로 잡게 하라는 명을 내려두었던 것이다.

첫번째 작전회의는 군선 수와 승선 인원 수 등을 확정하는 데 소요되었다. 이 회의에서 베네치아 쪽은 에스파냐 쪽이 지연책을 쓰고 있음을 일찌감치 알아차렸다. 각자 자기 배로 돌아가기 위해 함께 올라탄 소형선 위에서 베니에르는 바르바리고에게 내뱉듯이 말했다.

"젖비린내 나는 마드리드 음모가놈들. 그 왕에 그 신하로군."

두번째 작전회의에서는 정찰선 파견을 결정했다. 적의 동태를 더 소상히 파악해야 할 필요가 있음에는 누구 하나 토를 달고 나서지 않았다.

문제는 레케조스 경이 이 임무를 에스파냐 배에 맡기자고 제안한 데 있었다. 베니에르는 단호한 어조로 이에 반대했다. 동지중해를 잘 아는 것은 우리 쪽이다라고 그는 말했다. 베네치아 배만 보내는 데는 에스파냐가 동의하지 않았다. 결국 콜론나가 제안하고 돈 후안이 찬성한 절충안을 채택하게 되었다. 즉 정찰선의 함장을 에스파냐인으로 하되 항해사는 베네치아인으로 한다는 것이었다.

매번 이런 식이라면 연일 개최되는 작전회의도 엿가락처럼 늘어질 수밖에 없었다. 게다가 언어 문제까지 있었다.

에스파냐인들은 에스파냐어로 말하기 때문에 이를 못 알아듣는 베니에르에게는 통역이 필요했다. 콜론나가 통역해줄 수도 있었지만 베니에르는 에스파냐파라고 간주되던 이 로마 귀족의 통역을 믿지 않았다. 그래서 아주 잘하지는 못해도 어느 정도 에스파냐어를 알고 있던 바르바리고가 에스파냐어와 이탈리아어를 오가며 말을 옮기게 되었다.

통역이 없을 때는 완전히 의사소통이 안 되었느냐 하면 그렇지도 않았다. 에스파냐 쪽도 베네치아 쪽도 상대방 언어를 조금씩은 알고 있었다. 특히 화날 때 내뱉는 말은 왠지 통역 없이도 잘도 알아들었다.

9월 2일, 크레타 주둔 선박 60척으로 이뤄진 베네치아 함대 제2진이 퀴리니의 지휘를 받아 메시나에 입항했다. 같은 날 저녁, 제노바 항을 떠나온 도리아 함대 22척도 입항을 완료했다. 다음 날인 3일에는 산타 크루즈 후작이 이끄는 남이탈리아 함대도 도착했다.

이로써 예정된 함대가 모두 도착한 셈이다. 총사령관의 기함에서 행해지는 작전회의에는 마르코 퀴리니와 잔안드레아 도리아라는, 지중해의 투르크 해적들 사이에서도 유명한 두 사람이 참석하기 시작했다. 날고 긴다는 해군 장수 두 명이 들어온 만큼 이제 작전회의에서 구체적인 사안들을 결정해갈 수 있으리라 생각되었다. 하지만 돈 후안의 고문 레케조스 경은 정찰선이 돌아올 때까지 기다리자고 주장하더니 끝끝내 의견을 굽히지 않았다. 일리가 없는 것도 아니어서 일단은 귀환을 기다리기로 했다. 다시 나흘이 헛되이 흘러갔다.

베네치아 지휘관들만은 메시나 시가 제공해준 숙박지에 머물지 않고 항구에 정박한 배에 잠자리를 마련한 채 언제든 출동할 수 있는 태세를 갖추고 있었다. 그런 만큼 출항 기일마저 정해질 기미가 보이지 않는 현 상황은 그들에게 언제 끝날지 모르는 고문을 받고 있는 듯한 느낌을 주었다.

대놓고 화를 내는 베니에르나 자신의 입장 때문에 차마 그럴 수는 없는 부관들이나 누구랄 것 없이 이런 기분은 다 똑같았다.

파마구스타는 일년이 지난 지금까지도 버티고 있다. 그렇다고 계속 저항하기를 농성군에게 기대하는 것은 너무 가혹한 짓이다. 연합 함대 하나에 모든 것을 건 베네치아는 키프로스에 구원군도 구원 물자도 보낼 형편이 아니었다.

이것만으로 그치는 문제가 아니었다. 해군의 거의 모든 전력을 이곳 메시나로 파견한 베네치아는, 스스로 선택한 결과라고는 하지만 그리스 근해를 거의 무방비 상태로 만들어 투르크 해적이 제 마음대로 설치게 놓아둔 꼴이 되어버린 것이다.

콘스탄티노플에서 남하해 오는 투르크 함대의 전위를 맡은 해적 울루지 알리는 자기의 역할을 기대 이상으로 충실히 수행하고 있었다.

크레타 섬의 여러 항구들 중 카네아와 레티모가 약탈되었고 코르푸마저 일부가 약탈과 방화에 시달려야 했다. 그뒤 아드리아 해를 북상한 울루지 알리는 달마치야 지방 연안에 늘어선 베네치아의 기지를 차례로 습격해서 쿠르촐라 섬까지 약탈했다.

쿠르촐라는 아드리아 해 중간쯤에 위치한 곳이다. 이에 베네치아 본국은 만일의 사태에 대비해 경계 태세에 들어갔다. 이런 와중에 투르크 함대의 본대가 접근중이라는 소식까지 전해져 왔다. 사태가 이렇게 흘러가자 간신히 모집한 5천 명의 전투원을 메시나까지 보낸다는 것은 사치가 되어버렸다. 설령 이들의 파병을 강행했어도 아드리아 해를 채 빠져나가기도 전에 투르크 함대의 밥이 되었을 것이다.

이런 정보들은 메시나에 있는 베네치아 함대에게도 빠짐없이 전달되고 있었다. 그렇지만 그들이 할 수 있는 것은 아무것도 없었다. 작전회의 결과에 모든 기대를 걸어보는 수밖에 없었다.

9월 7일, 기다리고 기다리던 정찰선이 돌아왔다. 베네치아 쪽의 주장에 따라 에스파냐인 함장과 베네치아인 항해사가 따로 보고하기로 정해졌다.

베네치아의 우려는 기우가 아니었다. 두 사람의 보고가 비관과 낙관의 양극을 치닫고 있었기 때문이다.

먼저, 에스파냐인 함장의 보고는 이러했다.

200척의 군선 및 100척의 수송선으로 이뤄진 투르크 함대는 코르푸에서 레판토로 향하고 있음.

작전회의 석상의 사람들 중 동지중해 지리를 잘 모르는 에스파냐 등 여러 나라 사람들은 레판토라는 지명을 이때 처음 들었다. 베네치아인이 레판토 근처 해역에 대해 설명해줘야 했다.

베네치아인 항해사의 보고는 이런 내용이었다.

상태가 상당히 양호한 갤리선이 150척, 여타 소형 수송선이 100척 남짓 되는 것이 투르크 함대의 실태이며, 대포에 관한 한 투르크군의 무기는 빈약하며 베네치아 함대하고만 비교해도 많이 떨어짐. 또한 봉쇄 작전에 일단 성공한 것으로 보이는 울루지 알리의 함대가 본대와 합류하기 위해 남하중이지만 그 규모 및 레판토에 정박한 함대의 선박 수는 불명.

작전회의의 대세는 베네치아인 항해사의 보고를 받아들이는 쪽으로 기운 듯하다. 꼭 출항해서는 아니지만 일단 열함식(閱艦式)을 하기로 했다.

9월 8일, 연합 함대의 모든 선박들이 빼곡히 메운 메시나 항에서 열함식이 치러졌다.

전투가 가능한 상태에 있는 배들만을 모아 정렬시킨 대형 앞으로 총사령관 돈 후안 이하 고관들 전원이 승선한 갤리선이 천천히 지나갔다.

203척의 갤리 군선, 6척의 갈레아차, 프레가타라 불리는 소형 갤리선, 그리고 30척의 수송용 대형 범선이다. 프레가타란 훗날 프리깃함의 어원이 되는 배로, 삼각돛을 단 돛대가 두 개 있고, 노잡이 30명과 선원 10명이 승선하는 전령 및 정찰용 쾌속선이었다. 보통 각 부대별로 두 척은 보유하고 있었다.

열함식에 참가한 각 선박에는 선원이나 노잡이는 물론이고 전투원들까지도 출진 때와 똑같은 모습으로 전원 승선해 있었다. 각 선박에는 가지각색의 국기나 문장기가 펄럭이고 있었고, 교황의 조카부터 일개 병졸에 이르는 모든 전투원들이 각자 갑주나 전투복을 입고서 무기를 든 채 갑판 위에 정렬해 있었다.

돈 후안의 배가 지나가자 이들로부터 생각지도 못했던 함성 소리가 올랐다. 전장에서나 들을 수 있는 커다란 함성이었다. 남국의 새파란 하늘 아래 남색 바다 위에서 펼쳐지는 열함식은 사람들의 가슴을 한껏 부풀려놓은 것이다. 젊은 돈 후안의 가슴도 크게 요동쳤다.

 돈 후안의 마음이 조금씩 바뀌어가다가 이날의 열함식에서 결정적으로 돌아섰음을 펠리페 2세의 뜻을 받들어 총사령관 곁에서 한시도 떨어지지 않은 두 에스파냐인은 전혀 알아차리지 못한 듯하다. 레케조스 경은 왕이 부여한 자신의 지위를 과신했고, 돈 후안의 전속 고해 신부인 프란시스코는 신이 부여했다고 믿는 자신의 직책을 과신하고 있었다.

 스물여섯 살 젊은이의 심중에서는 명예심의 불길이 피어올라, 에스파냐에 있는 배다른 형이 그토록 열심히 말해주었고 메시나까지 오는 동안 두 측근이 끊임없이 설교한 에스파냐의 국익을 집어삼키고 있었다.

 에스파냐 왕 펠리페 2세의 뜻을 대변하는 사람은 이 두 사람으로 그치지 않았다. 왕에 고용되어 왕의 함대를 지휘하고 있는 제노바 장수 도리아가 있는 것이다.

 열함식 다음날 열린 작전회의에서 도리아는 제일 먼저 발언권을 청했다.

 도리아는 아직 서른두 살밖에 안 되었다. 잔안드레아라는 이름 자체가 '안드레아 2세'라든가 '젊은 안드레아'를 의미하는 데서 알 수 있듯이, 스무 살 나던 해에 유명한 바다의 용병대장 안드레아 도리아의 뒤를 이은 뒤 올해로 12년째이다.

약간 통통하고 키가 작은 남자로, 이 면에서만은 아흔 살이 되어서도 검은 매로 이름을 날리던 백부와 전혀 닮지 않았다. 나이에 어울리지 않는 대머리가 부끄러워서인지 전장에서는 절대 투구를 벗지 않았고 평소에도 모자를 달고 살았다. 다만 돈 후안 앞에서만은 벗었다. 제노바인이지만 용병대장인 만큼 자기 소유의 군선과 선원들 및 전투원들을 거느리고 해운국이라고는 할 수 없는 에스파냐와 계약을 맺어 실질적으로 에스파냐의 해군 역할을 맡고 있었다.

그런 그에게는 승리만이 전투의 유일한 목적일 수가 없었다. 전쟁은 어디까지나 먹고 살기 위한 직업인데 죽어버리면 무슨 소용이 있겠는가. 게다가 에스파냐 왕이 밀명을 내리기까지 했다. 그날의 작전회의에서 그가 발언한 내용은 크게 두 가지였다.

첫째, 베네치아 선박의 전투원 수가 너무 적으므로 이대로는 투르크와 싸워보았자 승산이 희박하다.

둘째, 벌써 9월하고도 중순인 만큼 지금부터 적을 찾아나서보았자 너무 늦었다.

베네치아 배의 전투원 부족은 에스파냐 쪽도 문제삼아오던 차였다. 작년에 역병이 돈데다가 5천 명을 본국에 묶어둘 수밖에 없게 된 결과, 에스파냐 배의 경우 한 척당 200명 정도의 전투원이 있는 데 반해 베네치아 배는 80명 정도밖에 안 되었기 때문이다.

베네치아 쪽은 자유민을 노잡이로 쓰는 베네치아 배에서는 그들도 전투원으로 삼을 수 있다고 항변했지만, 갤리선끼리 붙게 되는 해전에서는 그다지 설득력을 띠지 못하는 논거였다.

그렇지만 초조감에 짓눌리던 베네치아 쪽에게는 이런 논의를 하는 시간도 아깝기 그지없었다. 베니에르도 돈 후안의 제안을 마지못해 받아들일 수밖에 없었다.

에스파냐 배의 전투원 일부를 베네치아 배에 빌려준다는 안이었다. 이는 베네치아공화국에 대한 충성심으로 똘똘 뭉친 베네치아 귀족 출신인 지휘관, 베네치아 시민인 기술자 및 선원들, 그리고 달마치야에 있는 베네치아 기지 출신자인 노잡이들만이 승선한 베네치아의 배에 이물질이 들어온다는 얘기이기도 했다. 베니에르가 끝까지 이 제안을 거부하려 한 것도 바로 사기의 문제가 신경쓰여서였다. 하지만 가을이 깊어가고 있다. 피할 수 없는 고통이라면 기꺼이 감수해야 했다.

도리아는 이 문제가 해결된 뒤에도 이미 때가 늦었다는 주장을 계속해서 개진했다. 마침내 화가 머리 끝까지 치민 베니에르가 자리를 박차고 일어났다. 아무리 왕실용 배라지만 역시 선교에 있는 선실은 천장이 낮게 마련이다. 남달리 키가 큰 베니에르가 일어나자 낮은 천장에 구멍이 뚫릴 것 같았지만, 그런 것에는 신경도 쓰지 않는 베네치아의 노장은 주위를 깜짝 놀라게 할 만큼 커다란 목소리로 외쳤다.

"그러면 처음부터 다시 시작하자는 건가!"

그는 돈 후안이 있건 말건 좌중을 노려본 뒤 나지막하면서도 심장을 얼어붙게 할 것 같은 목소리로 말했다.

"이대로 계속 불명예를 맛보자는 자가 있는가? 있다면 나와라."

모두 아무 말도 하지 못했다. 잠시 후 콜론나가 가까스로 입을 열었다.

"베니에르, 발언은 자유요. 여기 있는 누구든 발언할 수 있소. 하지만 결정은 우리들 세 사람 중 둘이 합의하면 내려지오. 다른 한 사람은 무조건 따라야 하오."

베니에르는 누가 끼여들 틈도 없이 바로 답했다.

"그러면 도리아에게는 결정권이 없소."

그리고 이어서 자신은 하루바삐 출진해야 한다고 생각한다 말했다. 그러자 마치 이제 어쩔 수 없다는 투로, 내심 동조하고는 있었지만 신중을 기해 입밖에는 내지 않았던 콜론나도 출진에 찬성표를 던졌다.

모든 이의 눈이 중앙에 앉아 있는 돈 후안에게로 향했다. 설령 여기서 돈 후안이 반대할지라도 2 대 1의 결과가 되어 출진이 정해질 터이지만, 지금까지 에스파냐 쪽이 보여온 행동으로 보건대 억지를 부릴 우려도 없지 않았기 때문이다. 게다가 총사령관의 한 표는 무게가 다르다.

젊은이의 창백한 얼굴은 좀 전부터 조금씩 붉은 기를 띠기 시작하더니 마침내 자리에서 일어날 때는 완전한 홍조를 띠었다. 그리고는 말했다.

"출진한다."

작전회의 석상은 일순 술렁였다. 이제 되었다. 베네치아 무장들은 가슴 속으로 다짐하고 있었다.

스물여섯 살 젊은이는 결코 뇌리에서 지울 수 없었다. 200척이 넘는 대함대를 자신이 지휘하리라는 생각을, 그리고 40년 동안이나 지중해의 주인처럼 행세해온 이교도 투르크를 뿌리뽑을 수 있을지도 모른다는 생각을. 이 모든 것들이 젊은이의 마음속에 불길로 타오르고 있었다.

갈레아차라 불리는 베네치아 신형 선박의 위용을 이곳에 와서 처음으로 보았을 때 그의 가슴은 설레었다. 마치 바다에 떠 있는 요새 같았다. 이런 배들로 이뤄진 함대를 내년까지 그대로 묵혀둔다는 것은 절대 용납할 수 없었다. 더구나 자신은 서출이 아니던가. 내년에도 지휘를 맡으리라는 보장은 어디에도 없었다. 젊은이는 올해에 모든 것을 걸어보리라 마음먹은 것이다.

두 사람의 측근이 이단재판소의 판사 같은 눈을 하고 자신을 보고 있는 것 따위는 일단 불길이 타오른 젊은 가슴 앞에서는 아무 의미도 없었다.

출진이 정해지고 나자 나머지 세부 사항들도 아무 어려움 없이 정해졌다.

출진 날짜는 9월 16일로 결정되었다. 기독교도에게 성스러운 날, 일요일이었기 때문이다.

메시나 1571년 9월

시칠리아의 메시나 항에서 출진하기로 정해진 연합 함대의 규모는 이러했다.

갤리 군선 204척

갈레아차 6척

소형 쾌속선 50척

대형 수송 범선 30척

대포 1,815문

선원 13,000명

노잡이 43,500명

전투원 28,000명

대포의 대부분, 특히 그 중에서도 포탄이 큰 것들은 '해상 포대'란 별명을 가진 갈레아차에 탑재되었다. 행동의 자유가 핵심인 갤리 군선에는 큰 대포는 싣지 않았다.

순수 전투력인 갤리 군선과 갈레아차만 보더라도 베네치아 해군이 총 210척 중 120척을 차지하고 있다. 반 이상의 비율이다.

같은 전력이라도 전투원 수를 보면, 지배하에 있는 남이탈리아나 제노바에서 징집했다고는 하지만 에스파냐 왕의 이름 아래 참가한 수가 베네치아 전투원의 세 배에 달한다. 즉 전체 전투원의 4분의 3은 에스파냐 왕으로부터 급료를 받는 이들이라는 얘기다.

 총계 2만 8천 명에 이르는 전투원은 각 갤리 군선별로 균등하게 배분되어 있지 않다. 돈 후안의 제안에 따라 전투원이 부족한 베네치아 배에 에스파냐 병사를 태우기로 했지만, 몰타·제노바·사보이아의 각 부대 대장들은 휘하 부하들 모두를 데리고 승선하려 한 것이다. 그 때문에 한 배당 100명이 채 안 되는 베네치아 배서부터 평균 150명의 에스파냐 배, 심지어는 180명이 넘는 배까지 각 선박의 전투원 수에 차이가 날 수밖에 없었다.

 어쩔 수 없이 에스파냐 병사를 승선시키긴 했어도 베네치아는 해전의 관건을 쥐게 될 주력선은 베네치아 전투원만으로 채운다는 원칙을 관철시켰다. 여섯 척의 갈레아차에도 다른 나라 병사는 한 명도 없었고, 총사령관 베니에르와 참모장 바르바리고의 배는 물론이고 참모 퀴리니와 카날레의 배도 베네치아 병력만으로 채웠다.

 출항 날짜를 정한 뒤로도 하루도 빠뜨리지 않고 열린 작전회의에서 다음과 같은 사항들이 결정되었다.

 먼저, 현재 예상되는 해전의 양상에 대비하여 진용을 결정했다.

 좌익, 본대, 우익으로 삼분하였고 그밖에 예비대도 두기로 했다. 이는 유격대 격으로, 그때그때 격전이 벌어지는 해역으로 달려가 응원할 임무를 띠었다.

기독교 여러 나라가 참가하는 연합 함대이므로 본진이 두어진 본대에서 총사령관 돈 후안이 자리잡을 위치를 제일 먼저 결정했다. 진용의 거의 중앙 부분이다. 연합 함대 총사령관이 승선할 이 배의 바로 왼쪽으로는 베네치아 함대의 총사령관 베니에르의 배가 자리잡는다. 그리고 돈 후안의 배 바로 오른쪽은 교황청 함대의 콜론나의 배가 지킨다는 구도였다.

처음에 에스파냐 쪽은 왕의 동생에 변고가 생겨서는 안 된다는 이유로 총사령관 기함 양측을 에스파냐 배가 지켜야 한다고 주장했다. 이 두 척에 감시자인 레케조스 경과 에스파냐 왕의 중신들을 태운다는 생각이었다. 아무리 어지러운 전장일지라도 이 젊은 왕자를 감시권 안에 두고 싶었을 것이다.

이 주장은, 해전에 익숙지 않은 에스파냐 배에 둘러싸여 있으면 오히려 더 위험해진다는 베니에르의 반대 의견에 부딪혔다. 결국 이번에도 콜론나가 조정에 나서서 돈 후안의 기함 뒤쪽에 에스파냐 배가 자리잡으면 어떻겠느냐는 안을 내놓았고 이에 타협이 이뤄졌다. 두 척의 감시선은 돈 후안의 기함 선미에 선수를 잇댈 정도로 가까이 배치하기로 했다.

본진이 들어 있는 본대는 합계 62척의 갤리 군선으로 구성되며 에스파냐 · 베네치아 · 교황청 함대의 최고위자의 기함들이 몰려 있는 중앙부 이외 부분에서도 각 참가국의 기함이 촘촘히 늘어서기로 했다. 몰타의 성 요한 기사단과 제노바공화국 및 사보이아후국도 기함들만은 이곳 본대에 배치된다.

본대 소속의 배를 다른 배들과 구별하기 위한 깃발의 색으로는 하늘색을 택했다. 좌익은 황색, 우익은 녹색, 후위를 맡은 예비 함대의 깃발은 백색이었다.

황색 깃발의 좌익은 55척의 갤리 군선으로 구성되며 총지휘는 베네치아 해군 참모장 바르바리고에게 맡겨졌다.

바르바리고의 위치는 좌익 중앙부가 아니다. 좌익에서도 끝부분, 연합 함대 전체 대형의 왼쪽 끝이다.

이 바르바리고의 배 바로 오른쪽에는 참모 카날레의 배가 위치한다. 좌익 함대의 오른쪽 끝을 지키는 것도 참모 퀴리니의 배였다.

본대, 좌익, 우익 할 것 없이 여러 나라 배들로 이뤄진 혼성 함대였다.

그리스도의 이름으로 이교도와 싸우는 신성 동맹의 연합 함대였다. 모든 기독교도들이 각자의 국가나 기사단을 벗어던지고 한 덩어리가 되어 이 전투에 임한다는 것을 보여주어야 한다는 생각으로 제안된 것이었다.

배는 어디까지나 베네치아공화국이 압도적으로 많다. 그렇기 때문에 본대와 우익에서는 혼성 함대가 편성되었지만 좌익은 사실상 베네치아 함대였다. 55척 중 실로 43척에 이르는 배가 베네치아 소속이었던 것이다.

한편 57척의 갤리 군선으로 이뤄진 우익 함대는 에스파냐 해군의 용병대장 도리아가 지휘를 맡았다. 이 함대에는 25척의 베네치아 배가 배치되었는데, 그들도 일단 전투가 시작되면 평소에 그렇게 싫어하던 도리아의 지휘에 복종해야 했다. 노련한 장수 도리아가 탄 배는 우익 함대의 맨 오른쪽, 즉 전체 대형의 최우익을 맡았다.

예비대이기도 한 후위는 30척의 갤리 군선으로 이뤄졌으며 지휘는 나폴리의 유력자이자 에스파냐 왕의 가신인 산타 크루즈 후작이 맡았다. 이 함대는 에스파냐인이 함장으로 있는 배가 16척을 헤아려 12척의 배네치아 배를 수적으로 능가한 유일한 진영이 되었다.

대충만 보더라도 해전에 익숙한 베네치아와 제노바 배에게 대형의 중요 부분들을 지키는 역할이 부과되었음을 알 수 있다. 투르크와의 전투로 일관해온 성 요한 기사단의 갤리선 세 척이 본대의 오른쪽 끝에 나란히 배치된 것도 같은 이유에서였다. 그리고 총사령관 돈 후안의 기함 주위를 군비가 충실하고 선박 구조 자체도 견실한 배들의 무리로 에워싸고, 대형의 오른쪽 끝과 왼쪽 끝을 베네치아의 바르바리고와 제노바의 도리아로 하여금 지키게 한 것도 이 연합 함대에게 적과 싸우려는 결연한 의지가 있음을 보여주는 것이었다.

대부분의 사람들은 전투 결행이 정해진 이상 조금이나마 빨리 행동에 나서기를 바랐을 것이다. 9월 16일은 에스파냐 왕의 가신들을 제외한 모든 이들이 기다려 마지않던 출진일이었다.

항구 입구를 지키는 요새에서 연달아 터져나오는 축포 소리를 들으며 제일 먼저 출항한 것은 전위를 맡은 갤리선 여덟 척이었다. 갤리 군선 여섯 척에 소형선 두 척으로 이뤄진 이 소함대에는 주간에는 30해리 사방을 정찰하고 야간에는 아군과 10해리 거리를 두고 항진하라는 지령이 내려졌다. 전투가 시작되면 소형선을 제외한 갤리 군선들은 본대 안에 마련된 소정의 위치로 갈 터였다.

전위를 이어 여섯 척의 갈레아차가 차례로 항구를 떠났다. 이른 아침이라도 바람이 잦아들었기에 소형 쾌속선에 이끌려 출항했다. 이 여섯 척의 '해상 포대'는 적군과 마주치는 즉시 최전선에 나설 임무를 지니고 있었다. 포격으로 적진을 혼란시킨 다음 비로소 갤리선이 출전하기로 되어 있었기 때문이다.

다시 6해리 간격을 두고 도리아의 기함이 선두에 선 우익 함대가 출항했다. 한결같이 녹색 깃발을 뱃머리에 걸고 있다. 57척은 3열 종대를 이뤄 항구를 빠져나갔다.

전위를 맡은 여섯 척을 뺀 56척의 갤리 군선으로 이뤄진 본대의 출항은 각국 기함이 몰려 있는 만큼 유달리 화려했다. 돈 후안의 배 좌우로 베니에르와 콜론나의 배가 뱃머리를 나란히 하고 나아갔다. 돈 후안의 배는 새하얀 노가 눈부셨고 베니에르가 탄 기함의 노는 온통 붉은색이다. 모든 배가 하늘색 깃발을 내건 뱃머리도 나란히 파도를 가르며 나아갔다.

좌익을 맡은 55척이 그 뒤를 잇는다. 선두는 붉은색 베네치아 기함, 바로 좌익의 총지휘관 바르바리고가 승선한 배이다. 이 55

척에서도 맨 나중에 출항한 것은 참모 퀴리니의 배였다. 적과 마주쳐서 진형을 갖춰야 할 때는 바르바리고의 배가 그 자리에 정지하고 이 퀴리니의 배가 오른쪽으로 돎으로써 두 배가 양쪽 끝을 다지는 좌익의 대형이 완성된다. 황색 깃발이 좌익 배들의 뱃머리에서 휘날리고 있었다.

산타 크루즈 후작이 이끄는 후위가 출항한 것은 정오 가까이 되어서였다. 백기를 내건 30척의 배는 그즈음부터 바람이 힘을 얻기 시작하면서 전속력으로 앞서간 아군을 쫓아갔다.

다바로스 후작이 이끄는 30척의 범선도 바람의 혜택을 충분히 받으며 출항했다. 갤리선의 도움도 필요없었던 이 범선의 무리는 백조가 물 위를 미끄러져 가듯 메시나 항을 나섰다.

생각지도 못했던 방향으로 일이 진행되는 데 화가 난 펠리페 2세는 왕의 이름으로 돈 후안에게 귀환을 명한 편지를 보냈지만, 그것이 메시나에 도착한 것은 함대가 이미 출진한 뒤였다.

이오니아 해 1571년 9월

순서에 따라 질서정연하게 메시나 항을 나선 함대도 물살 빠른 해협을 지나 맞은편 이탈리아 반도의 남안을 돌아설 때즈음에는 잡다하게 서로 뒤섞여버렸다.

배를 다루는 선원들의 실력 차 때문이기도 했지만, 각국 기함이 혼재한 만큼 다른 나라의 기함에 추월당할 수 없다는 자기 위신에 신경을 쓴 때문이기도 했다.

항해중인데도 사보이아후국과 몰타의 성 요한 기사단 간에 누가 앞서 갈지를 놓고 언쟁이 붙기까지 했다.

정해진 순서대로라면 본대의 오른쪽 끝에 배속된 기사단장의 배가 앞에 가야 했다. 그런데 사보이아의 배는 이를 인정하지 않았다. 총사령관 돈 후안은 이런 구차한 일들에까지 일일이 신경을 써야 했다.

그는 사보이아 기함이 앞서 나가라고 명했다. 선박 수는 세 척밖에 안 되지만, 사보이아후국의 기함에는 우르비노 공작 및 휘하 무장들이 타고 있다. 사보이아 후작과 우르비노 공작의 배려로 이 배는 본대 중에서도 콜론나의 배 바로 옆에, 즉 본진 안에 위치하기로 되어 있었던 것이다.

이런 사소한 사고가 일어나기도 하고 배를 다루는 능력에서 해운국의 전통이 있는 이탈리아 여러 나라와 그렇지 않은 에스파냐 배의 속도에 차이가 생기는 것은 어쩔 수 없기도 해서 각 대형 안의 순서는 뒤죽박죽이 되었지만, 본대·좌익·우익으로 나뉜 대형들끼리 서로 뒤섞이는 일은 일어나지 않았다.

9월 18일, 메시나를 나선 지 사흘째 되던 날에 함대는 장화처럼 생긴 이탈리아 반도의 남단을 돌아 이오니아 해로 들어섰다.

날씨는 아직 양호했다. 200척 이상의 배가 한 무리를 이루어 나아가는 모습은 누가 뭐라든 장관이었다. 하지만 해안선에는 이에 찬탄의 눈길을 보내는 사람들이 한 명도 보이지 않았다. 오랫동안 계속된 이슬람의 횡포에 주민 대부분이 안전한 산악지대로 피신해 버렸기 때문이다. 투르크 해군에서 휘황찬란한 전과를 올리고 있는 울루지 알리도 이 지방에 있는 카스테라라는 어촌에서 태어나 살다가 열여섯 나던 해에 마을을 습격한 투르크 해적에게 잡혀 노예로 팔려간 경력을 지니고 있었다. 남이탈리아의 항구치고 이슬람의 피해를 입지 않은 곳은 하나도 없다 해도 과언이 아니었다.

연합 함대는 장화 앞축에서 움푹 들어간 부분을 향해 해안에 닿을락 말락 하게 계속 동진했다. 선원들이 '기둥 곶'(카포 델레 콜론네)이라 부르는 곳 앞바다에 닿은 것이 9월 20일 아침이었다. 메시나의 출항부터 헤아려 닷새째 되는 날이었으므로 지금까지의 항해는 순조로운 편이었다고 할 수 있다.

순조로운 항해 덕분에 여유가 생겼는지, 돈 후안은 이곳에서 전원 휴식을 취하라는 명령을 내렸다. 바다에 익숙한 이들이 하늘의 낌새가 심상치 않다며 반대했지만 듣지 않았다. 결국 전 함대는 산그늘에 닻을 내리고 휴식에 들어갔다. 돈 후안은 베니에르 앞으로 전령선을 보내 근처 크로토네 마을에 있는 병사 600명을 베네치아 배의 전투원으로 승선시키는 게 어떻겠느냐는 의사를 전해왔다.

베니에르는 부관 바르바리고에게 상의 한마디 없이 그 자리에서 거절했다. 그들을 승선시키느라 쓸데없이 시간을 허비할까 우려한 것이다. 한시바삐 키프로스를 구원하러 가야 한다고 생각한 베니에르는 돈 후안이 보낸 전령으로 하여금 역으로 자기의 제안을 전하라고 일렀다. 여기서부터 이오니아 해를 가로질러 단번에 잔테 섬으로 가자는 것이었다. 하지만 돈 후안의 답이 나오기도 전에 기후가 돌변해버렸다.

그날 밤 무시무시한 폭풍우가 연합 함대를 덮쳤다. 북쪽에서 불어온 강풍이 바다를 부풀리더니 커다란 물결이 그대로 배를 강타했다. 배 밑바닥까지 물이 가득 찼다. 육상에서는 적은 안중에도 없는 듯 한껏 위용을 과시하던 귀족과 기사들도 완전히 기가 꺾인 채 난생 처음 바다의 공포를 느끼고 있었다.

20일, 21일, 바다는 전혀 수그러들지 않았다. 순서 따위가 문제가 아니었다. 순서를 놓고 다투던 배들은 언제 그랬느냐는 듯 쇠사슬로 서로를 단단히 묶어 떠밀려가지 않으려 안간힘을 썼다.

21일 밤이 이슥해질 무렵에야 바다는 마침내 잦아들기 시작했다. 미친 듯이 날뛰던 바다의 모습은 기항할 데도 없는 망망대해로 나가 뱃머리를 동쪽으로 잡고 단번에 이오니아 해를 횡단하자는 베니에르의 제안을 완전히 묵살해버리는 데 일조했다. 귀족과 기사들은 총사령관에게 몰려가 연안을 따라 항해하자고 입을 모아 말했다. 그러나 타란토 만 깊숙이 자리잡은 타란토까지 가기로 하자 더 이상의 논란은 일지 않았다. 장화 뒷굽 부분의 산타 마리아 디 레우카 곶까지는 그들도 별로 불안해할 이유가 없었던 것이다. 바닷바람도 범선에 딱 맞을 정도로 수그러들어 있었다.

9월 23일 아침, 함대는 산타 마리아 디 레우카 곶이 보이는 곳까지 이르렀다. 여기서부터는 아무리 바다를 겁내는 이라도 '그래도 육지가 보이니까'라며 안심한다거나 할 수 없다. 아드리아 해의 출구 격인 이 해역을 지나 코르푸 섬까지 가려면 바다 한가운데로 나아가 동쪽으로 가야 하는 것이다.

9월 24일 아침, 순조로운 항해를 계속하던 연합 함대는 수평선 위로 코르푸 섬이 어렴풋이 보이는 데까지 왔다. 그리스 쪽으로 건너온 것이다.

코르푸 근해에는 작은 섬 몇 개가 산재해 있는데, 그 중 하나가 사모트라케 섬이다. 일단은 이 섬 근처에서 뒤에 따라오는 함대를 기다렸다가 집결이 완료되면 한꺼번에 코르푸로 입항하기로 했다. 베니에르의 배만은 한 발 먼저 코르푸로 가기로 했다. 코르푸 섬은 베네치아공화국의 주요 기지인 까닭에 총사령관 돈 후안을 베네치아를 대표하여 예를 다하여 맞아들여야 했다. 베니에르는 그 준비를 위해 앞서간 것이다.

그런데 사모트라케 근해에서의 전원 집결이 그다지 순조롭게 진행되지 않았다. 바다가 다시 거칠어진 것이다. 차가운 북서풍이 불어오자 수심이 얕은 이 근처 바다는 곧바로 파도를 만들어냈다. 결국 전 함대의 코르푸 입항이 완료된 것은 9월 26일이 되어서였다.

항의 입구에 우뚝 선 성채에서 울려퍼지는 축포 소리를 들으며 연합 함대가 꼬리를 물고 입항했다. 코르푸에서는 상선용 항구까지 개방하여 이 대함대를 맞아들였다.

베네치아공화국이 '베네치아의 만'이라 부르는 아드리아 해의 출구를 지키는 곳이 코르푸 섬이다. 그런 만큼 코르푸 항에 돌출된 곳에 서 있는 성채는 해상 방위의 문외한들을 경탄시키기에 충분했다. 게다가 이곳 코르푸와 건너편 육지는 서로 달라붙어 있는 것처럼 보일 정도로 가깝다. 코르푸 항구에서도 흐릿하게 보랏빛으로 가물가물 보이는 저쪽 땅은 투르크제국의 영토이다.

울루지 알리가 습격한 흔적이 아직도 선명히 남아 있었지만 대성채가 지키는 항구는 안전했다. 투르크의 병사들은 섬에서도 수비가 취약한 곳에만 상륙하여 초토화시킨 다음에 바로 철수해버린 것이다.

이곳 코르푸에서는 투르크 함대에 관한 상세한 최신 정보를 얻을 수 있었다.

알리 파샤가 이끄는 투르크의 대함대는 아직 그리스의 바다를 빠져나가지 않았다. 규모는 소형선을 포함해서 300척 가까이 되며 울루지 알리의 선단도 합류한 것 같았다. 주력은 레판토에 정박해 있다고 했다. 코르푸에서 레판토까지는 며칠만 항해하면 되는 거리였다. 갑자기 적이 바로 곁에 있는 듯한 느낌이 들었다.

여기 코르푸에서 바르바리고는 플로라가 보낸 편지 몇 통을 한꺼번에 받아들었다. 며칠 간격을 두고 보낸 것이 메시나로 배달되지 않아 여태껏 쌓여왔기 때문이다. 그는 혼자 있을 때마다 몇 번이고 거듭해서 편지를 읽었다. 본국에서 보내는 모자의 생활이, 전장에 있는 사람에게는 아련한 그리움과 편안함을 안겨주는 그 모습이 나날의 생활을 적은 그 편지들에서 묻어 나왔다.

남자도 여자에게 답장을 썼다. 예전처럼 하루하루 어떻게 지내는지를 적지는 않았다. 메시나에서 돈 후안을 맞은 뒤로는 편지를 쓸 시간적 여유도 정신적 여유도 없었다. 한 달이나 지난 뒤에 옛 습관을 되찾기는 힘든 일이었다. 또한 레판토에 적이 있음을 알게 된 지금, 눈앞에 있는 것은 오직 전쟁뿐이었다. 그런 바르바리고가 앞으로도 이런 나날이 이어질 것처럼 담담히 일상을 적어 나간다는 것은 더 이상 불가능했다.

그렇지만 어떻게 쓸지 딱히 잡히는 것도 없었다. 결국은 머릿

속에 떠오르는 생각들을 두서없이 적어 나갔는데, 쓰다 보니 다정한 글이 되긴 했어도 평소와 달리 너무 평범해 보여 쓴웃음을 지으면서 약간 불만스럽다는 생각도 했다.

추위에 감기 들지 말고……라고 적고 나니 무슨 말을 이어야 할지 몰랐다. 어찌어찌 이런 말들로 지면을 채운 뒤 남자는 다음 편지는 코르푸로 돌아온 뒤에야 쓸 수 있으니 한동안 연락이 없어도 걱정하지 말라는 말을 덧붙였다.

다시 한번 건강에 주의하라는 말을 쓰고는 펜을 놓았다. 다 쓴 편지를 다시 읽으면서 바르바리고는 건강에 주의하라는 말을 세 번이나 썼음을 알아차렸다. 왠지 우스워 보여 바르바리고는 껄껄 웃음을 터뜨렸다. 무슨 일인가 하고 종복이 문을 열고 쳐다볼 정도였다.

편지는 원로원의 문서를 가져온 쾌속선에 부탁해서 베네치아로 부칠 것이다. 열흘만 지나면 닿을 거라고 남자는 생각했다. 원로원이 보내온 문서에는, 귀관들 뒤에는 베네치아 전 국민의 응원이 있음을 잊지 말고 투르크 해군과의 전투에 온힘을 다하기 바란다고 적혀 있었다.

그리스의 바다 1571년 10월

코르푸에서 열린 작전회의에서는 에스파냐 쪽이 새로운 안을 제출했다. 투르크 함대의 규모가 큰 까닭에 해전의 승리가 난망하므로 일단 그리스의 네그로폰테까지 가서 그곳을 점령하는 것이 낫지 않겠는가 하는 것이었다.

베니에르의 노성이 다시 터져나왔다. 적이 바로 옆에 있는데 그 앞을 지나 네그로폰테까지 가서 뭘 어쩌자는 거냐 하는 거였다. 에스파냐와 베네치아 쪽의 공기는 극도로 험악해졌다.

어찌 되었든 일단은 코르푸 건너편의 항구인 이그메니츠까지는 가기로 결정되었다. 비로소 코르푸의 출항이 실현된 것이다. 9월이 끝나고 10월이 시작될 즈음이었다.

사건은 이그메니츠를 출항하여 팍소스 섬을 지나친 뒤 산타마우라 섬으로 남하하던 어느 날에 일어났다.

수뇌부들 사이의 공기가 험악해지면 그 분위기는 휘하 병사들에게도 전달되지 않을 수 없다. 아니, 그저 위쪽의 분위기가 전달되는 데 그치는 것이 아니다. 가뜩이나 평소에도 불만을 갖고 있던 병사들이다. 이유를 찾지 못해 안달이었는데 이제 수뇌부가 이유를 제공해준 것이었다. 대장들끼리 입으로 내뱉던 기분을 병사들은 팔뚝으로 보여주었다.

메시나 항에 있을 때부터 에스파냐 병사들과 베네치아인은 사이가 좋지 않았다. 특히 돈 후안의 제안에 따라 전투원이 부족한 베네치아 배에 에스파냐 병사들이 배속되면서부터 불화는 더한층 노골적으로 드러나기 시작했다.

지중해 세계에서 에스파냐는 비록 대국일지라도 신흥 국가였다. 한편 베네치아 역시 대국이라지만 이는 옛날 일에 지나지 않게 되었다. 즉 연합 함대의 편성에 전력 투구한 데서도 드러났듯이, 이 전쟁 하나에 국가의 존망을 건 쪽은 베네치아였지 에스파냐가 아니었다.

신흥 국가 사람들은 과거에 영광을 누리던 국민들에게 오만한 태도를 취하기 쉽다. 특히 상대방에게 자신들이 꼭 필요함을 알게 되면 도저히 못 참을 정도로 건방진 태도를 보일 때가 많다. 베네치아 배 한 척에서 일어난 것도 이런 유의 사건이었다.

항해중인 배에서 가장 중요한 사람은 배를 조종하는 선원들이다. 삼각돛을 쓰는 갤리선에서는 풍향이 바뀔 때마다 쓰고 있던 활대를 내려서 그때그때 풍향에 맞는 다른 돛으로 바꿔 단 뒤 그 길고 무거운 활대를 다시 끌어올려야 했다. 그때마다 양쪽 뱃전의 노잡이들의 행렬 사이에 난 통로는 이 작업을 재빨리 솜씨 좋게 처리하려는 선원들로 전쟁터 같았다.

물론 선원들에게는 손에 익은 일이고 특히 군선의 선원들은 평균 이상의 실력을 가진 사람들이었지만, 1미터 정도밖에 안 되는 중앙 통로에 심심해 죽을 것 같다는 사람들이 어정거리고 있으면 얘기가 달라진다. 설령 그가 왕후 장상이라 할지라도 선원들의 노성을 듣지 않을 수 없는 것이다.

해운국의 전통이 결여된 에스파냐 무장들은 이런 사정을 알지 못했다.

게다가 항해중인 군선에 승선한 전투원만큼 심심한 이들도 없다. 그들의 일은 적선에 접근하면서부터 시작되기 때문이다. 장교들은 전술을 궁리하면서 시간을 보낼 수도 있겠지만, 그 밑으로 가면 항해가 순조로울수록 시간을 죽일 거리가 없게 마련이다.

베네치아 배에서는 손에 익은 일인데다가 시간도 죽일 겸 해서 전투원들 중에 선원들의 일을 돕는 사람이 많았다. 개중에는 선원으로 전직해도 될 정도의 숙련자도 꽤 있었다.

해운국도 아니고, 무기를 쓴다는 자부심도 한층 강했던 에스파냐 프랑스 기사들의 경우에 선원들을 돕는다는 것은 애당초 상상도 못 할 일이었다. 하긴 이들 미숙련자의 손을 빌려보았자 일이 더 꼬였을지도 모른다. 결국 이런저런 사정으로 베네치아 배에 승선한 에스파냐 병사들은 둘씩 셋씩 뱃머리로 나가거나 선교로 돌아오거나 하며 중앙 통로를 혼잡케 하는 원인이 되어버렸다.

베네치아인들은 이것만으로도 화가 났는데, 여기에 더하여 메시나를 떠난 뒤로는 에스파냐 병사들의 건방진 행동이 그들을 더욱 노하게 했다. 그러던 어느 날, 배 위를 가득 메운 바쁜 손길도 나 몰라라 하며 멍하니 걸어다니던 에스파냐인 부대장에게 선원 중 누군가가 욕을 내뱉었다.

이를 놓치지 않은 부대장과 동료 세 명이 곧바로 그 선원을 둘러쌌고, 이들이 포위를 풀었을 때 그 자리에는 가련한 선원이 시체로 누워 있었다.

다른 선원들과 노잡이들에게서 거센 고함 소리가 일어났다. 같은 배에 타고 있던 베네치아 전투원도 급히 달려왔다. 눈깜짝할 새에 배는 싸움에 휘말렸고, 보고를 받은 베니에르를 태운 배가 급히 달려와 뱃전에 닿았다.

베니에르는 함장으로부터 경과를 보고받은 뒤 사건 당사자 네 명을 연행하여 즉결로 사형을 언도했다. 베네치아 배에 있는 이상 설령 그가 외국인일지라도 베네치아 해군 총사령관의 지휘를 받는다는 이유였다. 사형이라도 전투에 임한 사람이 질서를 문란케 하는 죄를 범한 데 대한 형벌이었으므로 이론적으로는 베니에르의 처사는 합당한 것이었다.

베니에르가 내린 판결은 그 자리에서 노잡이들에 의해 집행되었다. 네 명의 에스파냐 병사는 활대에 목이 매달렸다.

그런데 이번에는 사건을 보고받은 돈 후안이 격노했다.

스물여섯 살의 에스파냐 왕자는 연합 함대 총사령관이라는 자신의 지위를 점차 강렬히 자각해가고 있었다. 그러했기에 이복형이 싫어할 것을 알면서도 왕이 붙여준 고문들의 의견을 거슬러가며 적을 찾아 항해에 나선 것이다.

그런 자신에게 베니에르는 한마디 상의도 없이 독단적으로 에스파냐인을 처형한 것이다. 돈 후안은 베니에르의 행위를 총사령관의 직위에 대한 모독으로 간주했다.

돈 후안은 베니에르를 부르지도 않았다. 대신 불려간 사람은 바르바리고였다. 분노로 창백해진 돈 후안은 그를 향해 말했다.

"베니에르를 그가 처형한 에스파냐인들과 같은 형에 처한다."

바르바리고는 언제나와 같은 차분한 어조로 단호히 대답했다.

"전하, 만에 하나 그런 일이 일어날 경우 베네치아 함대는 독자 행동을 취할 것입니다."

이는 돈 후안의 입을 다물게 하기에 충분했다. 그 자리에 동석한 콜론나는 이 잠깐 동안의 정적을 놓치지 않았다. 또다시 조정인의 역할을 자임한 콜론나는 베니에르를 처형하는 대신 작전회의에 참석하지 못하게 하심이 어떻겠느냐고 제안했다. 돈 후안은 잠시 생각해본 뒤에 찬성을 표했다. 이것만은 바르바리고도 받아들였다. 이제부터 열릴 작전회의에서는 바르바리고가 베네치아 쪽의 수석이 될 터였다.

연합 함대는 다시 남하하기 시작했다.

그 이틀 뒤에 어떤 소식이 전해져 왔다. 이 소식은 분열 직전까지 간 연합 함대의 분위기를 메시나에서 출항하던 그날로 되돌려 통합으로 기울게 했다. 이 소식을 가져온 것은 키프로스를 떠나 베네치아 본국으로 가던 한 척의 소형 갤리선이었다.

'파마구스타 함락'의 소식은 함대 전체를 경악과 분노로 물결치게 했다.

함락은 8월 24일에 일어났다. 돈 후안이 메시나에 도착한 다음날이었다. 그럼에도 이토록 소식이 늦어진 것은 이를 알릴 마땅한 사람이 없으리만치 농성군이 거의 다 죽었기 때문이었다.

공방전이 나날이 격해져가던 5월 이래 투르크 해군이 엄중한 봉쇄 작전을 편 까닭에 파마구스타 근해에는 그나마 가까운 크레타에서도 배 한 척 보내지 못했다. 그래도 정보 획득을 목적으로 삼은 크레타에 거주하는 베네치아인들은 파마구스타에서 가까운 키프로스 남안을 통하여 잠입하는 데 성공했다. 일년 간의 공방전 끝에 파마구스타가 함락되었다는 소식도 이들이 가져온 정보였다. 그들 중에는 그리스인으로 변장해서 함락된 뒤의 파마구스타로 잠입한 사람도 있었다.

투르크군의 지휘관 무스타파 파샤는 일년에 달한 농성전 끝에 군량도 떨어지고 무기와 탄약도 바닥을 드러냈으며 원군이 올 가망도 없는 농성군에게 무사히 섬을 떠날 것을 보증한다는 조건을 붙여 항복을 권했다. 농성군을 지휘하던 브라가디노는 휘하 베네치아인들과 여타 주민들의 신변 안전은 절대 보장한다는 말을 믿고 마침내 성문을 열었다.

그러나 투르크군의 지휘관은 약속을 지키지 않았다. 성문을 열자 투르크군은 귀족과 상인을 가리지 않고 베네치아인들을 잔인하게 약탈한 다음 전원 참살해버렸다. 농성군에 가담한 그리스인들은 노인과 갓난아기들을 죽인 다음 나머지는 노예로 팔아치웠다.

살아남아서 이 모든 것들을 자기 눈으로 보도록 강요당한 브라가디노 앞에는 일년 동안이나 저항한 벌로 특별한 죽음이 기다리고 있었다.

베네치아의 무장은 산 채로 껍질이 벗기웠다. 그러고는 바닷속에 몇 번이고 담가졌다. 그때까지도 가쁜 숨을 몰아쉬던 브라가디노는 마침내 목이 잘리면서 편안한 휴식을 맞이했다.

투르크인들은 벗겨낸 피부를 기운 다음 그 속에 짚단을 채워 넣어 잘라낸 브라가디노의 목을 위에 잇대었다. 사람 피부를 뒤집어쓴 이 인형은 투르크의 수도 콘스탄티노플로 보내져 광장에 전시된 뒤 광대한 투르크제국 전역을 순회하는 구경거리가 되었다고 한다.

더 이상 에스파냐인도 베네치아인도 없었다. 비통한 표정으로 이교도 투르크의 만행에 노하여 복수를 맹세할 뿐이었다.

그래도 베네치아인들만큼 슬퍼하고 분노할 이들은 없었다. 강도죄로 수감되어 있다가 해전에 참가하면 형을 감해준다는 약속에 힘겨운 노잡이 일에 종사하던 죄수들까지도 주먹으로 가슴을 치며 악문 이빨 사이로 신음을 흘릴 정도로 투르크인에 대한 증오심으로 불타올랐다.

더 이상 누구도 철군을 말하지 않았다.

전체 선박의 점검이 놀랄 만큼 빠르게 완료되었다. 포병들의 위치도 재확인되었고 석궁병들의 배치도 끝났다. 각 선박의 항해 순서도 정리되었다. 적과 마주치더라도 언제든 즉각 전투에 돌입할 수 있는 상태로 함대는 남하를 재개했다.

레판토 1571년 10월

바람은 약했다. 노만으로 움직이는 배가 많았다. 야간에도 항해 중지 명령이 나오지 않았다. 별의 반짝임이 얼마나 아름다운지 즐기고 칭송하면 딱 좋으리만치 조용한 분위기가 지배했지만, 야간 항해에서 별은 즐기고 칭송할 대상이 아니었다. 선원들은 진지한 눈빛으로 별을 보며 방향을 정하고 각 배의 선수와 선미에 걸린 대형 칸델라의 등불을 표지 삼아 아군 배와의 거리를 헤아렸다.

프레베자 만의 입구를 지나 산타 마우라 섬의 서안을 따라 남하해 갔다. 한 발짝만 더 남쪽으로 가면 고대 영웅 오디세우스의 섬 이타카와 케팔리니아 섬이 나타날 것이다.

이 일대 섬들은 베네치아공화국령이다. 또한 코르푸에서 케팔리니아에 이르는 이들 섬은 지금은 투르크령인 그리스 본토에 근접한 까닭에 베네치아의 전방기지이기도 했다. 이제부터는 어디를 가더라도 투르크 정찰선의 눈을 의식해야 하는 것이다.

전체 선박에 정숙하라는 명령이 하달되었다. 노가 삐걱거리는 소리와 뱃머리가 물살을 가르는 소리만이 조용한 바다 위로 울리고 있었다. 평소에는 등불을 밝혀둔 선교도 배들끼리의 거리를 측정하는 데 방해된다 하여 소등토록 했다. 이렇게 필요없는 불을 모조리 껐다고는 해도 200척이나 되는 함대인 만큼 선수와 선미에 밝혀놓은 대형 칸델라 불빛만으로도 주위 바다는 온통 환해졌다. 투르크 쪽 정찰선은 이 대함대가 소리를 죽이고 접근하자 실제 수보다 더 많은 적군이 온다고 생각해버렸다.

레판토의 그리스어 이름은 나우팍토스이다. 레판토는 서유럽인들이 붙인 이름이었다. 오랫동안 베네치아가 영유해왔으며 선박의 피난항으로 활용해온 곳이다. 예나 지금이나 작은 마을에 지나지 않는데, 오늘날까지 남아 있는 산성을 쌓은 것도 베네치아인이었다.

그리스 본토와 펠로폰네소스 반도를 나누는 파트라스 만 깊숙이에 자리잡은 항구로, 여기서 계속 동쪽으로 가면 코린토스에 이른다. 피난항으로 이용했던 만큼 일단 항구 안으로 들어가면 절대 안전한 곳이어서 서쪽으로 입을 벌린 파트라스 만으로 투르크군을 유인해내는 것은 거의 불가능했다.

더구나 계절은 이제 10월로 접어들고 있다. 해전은커녕 통상적인 항해마저도 슬슬 마무리짓고 항구로 돌아갈 때인 것이다. 레판토와 그 주변 바다는 300척의 배라도 겨울을 지내는 데는 별 무리가 없는 곳이다. 이 주변 해역에 관한 지식에서 이슬람 해적에 절대 뒤지지 않는다고 자부하는 베네치아 장수들의 유일한 걱정거리는 바로 이 점이었다.

실제로 레판토 항에서는 투르크 해군의 여러 장수들 간에 의견 대립이 일어나고 있었다.

투르크 쪽이 풀어놓은 정찰선의 보고에 따르면 접근중인 기독교국의 함대는 자기들과 규모가 비슷하거나 그 이상일지도 모른다고 한다. 그렇다면 이대로 적과의 접전을 피하면서 이번 가을은 그냥 넘기는 것이 상책이라고 주장하는 사람이 적지 않았다. 특히 선박 수는 적어도 항해술과 전투 능력면에서 투르크 해군의 교전력을 책임진 해적들 중에 이런 주장을 펴는 이가 많았다. 울루지 알리와 시로코라는 별명으로 유명한 샬루크, 이 두 사람이 각별히 강경하게 주장했다.

투르크는 서유럽의 분열상을 알고 있었다. 작년도의 사례가 좋은 예였다. 올해는 웬일인지 의기 투합한 것 같지만 내년엔 또 어떻게 될지 모른다. 가을도 깊어가는 이 마당에 굳이 여기서 싸울 필요가 없다는 것이 이들 부전파(不戰派)의 의견이었다.

이대로 넘겨버리는 쪽이 상책이라는 의견을 편 사람은 해적 수령뿐만은 아니었다. 총사령관 알리 파샤를 수행한 투르크 궁정의 중신들도 여기에 동의한 것이다.

그들 대부분은 선대 술탄 쉴레이만 대제 시대부터 궁정에서 일해온 신료들이며, 콘스탄티노플의 투르크 궁정에서는 재상 소콜루로 대표되는 온건파에 속한 이들이다. 나이를 먹을 대로 먹은 이 중신들은 키프로스 섬을 획득하여 전쟁 목표도 달성했고

하니 굳이 여기서 기독교도의 도전에 응할 이유가 없다는 의견을 취했다.

그러나 그들보다 젊은 세대에 속하는 총사령관 알리 파샤는 철저히 일전을 불사하겠다는 태도로 일관했다.

알리 파샤가 이 정도 대함대를 맡은 것은 처음 있는 일이었다. 그는 투르크 궁정을 이분한 선대 술탄 쉴레이만의 정치 노선을 답습하는 일파와 새 술탄 중심의 적극적 공세파 간의 정쟁에 끼여들 정도의 정치가는 아니었지만 그럴수록 더 자신도 대투르크제국의 일원임을 강렬히 의식하게 되는 순수 투르크인이었다. 성지 메카에서 성별되었고 술탄 셀림이 손수 건네준 커다란 군기, 코란의 글귀를 금실로 수놓은 그 깃발이 그의 머릿속에서 떠난 적은 한시도 없었다. 이 성스러운 깃발이 나부낄 곳은 대함대를 이끄는 그가 승선한 기함의 돛대 외에 그 어디도 아니다. 이 깃발을 단 한번도 바람에 휘날리지 않고 귀국하는 것은 순수 투르크인인 이 무장에게는 참기 어려운 굴욕으로까지 생각되었다.

교전에 반대하는 궁정 신료들은 어릴 때 기독교도였던 개종한 이슬람교도이다. 또한 지금은 알렉산드리아와 알제의 총독으로 임명되어 있다지만 시로코나 울루지 알리도 개종한 이슬람교도이고, 더구나 해적 두목이다. 알리 파샤는 자신의 몸 속에 흐르는 피는 그들과 다르다고 생각하고 있었다. 그들이 이 전쟁에 모든 것을 걸고 두 명의 어린 아들까지 동행한 자기와 같을 수는 없다고 생각한 것이다.

알리 파샤에게는 또한 다른 모든 신료들과 무장들이 반대하더라도 전쟁을 강행하기에 충분한 이유가 있었다.

콘스탄티노플 출항 때에 술탄은 여하한 일이 있어도 반드시 기독교도들의 함대를 격파하라는 친서를 내린 것이다. 반대자가 너무 많아서 그 요청을 받아들여 재차 확인을 청하는 사절을 보냈어도 술탄 셀림의 대답은 이전과 같았다.

알리 파샤는 중신과 무장들을 앞에 두고 말했다. 그리스인들의 정보에 따르면 적 함대의 총수는 수송용 범선을 더해도 250척을 넘지는 않는다고 한다. 우리 쪽이 우세다.

알제 총독이라는 공식 직함을 가진 울루지 알리가 이에 대해 반대 의견을 폈다.

우세냐 아니냐는 수의 문제가 아니다. 장비도 문제되는 것이다. 투르크 배는 대체로 작은 편이고 화기는 적에 비해 확실히 열세다. 특히 저 여섯 척의 괴물은……. 저 여섯 척을 갤리 군선과 마찬가지로 수로만 헤아린다면 이는 치명적인 오류다. 게다가 베네치아 해군을 지휘하는 자는 세바스티아노 베니에르다. 그가 지휘를 맡은 이상 베네치아 함대는 우리를 보는 즉시 있는 힘을 다해 달려들 것이다. 이런 것이 울루지 알리의 반대 이유였다.

알리 파샤는 자기와 나이가 비슷한 이 이탈리아 태생의 해적을 경멸감 어린 눈길로 바라보았다. 그리고 엄한 어조로 대답했다.

당신들보다 한 세대 전의 해적 바르바로사에게 에스파냐 왕이 매수의 손길을 뻗었다 들었소. 지금의 에스파냐 왕 펠리페 2세도 누군지는 모르지만 기독교도 출신 해적들을 대상으로 기독교로 돌아오라 권유하고 있다는 얘기를 얼핏 들은 적이 있소만, 당신의 신중함이 그 증거가 아니길 빌 뿐이오.

 이에 울루지 알리는 입을 다물 수밖에 없었다. 이 소문은 기독교 함대 안에서까지 돌고 있었던 것이다.

 울루지 알리의 침묵에 힘을 얻은 것인지, 투르크 함대 총사령관은 최후의 일격이라는 식으로 덧붙였다.

 기독교 함대를 이끌고 있는 자는 에스파냐 왕의 동생이라 한다. 애써 왕의 동생까지 내보냈는데 이쪽에서 깃발을 내리고 물러설 수는 없는 법이다. 당당히 맞서는 것이야말로 우리 투르크 제국에 어울리는 태도라고 생각한다.

 반론을 펴는 이는 이제 아무도 없었다. 투르크 함대가 레판토 항을 벗어나 기독교 함대와 해전을 치르리라 결정하는 순간이었다.

 해상에서 벌어지는 전투였다. 진용 또한 거기에 맞추어야 했다.
 에스파냐의 왕제(王弟)가 지휘할 것임에 틀림없는 본대에는 알리 파샤가 직접 지휘하는 투르크 함대의 본대가 맞서기로 했다. 96척의 갤리 군선으로 구성되며, 특히 알리 파샤의 기함에는 400명의 예니체리 정예병을 전투원으로 승선시키기로 했다. 기함 좌우를 중신들의 배로 다졌다.

기독교 함대의 좌익과 대결하게 될 우익에는 50척의 갤리 군선을 배치하며 지휘는 알렉산드리아 총독인 해적 수령 시로코였다. 또한 적의 우익과 맞부딪칠 좌익에는 소형선을 포함해서 94척의 갤리 군선을 배속하고 지휘는 알제 총독인 해적 울루지 알리에게 일임했다.

시로코의 배와 울루지 알리의 배가 진용 전체의 오른쪽 끝과 왼쪽 끝을 맡기로 했다. 투르크 함대 역시 전체 함대를 단단히 죄는 자리에 역전의 바다 사람들을 배치한 것이다.

후위에는 이 역시 해적 수령인 드라그 휘하의 30척을 배치했다. 여기에는 유달리 소형 갤리선이 많았다.

총사령관 알리 파샤는 10월 7일 이른 아침을 기하여 전 함대는 레판토를 출항해 파트라스 만으로 나가 적을 요격한다는 명령을 발했다. 출진까지 이틀이 남았다.

이타카 섬과 케팔리니아 섬은 태곳적에는 아마도 한 섬이었을 것이다. 두 섬을 합쳐보면 아귀가 맞아떨어질 것 같은 모습을 하고, 섬 사이에 약 300미터 정도밖에 안 되는 좁은 해협을 낀 채 나뉘어 있다.

이타카 쪽 해협은 호메로스의 『오디세이아』에 나오는 이타카의 관용적 수식어 '바위 많은'을 자연스레 떠올릴 정도로 깎아지른 듯한 절벽투성이어서 배를 댈 곳이 없다. 바위가 많은 이타카, 말 그대로였다.

이 좁은 해협은 또한, 이 역시도 호메로스가 지은 이타카의 관용적 수식어인 '바람 센'을 생각나게 할 만큼 세차고 변덕스러운 바람이 연신 불어대는 것으로도 유명했다.

베네치아 선원들은 어떤 연유에서인지 이 해협을 '알렉산드리아 계곡'이라 부르곤 했다. 연합 함대가 마지막이라 생각하고 보낸 정찰선을 기다리며 대기한 곳은 바로 이 '알렉산드리아 계곡'으로 들어서기 직전의 해상이었다.

돌아온 정찰선의 보고는 이러했다.

레판토 항의 앞바다를 메운 적의 함대는 진형을 짜려는지 매우 분주했습니다.

"적이 둥지를 떠났다."

작전회의 석상에 있던 사람들 모두가 무거운 짐을 벗어놓은 듯 안도감에 젖었다. 이제 이쪽도 전장으로 가기만 하면 되었다.

'알렉산드리아 계곡'에서는 다른 곳에 바람이 안 불 때에도 이곳만은 바람이 분다. 바로 옆바다에 미풍이 불면 이 좁은 해협에는 강풍이 휘몰아친다. 하지만 이곳을 통과하는 데에는 이점도 있었다. 이타카 섬과 케팔리니아 섬 모두가 베네치아령이고, 케팔리니아 쪽에는 피난 가능한 항구도 있는 것이다. 더구나 그해 10월 6일의 해협에는 미풍이 불 뿐이었다.

갤리선이나 갈레아차는 돛을 모두 말아올리고 노를 써서 남하하기 시작했다. 범선은 갤리선에 이끌려 나아갔다. 이날 중으로 전 함대의 해협 통과가 완료되었다.

'알렉산드리아 계곡'을 빠져나오니 강한 동풍이 불었다.

그 바람에 밀려나듯 밤은 동쪽부터 조금씩 희미해지고 있었다. 1571년 10월 7일이 찾아오고 있었다. 배 위에서 선잠을 청하던 이들도 잠에서 덜 깬 눈을 동쪽으로 돌리며 새벽의 한기에 한 번 움찔하고는 자리에서 일어났다.

레판토 1571년 10월 7일 아침

 파트라스 만의 출구에서 대기하는 것이 목적인 까닭에 초승달 모양의 진형을 취해야 했다. 동쪽에서 거무스름하게 수평선을 메우고 있는 것은 투르크 함대이리라.

 수송용 범선이 케팔리니아 항에서 대기하기 위해 서쪽으로 떨어져 갔다. 이어서 '알렉산드리아 계곡'을 통과한 순서 그대로 남쪽에서 북쪽으로 우익, 본대, 좌익 순으로 늘어설 생각이었지만 강한 역풍이 불어와 생각대로 순조롭게 되지는 않았다.

 레판토 만과 파트라스 만을 잇는 좁은 해협을 통과하는 데 들이는 투르크 함대의 수고도 만만치 않았다. 이쪽은 순풍을 맞아 돛을 활짝 편 채 항진하지만, 그래도 300척이나 되는 대함대이다. 게다가 연합 함대가 정서쪽에 있어서 이제야 동쪽 하늘이 박명을 띠기 시작한 상태에서는 적 함대의 모습을 파악하기도 무리였다. 여유 있을 때 오히려 더 생기기 쉬운 혼란에 허둥대면서 투르크 함대는 간신히 파트라스 만으로 빠져나갔다.

 한편 기독교 함대는 한참 전부터 적의 동태를 알아보기 시작했다. 밝아오기 시작한 동쪽 하늘을 등 뒤에 지고 돛을 올린 배들의 모습이 그림자 인형처럼 눈에 들어왔다. 그런데 웬일인지 처음으로 뚜렷이 보이기 시작한 것은 달랑 한 척의 배였다. 곧 이 한 척이 두 척이 되고 다시 네 척으로 나뉘는 듯한 느낌으로 시야를 가득 메워갔다.

해전사상 갤리선끼리의 전투로는 최대 최후인 '레판토 해전'은 육전·해전을 불문하고 대회전이 항상 그러했듯 적을 보자마자 바로 치고들어가는 식의 양상을 보이지 않았다.

약간의 차이는 있을지언정 양군 모두 각각 200척의 군선에 선원이 1만 3천을 웃돌고 노잡이도 4만 명을 넘어서며 전투원은 3만 명에 달했다. 대포 수에서만은 양군의 격차가 커서 1,800문을 장착한 기독교 함대에 비해 이슬람 쪽은 750문이었다.

어쨌든 양군을 합쳐서 500척의 갤리선과 17만 명의 인간이 정면으로 격돌하려는 것이다. 전열을 취하는 것부터가 쉽지 않은 일이었다.

해가 떴다. 쾌청한 날씨, 구름 한 점 없다. 레반테라 불리는 동풍이 아직도 강하게 불고 있다.

투르크 함대는 파트라스 만을 나오고 있었다. 연합 함대가 매복하려 하는 그곳의 해역은 북쪽은 갯벌로 막힌 폐쇄된 영역이지만, 남쪽은 펠로폰네소스 반도의 서쪽 끝에 위치한 개방된 영역이다.

이 개방된 바다가 연합 함대의 우익을 맡은 용병대장 도리아의 책임 구역이었다.

조금씩 수를 늘리며 눈앞에 펼쳐지는 투르크 함대의 좌익 선두에는 도리아의 눈에 익은 깃발을 나부끼는 배가 있었다. 알제 총독이라 하지 않아도 그 이름만으로도 지중해 연안의 기독교도라면 누구든 알아보는 해적 울루지 알리의 배였다. 도리아는 이때 비로소 자신의 상대가 누구인지를 알게 되었다. 해적 쪽에서도 상대가 도리아임을 알아차렸을 것이다.

도리아는 대형의 최우익을 지키는 역할을 맡은 자신의 배를 단숨에 오른쪽으로 이동시켰다. 바다는 열려 있었다. 그리고 적은 울루지 알리였다. 도리아는 오른쪽으로 선회하여 울루지 알리를 제압하려 한 것이다.

총지휘관 도리아의 배가 이동하자 우익에 배속된 여타 배들도 일제히 오른쪽으로 이동하기 시작했다. 그 탓에 기독교 함대의 본대와 우익 사이의 간격이 지나치게 벌어져버렸다. 좌익·본대·우익 앞에 각각 두 척씩 배치된 갈레아차 중 우익 앞의 두 척은 갤리선에 비해 기동성이 떨어진다는 이유도 있어서 이 벌어진 공간 앞을 지키는 형세가 되어버렸다.

초승달 모양의 진형 덕에 좌익과 우익보다 약간 뒤로 물러나게 된 본대는 62척의 군선이 전열을 가다듬고 있었다.

중앙에는 돈 후안의 기함이 자리잡고 그 왼쪽으로 베니에르가 승선한 베네치아 함대의 기함, 오른쪽으로는 콜론나가 승선한 교황청 함대의 기함이 늘어섰다. 사보이아, 피렌체 등 각국 기함이 집중된 이 본대에서는 양쪽 끝을 지키는 것도 또한 기함이었다. 본대 오른쪽 끝은 몰타의 성 요한 기사단이 직접 지휘하는 기함이고, 왼쪽 끝을 맡은 것은 제노바공화국의 기함이다.

 전체 대형의 왼쪽 끝과 오른쪽 끝을 노련한 장수들에게 맡기는 것은 기독교 함대나 이슬람 함대나 매한가지였으나, 기독교 함대의 경우 좌익·본대·우익 각 대형의 양쪽 끝 역시도 해전에 익숙한 장수들에게 맡긴 점에서 차이를 보였다.

 돈 후안이 탄 기함의 선미에 에스파냐 왕의 측근을 태운 두 척의 배가 뱃머리를 잇댈 듯한 꼴로 늘어섰다.

 또한 산타 크루즈 후작이 이끄는 후위 선단도 전체 함대의 예비대로서가 아니라 오직 본대를 지키기 위해 이 자리에 나왔다는 것처럼 본대 뒤에 바짝 붙어서 꿈쩍도 하지 않았다. 실제로 에스파냐 왕의 신하인 산타 크루즈 후작의 머릿속에 있었던 것은 돈 후안이 탄 배를 지켜야 한다는 생각뿐이었다.

 이 본대 앞에는 두 척의 갈레아차가 배치를 완료하고 있었다. 그중 한 척에는 갈레아차 여섯 척 전체의 지휘관이기도 한 프란체스코 두오도가 승선했다. 기계화 사단이라 해도 좋을 이들 갈레아차의 함장은 베네치아 귀족이었지만 실제로 활동한 이들은 베네치아 중산계급 사내들이었다. 그들은 조선 기술자와 아울러 베네치아공화국의 엔지니어층을 대표하기도 했다.

 강이 흘러드는 갯벌과 작은 섬들을 왼쪽으로 보며 전열을 가

다음는 좌익의 왼쪽 끝으로 바르바리고의 붉은색 기함이 나아갔다. 바로 오른쪽 옆에는 역전의 장수 카날레의 배가, 그리고 좌익의 오른쪽 끝에는 투르크인들도 모르는 이가 없는 마르코 퀴리니의 배가 있었다.

베네치아 세력으로 채워진 느낌을 주는 이 좌익에서도 다가오는 적선의 깃발을 보고 자신들이 맞설 상대가 해적 시로코임을 알았다. 바르바리고가 키프로스에 있던 시절 몇 번이나 전투를 벌였던 상대이다. 오랫동안 크레타에 주재해온 카날레와 퀴리니에게도 앓는 이와 같은 존재였다. 오른쪽 끝을 지키기 위해 멀어져 가는 배 위에서 마르코 퀴리니는 왼쪽 끝을 맡기 위해 그 자리에 머문 바르바리고를 향해 베네치아 방언으로 소리쳤다.

"저 놈은 내 거야!"

바르바리고도 손을 흔들어 이에 응답했다.

진형을 갖추는 데 상당히 많은 수고를 들인 것 같지만 이 역시도 계산된 행동이었다.

태양은 동쪽에서 떠오르고 있다. 즉 서쪽에 포진한 연합 함대는 햇빛을 정면으로 받는다는 얘기다. 햇빛과 바람 둘 다를 정면으로 받는 지금의 상태는 불리하기만 할 뿐이다. 순풍을 너무 많이 받은 투르크 함대가 진형을 갖추느라 고생한 것이 기독교 쪽을 도와주었다. 정오 무렵이 되면서 더 좋은 일이 생겼다.

해가 중천에 떴을 때 갑자기 바람이 멎은 것이다. 투르크 배의 돛대 높이 펼쳐 있던 돛이 일제히 축 늘어졌다. 연합 함대의 거의 모든 사람들이 상황이 자기 편에 유리해졌음을 직감했다.

진형을 갖춰 뱃머리가 나란히 늘어선 함대 앞을 총사령관 돈 후안이 탄 소형 쾌속선이 지나갔다. 스물여섯 살 젊은이로서는 최종 점검보다는 전사들을 격려하겠다는 마음이 앞섰다.

은색으로 빛나는 갑주로 무장한 이 훤칠한 키의 총사령관은 소리를 질러대며 병사들을 격려했다. 배 위에 늘어선 귀족, 기사, 병사들, 그리고 노잡이들에게서도 거대한 함성이 일어났다. 함성의 물결은 좌익에서 우익으로 번져갔다.

돈 후안은 베니에르의 배 앞까지 왔을 때 서로 언성을 높이기도 했던 베네치아의 노장이 군사들 속에 있음을 알아보고 이탈리아어로 외쳤다.

"무엇 때문에 싸우려 하시오?"

갑주는 입었지만 투구는 쓰지 않은 베니에르는 커다란 석궁을 왼손에 들고 백발을 바닷바람에 날리며 큰 소리로 답했다.

"그래야 하기 때문입니다, 전하. 오직 그뿐입니다!"

함대 순시를 마친 돈 후안은 지금까지 각 선박에 걸어놓았던 국기나 귀족들의 문장기를 모두 내리게 했다. 돈 후안의 기함의 돛대 높이서 성별된 동맹기가 춤추기 시작했다. 하늘색 다마스크천 위에 은실로 문양을 수놓은 깃발이다. 가운데에 십자가형을 받는 그리스도를 수놓고 그 발치께에 신성 동맹의 주요 참가국인 교황청과 에스파냐왕국, 그리고 베네치아공화국의 문장을 아로새겼다. 총사령관 기함의 돛대 위 높은 곳에서 휘날리는 이 군기는 대형 어디에 있어도 볼 수 있었다.

배 위에서는 화려한 무장을 갖춘 고명한 귀족이나 기사들도, 석궁이나 소총을 손에 든 병사들도, 키에 손을 얹고 있는 선원들도, 일단 노를 받침대에 고정시킨 노잡이들도, 그리고 이전에 죄수였으나 전투가 끝나면 자유를 얻으리라는 약속을 믿고 참전한 무뢰한들도 각자의 위치에서 무릎을 꿇고 신에게 기도하기 시작했다.

이것은 십자군이다. 주 그리스도의 명예를 걸고 싸우는 전투이다. 이 순간, 반종교개혁의 가장 순수한 결정체가 응결된 것만 같았다. 그때까지의 모든 애증이 사라지고 남은 것은 적에 대한 투지뿐이었다.

사내들은 자기 위치로 돌아갔다. 노잡이들은 노를 쥐었고, 선원들은 돛을 말아올린 돛대 밑이나 키가 있는 곳으로 갔다. 포병은 대포를 에워쌌고 소총병과 석궁수는 좌현과 우현에 정렬했다. 검이나 창을 든 기사들도 중앙 통로에 늘어섰다.

베네치아 배에서 지휘관이기도 한 함장은 선수 갑판 위에 선다. 진두 지휘를 하기 위해서이다. 다른 나라 배에서는 대체로 선미 쪽 선교 앞 갑판이 함장의 정위치였다. 조타수에 가깝다는 이유에서였다. 조타수와 멀리 떨어지게 마련인 베네치아 함장은 전령을 중앙 통로 가에 대기시켜 그로 하여금 명령을 후미까지 전달하도록 했다.

각 선박 모두에 기도가 끝난 뒤에는 선교 위에 국기나 문장기를 걸어도 된다는 허락이 내려졌다. 돛대 위에 걸 수 있는 것은 오로지 미리 준비한 은색 십자가뿐이다. 뱃머리에는 각 대를 구분해주는 황색, 하늘색, 녹색의 삼각기가 펄럭였다. 이 역시도 소속 국가를 위해서가 아니라 그리스도를 위해 전장에 나섰음을 일깨워주기 위함이었다.

준비는 모두 끝났다. 기독교 쪽에서는 9만의 사내들이 전투 개시 신호를 기다리며 대기했다.

한편 이때쯤에는 이슬람 함대도 준비를 완료해놓고 있었다.

이쪽도 초승달 모양의 대형이지만 약간은 반달에 가깝다. 그리스, 시리아, 이집트, 북아프리카 등 참가국이 가지각색이지만 모두 투르크령이므로 국가별 군기는 없었다. 모두 적색, 백색, 녹색 바탕에 백색, 적색, 백색의 초승달을 그려넣은 깃발을 달고 있을 뿐이다. 그외에는 드문드문 해적들의 깃발이 보였다.

총사령관 알리 파샤가 승선한 기함의 돛대 높이 흰 비단에 코란의 한 문구를 금실로 수놓은 커다란 군기가 펄럭이고 있다. 이 날을 위해 일부러 메카에서부터 만들어 가져온 성스러운 깃발이었다. 깃발에는 이러한 코란의 글귀가 수놓여 있었다.

"신과 예언자 마호메트에게 바치는 이 위업에 참가하는 신자들에게 신의 길조와 긍지를 내린다."

이슬람교도에게도 이것은 성전이다. 십자가와 초승달이 격돌하는 성전인 것이다.

레판토 1571년 10월 7일 낮

 정오를 조금 넘겼을 때 알리 파샤의 기함에서 포성이 울려퍼졌다. 틈을 두지 않고 돈 후안의 기함에서도 포성이 터져나왔다. 전투 개시 신호였다.

 제일 먼저 최전선에 위치한 갈레아차의 포구가 거의 동시에 불을 뿜었다. 엄청난 굉음이었다. 노를 써서 전진하던 투르크 선박 몇 척에 명중했다. 기독교 쪽의 '해상 포대'는 제일격을 발사한 뒤에도 포격을 멈추지 않았다. 다시 몇 척이 명중되어 기울어졌고 불길에 휩싸이는 배도 나왔다. 투르크의 반달 진형이 여기저기가 잘리고 일렬로 전진해 오던 대형이 어지러이 흩어져서 갈레아차 뒤에서 대기중인 연합 함대의 사기를 올렸다.

 투르크 배는 이 괴물을 가능한 한 빨리 지나쳐버리기로 작정한 것 같았다. 틀림없이 갑판 위에서 사슬에 묶인 채 노를 젓는 기독교도 노예들의 등을 노예장의 채찍이 미친 듯이 때리고 있을 것이다. 전속력을 낸 투르크 배는 눈사태처럼 밀려들어 갈레아차 옆을 지나쳐버리기 시작했다. 하지만 '해상 포대'는 좌현과 우현에도 포구가 입을 벌리고 있다. 배 자체의 움직임은 둔할지언정 이 포구까지 잠잠해질 리는 없었다.

투르크 함대의 진형은 완전히 엉망이 되었다. 그래도 그들의 배가 비교적 소형이었던 덕에 오히려 대포의 제물이 되지 않을 수 있었다. 갈레아차를 지나친 뒤 다시 한 덩어리를 이룬 투르크 배들은 전진중이던 연합 함대를 향해 돌진했다.

적을 놓친 갈레아차가 선회하는 데는 시간이 걸렸다. 이 틈을 놓치지 않고 돌격전이 시작된 것이다. 이제부터는 갤리선이 전장의 주역이었다.

해전이라기보다는 육전에 더 가까웠다.

좌익·본대를 불문하고 양군의 선박들이 접근해서 서로의 노가 엉키는 순간, 남들보다 먼저 적선으로 건너가려 하는 전투원들이 노잡이들의 머리라도 딛고 가야겠다는 듯한 자세로 대기했다.

본대에 있는 돈 후안의 배를 표적으로 삼아 돌진해 오는 알리 파샤의 배에는 용맹무쌍함으로 이름 높은 술탄의 근위병인 예니체리 군단 병사 400명이 뱃머리에 빼곡히 모여들어 언제든 적선에 뛰어들 준비를 마치고 있었다.

두 배의 뱃머리가 정면으로 부닥치는 둔탁한 소리가 주변에 울려퍼졌다. 총사령관의 배들끼리 뱃머리의 충각이 부러질 정도로 격돌한 것이다.

이를 본 베니에르의 배는 알리 파샤의 배 오른쪽으로 전진하는 투르크 배에 접근해서 노를 맞물렸다. 그대로 밀어붙이자 이 투르크 배의 노가 알리 파샤의 기함의 노와 맞물려버렸다. 투르크 총사령관의 기함은 이렇게 해서 동료 선박과 함께 기동성을 상실해버렸다. 그럼에도 불구하고 예니체리 병사들의 투지는 꺾이지 않았다. 아니, 꺾이기는커녕 이 순백의 전사들은 더 한층 강한 투지를 불태우는 것 같았다.

본대 여기저기서 비슷한 상황이 전개되고 있었다. 베니에르의 배는 1 대 3으로 적선을 상대했다. 콜론나의 배에서도 로마 귀족들의 눈부신 분전이 펼쳐졌다. 전선은 완전히 붕괴되고 이제 몇 개 해역에 걸쳐 소용돌이 같은 격전의 양상이 전개되기 시작했다.

좌익의 전황은 더 처절했다.

이 전장에서도 파트라스 만에 잇닿은 해역은 수심이 40 내지 50미터 정도 된다. 하지만 바르바리고가 대형을 편 곳까지 오면 20 내지 30미터가 고작이고 왼쪽으로 더 가면 15미터도 안 된다. 더 심하면 3미터밖에 안 되는 곳도 있어 이 바다에 익숙한 선원이라도 가슴이 철렁해지곤 했다. 여기서 조금만 더 왼쪽으로 가면 수심 1미터를 오르락내리락하다가 곧장 갯벌이 이어지는 것이다.

아고스티노 바르바리고는 전날 밤에 생각해둔 전술을 상황이 어찌되든 끝까지 관철하리라 굳게 결심했다. 오른쪽으로 선회 기동해서 적을 갯벌로 밀어붙이려는 것이다. 문제는 적의 지휘관이 시로코라는 데 있었다.

베네치아 장수도 빤히 아는 이곳 바다를 그 역시 바다에 죽고 사는 해적인데 모를 리가 없다. 시로코라는 별명을 지중해 연안에서는 모르는 사람이 없는 저 유명한 해적이 그렇게 쉽사리 이쪽의 술책에 넘어올 리가 없었다.

그래도 이기려면 적을 갯벌로 밀어붙여야 한다. 이에 실패하면 아군이 갯벌로 밀릴 것이다.

결국 바르바리고는 몸을 내던져 적과 맞붙을 수밖에 없다는 판단을 내렸다. 아군 선박의 피해나 적과 함께 죽는 것 따위를 두려워하지 않고 한데 뭉쳐 적을 밀어붙이는 수밖에 없는 것이다. 아무리 이슬람의 이름을 내걸었다지만 천상 해적이다. 해적에게는 세상이 무너져도 자기 배만은 지키려는 본능이 있다. 반면 베네치아 배가 지킬 것은 공화국뿐이었다.

전투 개시와 동시에 바르바리고가 있는 좌익 앞에 위치한 두 척의 갈레아차도 불을 뿜었다. 시로코가 이끄는 우익의 진형이 빗발치는 탄환에 어지러워지는 것이 보였다.

여기서도 투르크군은 서전의 충격에서 이내 회복되었다. 두 척의 갈레아차 옆을 통과한 투르크의 우익은 연합 함대 좌익에 전속력으로 돌진해들었다.

하지만 바르바리고로부터 전술을 전달받은 퀴리니는 투르크의 배를 그냥 보내면서 오른쪽으로 선회했다. 좌익의 모든 선박이 그를 따랐다.

전술은 제대로 먹혀들었다. 적의 주의는 자연스레 붉은색 기함으로 집중되었다. 기함은 그 자리에 선 채 꿈쩍도 하지 않았다. 그러는 동안 오른쪽 끝의 퀴리니는 적 함대의 배후로 돌아섰다.

퀴리니의 배와 바르바리고의 배가 양쪽 끝을 맡은 좌익 함대는 이리하여 투르크의 우익을 반달 꼴로 포위하는 데 성공했다. 이제 포위망을 압축해 들어가기만 하면 되었다.

적을 갯벌로 밀어붙인다는 것은 곧 적의 기동력을 제거한다는 뜻이다. 하지만 멀찍이 떨어져 추격하면 해적선이 많은 투르크의 우익이 상대인 이상 제대로 실행되기를 기대할 수 없다. 이쪽 배의 기동력도 희생할 각오가 되어 있어야 성공의 가능성이 엿보이는 것이다. 바르바리고도, 오른쪽 바로 옆에서 지휘하고 있는 카날레도, 그리고 오른쪽 끝을 맡은 퀴리니도 한치도 동요하지 않았다.

서전 이래 주역의 자리를 내놓은 듯한 갈레아차가 이 육탄전의 엄호 사격을 맡았다. 특히 여섯 척 중 가장 왼쪽에 자리한 암브로조 브라가디노 지휘하의 갈레아차가 재차 '해상 포대'의 위력을 발휘하기 시작했다.

키프로스에서 산 채로 껍질이 벗기워진 마칸토니오 브라가디노와 같은 집안 출신인 이 사내는 동료들 중 누구보다도 빨리 이 대형선을 선회시키는 데 성공했다. 그리고 적의 우익을 향해 포탄을 퍼붓기 시작했다.

이는 포위망을 좁혀오는 베네치아 함대를 요격할 채비를 갖춘 투르크 병사들에게 물질적·정신적으로 상당한 타격을 입혔다. 육상 포격은 몰라도 해상 포격에는 익숙지 않은 그들이었다. 돛대가 날아가고 갑판에 구멍이 뚫리는데도 언제 어디로 포탄이 날아올지 감이 잡히지 않는 것이다. 적의 기세가 꺾이고 있음이 한눈에 들어왔다.

갈레아차의 엄호 사격이 적군에게만 피해를 준 것은 아니다. 사정거리가 정확하지 않은데다가 포위망을 좁히는 베네치아 배들은 계속 이동중이었다. 베네치아의 배 위로도 포탄이 떨어졌다. 브라가디노는 이를 보면서도 포격을 계속하게 했다.

수심 5미터. 이제 더 나아가면 갤리선은 기동성을 잃는다. 바로 이때, 여태껏 왼쪽 끝에 가만히 있던 바르바리고의 붉은 기함이 자리를 떠나 반원형의 한가운데로 돌진했다. 카날레의 배가 뒤를 잇는다. 그리고 이 두 배는 즉각 선복(船腹)을 쇠사슬로 연결하고는 선두에 서서 투르크 함대로 달려들었다. 서로 쇠사슬로 연결한 좌익의 모든 선박이 뒤를 이었다.

행동의 자유를 잃은 적과 아군의 노가 서로 깊이 맞물려 바다 위에 움직이지 않는 전장을 만들어냈다. 적선과의 거리가 너무 멀면 맞물려 있는 노를 타고 넘어갔다. 베네치아 배에서는 노잡이들도 노를 버리고 흉갑을 걸친 채 끝에 쇠못을 박은 몽둥이 하나씩을 들고 적선으로 향했다.

혼전이 벌어지는 와중에서도 기독교 병사와 이슬람 병사를 구분하는 것은 간단했다. 이슬람 병사는 가지각색의 터번을 두르고 손에는 흐릿한 빛살을 뿜어내는 반월도를 들고 있었기 때문이다.

백병전이 시작되었다. 바르바리고는 적의 함대 한가운데로 돌입한 자기 배의 선수에서 한 발짝도 움직이지 않았다. 강철 갑주로 무장하고 왼손에 검을 뽑아든 채 서 있을 뿐이었다. 하지만 지휘봉을 흔들어 명령을 내리는 오른손은 한시도 쉴 틈이 없었다.

문득, 투구를 쓰고 있으면 명령이 제대로 전달되지 않을지도 모른다는 불안감이 엄습했다. 잠시 후 베네치아 무장의 머리에는 투구가 씌워 있지 않았다.

그런 바르바리고의 눈가로 바로 옆 배를 지휘하던 안토니오 다 카날레가 그 특유의 백곰 같은 전투복에 온통 고슴도치처럼 화살을 맞은 채 쓰러져 있는 것이 보였다. 오후 세 시경이었다.

백병전이 벌어지는 갯벌에서 멀리 떨어진 우익에서는 전혀 다른 상황이 전개되고 있었다.

해적 울루지 알리와 해전이 직업인 용병대장 도리아는 고도의 기술을 있는 대로 구사하는 전투를 벌이고 있었다. 이곳에서는 프로 중 프로들의 대결이 이뤄지고 있었다.

하지만 프로 중의 프로인 도리아가 놓친 것이 하나 있었다. 자신이 지휘하는 우익 함대 57척에는 25척에 달하는 베네치아 선박이 들어 있음을 계산하지 않은 것이다. 기능으로는 프로인 베네치아인도 조국을 위한다는 마음이 앞서는, 어떤 면에서는 아마추어 집단이었다. 반대로 울루지 알리는 휘하 해적선에 더하여 기능상으로도 아마추어인 투르크 배들을 이끌고 있었다. 원하든 원치 않든 이는 그의 지휘권이 완전히 관철되는 조건을 이뤄주었다.

수심이 50미터는 되는 개방된 해역인 이 전장에서는 강풍은 아니지만 바람도 불고 있었다. 마에스트랄레라는 북서풍이다. 이런 것은 도리아에게 유리한 조건이었다.

전투 개시 단계에서 울루지 알리가 이끄는 투르크 좌익에 대해 도리아가 이끄는 연합 함대 우익이 훨씬 남쪽으로 대형을 이동시켰음은 이미 말했다. 오른쪽으로 선회해서 울루지 알리의 움직임을 봉쇄하려는 의도였다. 그 때문에 서전에서 좌익 및 본대가 갈레아차의 함포 사격으로 누린 이점을 도리아의 우익은 전혀 누리지 못했다. 움직임이 둔한 갈레아차가 도리아의 갑작스런 전술 변경에 따르지 못하고 그 자리에 머물렀기 때문이다.

그런 까닭에 원래 우익을 보조했어야 할 '해상 포대' 두 척의 화력은 적의 좌익이 아니라 오로지 적의 본대에게로 집중되어버렸다. 즉 울루지 알리의 좌익 함대는 갈레아차의 포격에 따른 피해를 상당한 정도로 모면할 수 있었다는 얘기다.

거의 아무런 피해도 입지 않고 돌진해 오는 울루지 알리의 함대를 본 도리아는 휘하 배들을 더 남쪽으로 이동시켰다. 그가 지휘하는 우익 함대에 속한 각 배들의 간격은 예정에 없던 이동이 거듭되면서 당연히 점점 더 크게 벌어졌다.

그리고 울루지 알리의 전술 변경을 눈치챘을 때 이 이동은 원상회복이 불가능할 정도로 진행되어 전선은 마치 한 가닥 실처럼 약해져 있었다.

정확히 말해서 울루지 알리는 전술을 변경한 것이 아니다. 그의 원래 생각은 도리아 함대의 오른쪽으로 우회하여 돈 후안의 본대를 배후에서 치는 것이었다.

 처음부터 이를 알아챈 도리아가 우회를 허용해서는 안 된다는 생각에 함대를 이동시킨 것이지만, 기독교도 출신인 이 이슬람 해적은 이 함대와 정면 충돌하는 우를 범하지 않았다. 그는 남서쪽으로 향하던 자기 배를 실로 교묘하게 조종함으로써 북서쪽으로 나아가게 한 것이다. 도리아가 남쪽으로 이동함으로써 열려버린 연합 함대의 우익과 본대 사이의 틈새에 주목한 것이다. 이 틈새를 뚫고들어가 돈 후안의 본대를 등 뒤에서 친다, 이것이 일견 변한 것 같지만 사실은 전혀 바뀌지 않은 울루지 알리의 작전이었다.

 이 울루지 알리의 생각을 일찌감치 파악한 것이 도리아 휘하의 연합 함대 우익에 배속되어 있던 베네치아 배였다. 그들은 더 이상 지휘관인 도리아를 따라 남하하지 않았다. 자기들의 눈앞을 지나치는 울루지 알리의 함대에게 15척 이상이 한 덩어리가 되어 돌진해 간 것이다. 누가 지휘한 것도 아니었다. 거의 조건 반사처럼 이뤄진 돌격이었다.

 하지만 울루지 알리의 함대는 비록 소형선이 포함되었다고는 하나 그 수가 94척에 달한다. 종대의 어느 한 부분에 돌입하더라도 금세 베네치아 배 한 척이 대여섯 척의 투르크 배를 상대해야 했다.

 전투라기보다는 학살이었다. 피라니아 무리가 자기들보다 덩치가 큰 물고기에게 몰려들어 모조리 뜯어먹는 것과 같았다. 물고기도 죽기 전에 상당한 수의 피라니아를 죽이기는 했다. 그러나 적선은 꼬리를 물고 공격해 온다.

 베네치아 배 중 한 척의 함장인 베네데토 소란초는 자기 배의 승무원 대부분이 시체가 된 것을 보았다. 마지막 피 한 방울까지도 빨아먹으려고 자기 배를 에워싼 여섯 척의 투르크 배들도 보았다.

 이 베네치아 귀족은 얼마 안 남은 노잡이들에게 바다로 뛰어들라고 명령했다. 그리고 자신은 선창으로 내려가 화약에 불을 붙였다. 적선 여섯 척과 함께 자폭한 것이다. 그의 시신은 전투가 끝난 뒤에도 끝내 찾지 못했다.

 자폭까지는 하지 않았더라도 이 해역에서 베네치아 배가 입은 피해는 엄청났다. 함장 중에 전사자는 백병전이 벌어진 좌익에 필적하리만치 많았다.

 베네치아 함대를 제물로 바친 울루지 알리는 도리아가 방향을 바꾸지 않는 동안에 돈 후안의 본대 오른쪽 끝까지 가는 데 성공했다. 놀랄 만큼 교묘한 조종술이었다.

레판토 1571년 10월 7일 저녁

 피아를 불문하고 갤리선끼리 싸울 때 노가 서로 맞물려버리면 비록 해상일지라도 고정된 전장이 출현한다. 전투도 이 전장에서 유일하게 가능한 백병전으로 치러질 수밖에 없다.

 이렇게 되면 '해상 포대'라 불리는 갈레아차도 아무 소용이 없어진다. 적선의 돛대를 표적 삼아 포격을 가할 수는 있지만, 무너져내리는 돛대나 활대가 그 밑에서 싸우는 아군 병사까지 덮칠지도 모르는 일 아닌가.

 그래서 전쟁 중반쯤부터 갈레아차는 어쩔 수 없이 특급 관전석이 되어버렸다. 여섯 척으로 이뤄진 갈레아차의 총지휘관 프란체스코 두오도는 전투 종료 후 본국으로 돌아가 행한 보고에서 이렇게 말했다.

 "기독교도도 이슬람교도도 마치 사냥터에 나온 사냥꾼 같았습니다. 사냥터에 나가 보면 자주 볼 수 있는 광경인데, 사냥에 열중한 사냥꾼은 다른 곳에서 무슨 일이 일어나는지 전혀 관심을 둘 수 없게 됩니다. 눈앞의 사냥감에만 주의를 집중하게 되는 것입니다. 이런 상황이 레판토의 전장에서 펼쳐지고 있었습니다."

투르크 육군의 등뼈라는 예니체리의 용맹함은 혼전이 벌어지자마자 유감없이 발휘되었다. 이 무적의 전사들은 알리 파샤가 지휘하는 본대에 배속되어 있었다. 기독교 함대의 본대에 각국 기함이 집중되어 있듯이 이슬람 함대도 투르크령 각지를 지배하는 총독들의 기함이 총사령관 알리 파샤의 기함을 지키려는 듯 그 주위를 에워싸고 있었다. 당연히 이들 기함의 전투원들도 예니체리 군단 이하 투르크 정예병들이다. 이 전사들이 기독교 쪽으로 구름처럼 몰려든 것이다.

하지만 돈 후안, 베니에르, 콜론나의 기함을 중심으로 하는 기독교 함대의 본대에 탑승한 전사들도 용맹함에서 둘째가라면 서러운 이들이었다.

소총의 폭음이 귓전을 때리고 석궁에서 발사된 화살이 소름끼치는 소리를 내며 대기를 갈랐다. 전장의 함성이 양 진영에서 거세게 솟아올랐다. 요동치는 물 위에서는 어쩔 줄 몰라 하던 에스파냐 기사들도 발판이 탄탄해지자 한치의 흐트러짐도 보이지 않았다. 총사령관 돈 후안과 부사령관 콜론나도 서로 자기 편 기사들의 호위를 받으며 선교 앞에 선 채 한 발짝도 물러서지 않았다.

베니에르는 자기 편 병사들도 가까이 오지 못하게 했다. 75세의 이 '미스터 성채'는 늙어 둔해진 거동 때문에 창이나 검 대신 고함을 질러 지휘하면서 한편으로는 석궁을 들고 화살을 날려 적병을 쓰러뜨렸다. 베니에르 옆에는 병사 두 명이 대기하면서 대장의 석궁이 화살을 날리자마자 화살을 장전한 다른 석궁을 건네주었다. 노장은 전투가 개시된 뒤에도 투구를 쓰지 않았다. 바람에 흩날리는 백발이 미쳐 날뛰는 야생마의 갈기 같았다. 적의 화살이 왼쪽 허벅지에 박혔을 때도 '성채'는 무너지지 않았다. 자기 손으로 화살을 뽑은 베니에르는 아무것도 아니라는 듯 이를 집어던졌다. 화살에는 베니에르의 살점이 묻어 있었다.

예니체리 군단의 병사들은 베니에르의 배는 물론이고 돈 후안이 탄 배에도 공격을 가해 왔다. 하지만 총사령관의 기함을 지키라는 임무를 부여받은 사르데냐 섬 출신 병사들은 용감했다. 그들은 소총을 못쓸 형편이면 품에 넣은 단도를 꺼내들고 적과 맞섰다. 이들이 쓰러지면 다시 새 인원이 투입되었다.

기독교 함대의 후위를 맡은 30척의 배는 전원 여기에 투입되었다. 후위에 배속되어 있던 베네치아 배 중 두 척은 돈 후안의 배가 위태로워지자 곧장 그 앞으로 배를 몰아 예니체리의 습격에 정면으로 맞섰다. 처절한 격투는 두 배의 함장이 모두 죽은 뒤에도 계속되었다.

그러나 전황은 서서히 기독교 쪽에 유리한 상황으로 기울고 있었다.

역시 서전에서의 포격이 투르크에 무시하지 못할 피해를 입힌 데다가, 투르크 배가 한 척이라도 점거되면 사슬에 묶여 있던 그 배의 기독교도 노잡이를 잇달아 풀어주었기 때문이다. 자유를 되찾은 이 노예들은 이슬람의 등 뒤로 치고들어갔다.

아고스티노 바르바리고가 지휘하는 좌익이 싸우는 전선에서도 전황은 확실히 기독교 쪽의 우세로 바뀌고 있었다.

이곳에 있는 적은 100퍼센트 해적들이다. 예니체리가 투르크 육군의 등뼈라면 이슬람 해적은 투르크 해군의 핵심 전력이다. 전투로 날을 지새우는 전사에 비해 조금도 손색이 없는 이들인 것이다.

이쪽은 12척을 제외하고는 순수한 베네치아 배로만 55척이 채워졌다. 그들에게는 오랜 원수인 투르크에 대한 참고 또 참아온 원한이 있었다. 더구나 불과 얼마 전에 키프로스를 뺏기고 동포들 대부분이 잔학무도하게 죽음을 당하지 않았던가. 이 베네치아 전사들의 전법은 더 이상 전법이라 부를 수도 없는 것이었다. 무기보다 손이, 손보다는 몸이 먼저 나가 적과 격돌했다.

희생도 컸다. '크레타 바다의 이리'라는 별명으로 통하던 안토니오 다 카날레는 그 순백색 누비 전투복을 온통 붉게 물들인 채 자기 배의 뱃머리 근처에 시신으로 누워 있었다. 지휘는 즉각 전사한 함장을 대신한 부관이 맡아보고 있었다.

그러나 이 좌익 전선에서 가장 큰 피해를 입은 것은 누가 뭐래도 지휘관 바르바리고의 기함이었다.

적을 갯벌로 밀어붙이는 전술의 최선봉에 선 것은 바로 이 기함이었다. 이 배와 카날레의 배가 서로를 쇠사슬로 이어 적의 함대에 돌진했던 것이다. 특히 온통 붉은색으로 칠해진 바르바리고의 배는 적의 시선을 한 몸에 모은 만큼 어느새 여덟 척이나 되는 배가 주위로 몰려들어 힘겨운 싸움을 계속해야 했다. 돛대와 활대는 적이 쏜 불화살에 타오르는 돛에 휘감겨 거대한 불덩어리가 되어버렸다. 붉은색 노도 상당수가 부러지거나 파도에 떠밀려 갔다.

그래도 누구 하나 배를 버리지 않았다. 불길이 일어나는 족족 달려가 껐고, 무기를 들 수 있는 사람은 노잡이는 물론이고 요리사나 고해 신부까지도 적과 맞섰다.

여기서도 적선을 점거할 때마다 자신을 묶은 사슬이 풀린 기독교도 노예들이 등 뒤에서 이슬람을 치고 있었다.

바르바리고는 적이 밀리는 것을 보고 이제 승기를 잡았음을 알았다. 뱃머리의 맨 앞에 서서 여태까지보다 더 큰 목소리로 휘하 전사들을 격려했다.

그 순간, 총탄이 그의 오른쪽 눈에 명중했다. 강철로 만든 뭔가가 둔탁한 느낌으로 머리를 치는 듯한 충격을 받았지만, 있는 힘을 다 짜내어 쓰러지는 것만은 피할 수 있었다. 그런 그의 눈앞에서 격전을 벌이던 적장 시로코의 배가 갯벌 속으로 서서히 가라앉고 있었다. 부상을 당한 시로코가 바다로 뛰어드는 모습도 보였다. 아군을 구하기 위해 보트를 내린 베네치아 병사들이 흙탕물로 누레진 바다에서 시로코를 건져올렸다. 알렉산드리아 총독이기도 한 해적 수령 시로코는 그로부터 사흘 뒤 부상이 도져 숨을 거두었다. 적장의 전선 이탈을 본 뒤에야 바르바리고의 몸은 서서히 갑판 위로 무너져내렸다. 조금 떨어진 곳에 있던 페데리코 나니가 즉시 지휘를 대행했다.

바르바리고는 갑판 밑 선창으로 실려갔다. 선교에 있는 함장용 선실로 데려가려 해도 그곳 역시 이미 불타버렸기 때문이다.

의사가 달려왔을 때에야 바르바리고가 눈에만 부상을 입은 것이 아님을 알게 되었다. 갑주 조각들이 잇닿은 얼마 안 되는 그 틈새 사이로 화살이 깊이 파고든 것이다. 화살촉은 뽑혀 있었지만 흘러나온 피가 다리를 덮은 갑주 안을 흥건히 적시고는 딱딱하게 굳어 있었다. 출혈은 상당히 많은 양이었음에 틀림없다. 게다가 형체도 없어진 오른쪽 눈에서 흘러나오는 피는 의사도 멈출 수 없었다. 바르바리고의 안색은 곁에 있던 사람들이 놀랄 정도로 급속히 변하고 있었다.

그때, 전령이 급한 발걸음으로 나무 계단을 달려내려와 전황을 알렸다. 적의 모든 선박을 불태우거나 침몰시켰으며 나머지는 모두 포획했음을. 지금 승리를 알리는 신호가 올랐음을.

아고스티노 바르바리고의 파리한 얼굴에 비로소 뚜렷한 미소가 떠올랐다.

승리의 신호는 좌익과 거의 동시에 본대에서도 올랐다.

처절한 전투는 이에 마침내 매듭지어지고, 알리 파샤의 기함은 무방비 상태로 돈 후안 앞으로 끌려나왔다. 선미에 마련된 화려한 선실 안에는 석궁의 화살에 심장이 뚫린 알리 파샤의 시신이 있었다. 그의 두 아들도 각자의 배에 있다가 포로가 되었다.

시신에서 잘리워 창끝에 꽂힌 투르크 총사령관의 수급은 기독교 함대 총사령관 배의 돛대 높은 곳에 걸렸다. 이곳 본대에서도 도주한 투르크 배는 한 척도 없었다.

한편 기독교 함대의 우익과 이슬람의 좌익이 맞선 해역의 전황은 전혀 양상이 달랐다.

서로 멀찍이 떨어져 노려보기만 하던 용병대장 도리아와 해적 울루지 알리는 자기들이 전선 선두에 있으면서도 교전할 마음은 전혀 없어 보였다.

탐색전을 펼 뿐이고 전혀 적에 다가가지 않는 도리아에게 반기를 든 것은 그에게 복종할 의무를 진 우익의 베네치아 배들이었다. 그들은 울루지 알리가 이끄는 적의 함대에 자의적으로 싸움을 걸어 베네데토 소란초의 자폭으로 절정을 이루는 장렬한 전투를 치렀다. 이곳 우익의 베네치아 배 함장으로 전사한 사람만도 25명 중 6명에 이르렀다. 이 비율은 바르바리고의 좌익에 뒤지지 않는 것이었다. 여기서도 격전이 전혀 없지는 않았던 것이다.

그러나 양군 지휘관의 움직임을 좇다 보면 이곳 우익에서는 훗날 트라팔가르 해전에서 넬슨이 그랬던 것과 같은 근대적 해전이 펼쳐졌다고 볼 여지도 아주 없지는 않았다.

다가오는 적선을 칠 수 있으면 치고 피할 수 있으면 피하는 울루지 알리의 투르크 좌익은 이미 도리아가 달려가려 해도 도저히 못 미칠 곳까지 나아가 있었다. 돈 후안이 이끄는 기독교 함대의 본대에 근접하는 데 성공한 것이다.

본대의 오른쪽 끝을 지키는 것은 몰타 섬에 본거지를 둔 성 요한 기사단의 선박 세 척이었다. 특히 제일 끝에는 기사단장이 승선한 기사단 기함이 있었다. 이교도와의 전투에 몸을 바친 프랑

갤리 군선(투르크)

스나 에스파냐 출신 기사들이 이 배에 다수 승선해 있었던 것은 물론이다. 그들은 기사단 회칙 때문에라도 유럽 유수의 귀족 집안 자제들로 채워져 있었다.

원래 기독교도였다가 지금은 이슬람의 해적이 된 울루지 알리에게 이보다 더 탐나는 사냥감도 없었다. 더구나 울루지 알리는 투르크의 술탄에 의해 알제 총독으로 임명된 몸 아닌가. 알제에 본거지를 둔 그와 몰타 섬을 요새화한 기사단은 숙명적이라 해도 좋을 적대관계에 있었다.

이 몰타의 기사단 선박들에 대한 울루지 알리의 공격은 엄청난 것이었다.

본대들끼리의 전투에 여념이 없던 몰타의 선박들은 불시에 배후 공격을 받은 것이다. 기사들의 분전에도 불구하고 몰타의 기함 위에서 쓰러지는 이들은 터번에 반월도를 든 이슬람 해적이 아니라 화려한 갑주 차림의 기사들이 더 많았다. 투르크군은 선교 위에 나부끼던 기사단 깃발을 먼저 노획한 다음, 아직도 전투를 벌이는 기사단장과 기사들을 태운 채 기함 자체를 포획해버렸다.

그렇지만 울루지 알리는 사냥터의 사냥꾼이 아니라 얼마 되지 않는 전사들 중 한 명이었던 것 같다. 처음에는 좌익에서, 이어서 본대에서도 오른 승리의 신호를 그는 놓치지 않았다.

이 해적은 다시 방향을 틀었다. 이번에는 180도 반대 방향으로 돌려 재차 도리아의 뱃머리를 피하며 후퇴하기 시작했다. 몰타의 기함을 끌고 가는 것도 잊지 않았다.

전장 이탈 의사를 분명히 드러낸 울루지 알리의 함대를 도리아 휘하의 베네치아 배들은 이번에도 그냥 넘기지 않았다. 자폭이나 격침을 겪지 않은 배들이 모두 한 덩어리가 되어 선복을 드러내며 통과하던 투르크의 좌익을 친 것이다.

이렇게까지 하는 이상 베네치아 이외의 각국 선박들도 가만히 있을 수는 없었다. 피렌체 배와 사보이아 배도 앞다투어 전선으로 돌입했다. 그리고 지휘관 도리아도 몰타의 기함이 끌려가도록 수수방관하지는 않았다.

우익 전체가 적과 격돌하기 시작했다. 순식간에 투르크 배들이 차례로 피의 제단에 올려졌다. 몰타의 기함도 다시 풀려났지만 기사단의 깃발만은 끝내 되찾지 못했다. 전투 개시 이래 우익에서는 처음 벌어진 전역(全域) 해전이었다.

그러나 비록 네 척만이 뒤를 따랐다고는 해도 울루지 알리를 놓쳐버렸다. 이탈리아 태생의 이 해적 수령은 펠로폰네소스 반도 남단의 모도네에 정박시켜둔 27척의 배를 대동하고 투르크의 수도 콘스탄티노플까지 가는 데 성공했다. 정말로 비통했을 이들은 동포들의 해방을 두 눈으로 보면서 채찍에 맞아가며 노를 저어야 했던 이 배들의 노예였으리라. 울루지 알리는 40일 이상에 걸친 항해를 무사히 끝내고 탈취한 기사단 깃발을 수면 위로 끌며 금각만으로 입항했다.

레판토 앞바다는 전사들의 시신으로 가득했다. 여기저기서 아직도 불길을 올리는 배들이 격전이 벌어진 장소를 말없이 알려주었다. 움직이는 것이라곤 기울어진 배들 사이로 살아남으려고 발버둥치는 투르크 병사들뿐이었다.

푸르디푸르던 바다도 사내들이 흘린 피로 적포도주 같은 색을 띠고 있었다. 그 바다를 석양이 금빛으로 비춰주었다.

승자들도 승리의 함성을 잊은 듯했다. 이제 막 세기의 해전이 끝난 바다 위로 불가사의한 정적이 맴돌았다.

레판토 1571년 10월 7일 밤

 서서히 땅거미가 바다를 덮기 시작했다. 바람도 조금씩 강해졌다. 물결 역시 높아지고 있다. 밤이 되면 바람과 파도가 강해지리라는 것은 누구든 예측할 수 있는 일이었다. 더 이상 바다에 머무르는 것은 위험했다.

 북서쪽으로 6해리쯤 간 곳에 페타라스라는 조그만 섬이 있다. 그리스 본토에 맞닿을 듯 가까이 있지만 투르크의 지배는 미치지 않는 곳이다. 일단 그 섬에 있는 만에서 밤을 보내기로 했다.

 적의 배라도 쓸 수 있는 배는 모조리 끌고 갔다. 즐비한 시신들과 방치해둘 수밖에 없는 파손된 선박들만이 물결에 떠밀리고 있었다.

 페타라스 섬에 닿은 뒤, 지휘관들이 축하 인사차 돈 후안의 배에 모여들었다. 스물여섯 살의 총사령관은 처음 맛보는 대승리에 잔뜩 흥분하여 붕대까지 피가 배었음에도 여전히 원기왕성한 베니에르를 보자마자 달려가 포옹했다. 여태껏 그렇게도 신경쓰던 자신의 지위마저도 잊은 듯했다. 베네치아의 노장도

마치 아들과 더불어 전승을 기뻐하듯 따뜻한 표정으로 이에 응했다.

콜론나도 교황 피우스 5세의 조카와 로마 귀족들을 데리고 왔다. 소리 높여 주고받는 축하 인사가 좁은 선실을 가득 채웠다.

우익 사령관 도리아가 선실로 들어온 순간, 방을 채우고 있던 즐거운 활기는 싸늘하게 식어버렸다. 일순 정적이 흘렀다.

적의 피가 한 방울도 묻지 않은 갑주 차림의 도리아를 이상한 동물이라도 보는 눈길로 보지 않은 사람은 없었다. 피로 칠을 한 베니에르는 좀 유다른 편이었지만, 돈 후안이나 콜론나도 여기저기 적의 피가 튀어 더러워진 군복을 입고 있었다.

돈 후안의 앞까지 간 도리아는 무미건조하고 냉정한 목소리로 전승을 축하한다고 말했다. 총사령관은 이 우익 책임자에게만은 극히 싸늘한 음성으로 짧게 답례했다. 격노로 달아오른 얼굴을 한 베네치아 장수들은 당장 달려들어 한 대 치고 싶다는 생각을 꾹 누르며 이 제노바인을 노려보았다.

이때는 이미 모든 사람들이 알고 있었던 것이다. 우익의 도리아가 어떻게 싸웠고 어떤 전과를 올렸는지를. 나중에 보고를 받은 교황 피우스 5세가 내뱉은 말은 당시 이 자리에 있던 사람들의 심경과 똑같았을 것이다.

"신이여 불쌍히 여기소서. 무사가 아니라 해적으로 일관한 저 불쌍한 놈을."

어쩌면 도리아에게 가해진 이 비난은 지나친 것이었을지도 모른다. 하지만 레판토에서 치러진 전투는 갤리선끼리의 싸움이었다. 트라팔가르처럼 범선이 주축이 된 해전이 아니었던 것이다.

 어쨌든 간에 사람들은 기뻐 어쩔 줄 몰랐다.
 무적 투르크군의 불패 신화가 여기서 깨어진 것이다. 1453년에 콘스탄티노플이 함락된 뒤 공세를 거듭해온 투르크 앞에 단 한번도 일치단결해서 싸워본 적이 없는 기독교 세력이 실로 118년 만에 처음으로 얻어낸 진짜 승리였다. 더구나 좌익의 울루지 알리가 도주했다지만 압승이라 해도 과언이 아닌 승리였다.
 젊은 돈 후안은 이 기쁨을 모든 사람들과 나누고 싶었다. 도리아에게도 처음에만 쌀쌀맞게 대했을 뿐이고 나중에는 비난조로 들릴 말은 일절 하지 않았다.
 그 젊은 왕자의 머리에 여태껏 수뇌부의 작전회의에 참석해오다가 오늘밤 이 기쁜 자리에 홀로 빠진 한 사람이 떠올랐다. 그는 콜론나와 베니에르 두 사람만 데리고 선실을 나와 보트를 내리라고 명했다.
 두 사령관을 양쪽에 대동한 채 갑판 위에서 보트가 준비되기를 기다리는 젊은 총사령관의 모습을 주위 사람들은 금세 알아차렸다. 순식간에 열광적인 함성이 그를 휘감았다.
 기사도 석궁병도 포병도 있었다. 선원들도 노잡이도 이 대환성에 함께했다. 특히 이슬람의 사슬에서 풀려난 사람들과 오늘부터는 사슬을 끌고 다니지 않아도 될 죄수들이 올리는 함성은 유달리 컸다. 이제 적의 감시망을 두려워할 이유도 없어진 까닭에 있는 대로 밝혀놓은 등불이 작은 만 안을 메운 대선단을 대낮처럼 환히 비춰주고 있었다.

세 명의 사령관이 올라탄 보트는 파손이 심해 자력으로 움직일 수 없어서 동료 선박에게 예인되어 온 바르바리고의 기함에 뱃전을 맞대었다. 붉은색 돛대가 중간쯤에서 꺾여 있고, 활대는 불타버려 보이지도 않았으며, 그 또한 붉은색인 노 역시 반도 남아 있지 않았다. 배에 오른 세 사람은 바르바리고가 누워 있는 갑판 밑 선창으로 내려갔다.

전승이 결정되던 순간 부관의 부상 소식을 들은 베니에르는 급히 보트를 달려 병문안을 왔었다. 핏기 없는 바르바리고 옆에 그와 함께 싸운 참모 퀴리니가 있었다. 급히 달려온 두 베네치아 장수는 이제 가망이 없다는 의사의 선고를 들어야 했다.

병문안을 온 돈 후안도 바르바리고의 상태에 관해서는 이미 들어 알고 있었다. 젊은 왕자도 콜론나도 위로의 말은 입밖에 내지 않았다.

총사령관을 알아본 바르바리고는 몸을 일으키려 했지만 더 이상 그럴 힘도 남아 있지 않았다. 돈 후안은 바르바리고 곁에 무릎을 꿇고 베네치아 장수의 얼음처럼 차가운 손에 살며시 손을 포갰다. 그리고 마치 속삭이듯이 이탈리아어와 에스파냐어를 섞어가며 승리를 말해주었다.

에스파냐의 왕제는 처음 메시나에서 만났을 때부터 이 베네치아 사내가 마음에 들었다. 베니에르와 얼굴을 붉히며 언쟁한 날에도 바르바리고와는 기꺼이 만날 정도였다. 조용하고 순하면서도 필요할 경우 단호히 대처하며 원칙을 수미일관 지키는 바르바리고의 태도에 경애심마저 가졌다. 게다가 기독교 연합 함대 수뇌부의 유일한 희생자라는 사실이 젊은 귀공자를 서럽게 했다.

다정히 말을 건네오는 총사령관에게 바르바리고가 해줄 수 있는 것은 희미한 미소로 응하는 것뿐이었다. 돈 후안은 다시 한번 바르바리고의 오른손을 두 손으로 감싸안듯 꽉 쥐고는 자리에서 일어났다. 그리고 콜론나와 함께 퀴리니의 안내를 받아 선창을 나섰다.

이제 베니에르만 남았다. 일흔다섯 살 노장은 아까 돈 후안이 있던 자리에 섰다. 무릎을 꿇으려 해도 다리에 부상을 입어 굽힐 수가 없었다. 베니에르는 선 채로 입을 열었다. 죽어도 위로 따위는 하지 않는 그의 성격에 어울리는 단도직입적인 어조였다.

"내가 유념할 게 있다면 삼가지 말고 얘기해주게나."

아고스티노 바르바리고의 머릿속에 돌연 플로라의 모습이 떠올랐다. 처음에는 언제나처럼 그녀가 자신의 오른팔을 끼고 몸을 기댄 모습이, 그리고 다시 남자의 목에 팔을 두르고 온몸을 기댄 모습이. 추억은 자꾸만 과거로 거슬러올라갔다. 산 자카리아 교회 앞에서 처음 그녀를 본 그날의 일들이 어제 일처럼 눈앞을 스쳐갔다. 아들이 어머니한테 강아지처럼 달라붙어 뭔가 열심히 얘기하고 어머니는 상냥하게 대답하던 그 모습이 보였다.

비로소 흐뭇한 미소가 그의 얼굴 위로 떠올랐다. 그리고 생각했다. 그 애만 있다면 플로라도 살아갈 수 있을 테니까. 그녀가 세상을 떠나면 내가 먼저 가서 그녀를 지켜줄 테니까. 그래, 그녀도 이걸 알 테지. 꿋꿋이 살아가겠지.

베니에르에게, 사정이야 어쨌건 일탈은 절대 용납치 않는 이 노장에게 베네치아에 두고 온 모자를 부탁할 수는 없었다. 바르바리고는 상관의 얼굴을 바라보면서 가만히 고개를 저었다. 노장은 다시 부하를 지그시 바라본 다음 선창을 나섰다. 바르바리고는 홀로 남았다. 이제 고통을 느낄 수 없었다. 어찌 된 일인지 졸음이 엄습할 뿐이었다.

사내는 다시 여자의 모습을 떠올리려 애썼다. 한데, 조금 전까지 그렇게 생생하던 그 모습이 더 이상 보이지 않는다. 갑자기, 정말 갑자기, 손에 여자의 감촉이 전해왔다. 긴 머리를 쓸어내릴 때 느껴지던 머리카락의 감촉과 차가운 뺨, 가느다란 목, 그리고 미소짓는 뺨 위로 흐르는 눈물을 손끝으로 닦아줄 때 느껴지던 그 감촉…….

종복이 선창에 들어왔을 때 이미 이 베네치아 장수는 숨을 쉬고 있지 않았다.

베네치아공화국 정부가 정리한 레판토 해전 기록은 다음과 같은 한 줄을 이 사내에게 바쳤다.

"참모장 아고스티노 바르바리고는 자신이 바라던 죽음을 가장 행복한 순간에 맞이했다."

코르푸 섬 1571년 가을

베네치아령 코르푸로 물러난 연합 함대는 여기서 비로소 전과에 대해 상세히 파악할 수 있었다.

포획한 적의 갤리 군선—117척

포획한 적의 소형선—20척

울루지 알리와 함께 도주한 네 척을 빼고 나면 나머지는 모두 전투중에 불타버렸거나 침몰되었다. 파손이 너무 심해 그냥 두고 온 배들도 많았다.

이슬람 쪽 전사자—약 8,000명

여기에는 최고사령관 알리 파샤 이하 예니체리 군단 단장, 레스보스·키오스·네그로폰테·로도스 등지의 총독들도 포함되어 있다. 시로코와 울루지 알리보다 한 세대 앞선 유명한 해적 바르바로사의 아들 두 명도 이 전사자 명부에 실려 있었다. 투르크 함대의 주요 인물들이 거의 전원 전사한 것이다.

포로가 된 사람의 수—약 10,000명

이 속에는 돈 후안이 에스파냐 왕에게 보낼 선물로 고른 알리 파샤의 두 아들들도 있었다. 이틀 후 병사하게 될 시로코도 당시만 해도 포로 속에 들어 있었다. 투르크 궁정의 신료들도 대부분 포로가 되었다.

해방된 기독교도 노예—약 15,000명

전리품은 연합 함대의 참가국별로 각자의 전력 제공 정도에 따라 분배되었다.

에스파냐 왕은 57척의 갤리 군선을 얻었고, 포로도 비슷한 비율로 배분받았다. 그외에 투르크 배 안에서 발견된 귀금속들도 대부분 왕의 것이 되었고 나머지는 돈 후안이 취했다.

베네치아공화국은 43척의 갤리 군선과 39문의 대포, 86문의 소포, 그리고 1,162명의 포로를 배분받았다. 이 중 베니에르에게 두 명이 주어졌다.

교황청, 성 요한 기사단, 사보이아후국 등 여러 나라도 전리품 분배에서 제외되지 않았다. 단 한 척의 자기 소유 선박도 없던 교황청만 해도 이 분배 결과 17척이나 되는 갤리선을 거느리게 되었다. 포로는 541명을 얻었다.

그러나 기독교 쪽이 입은 피해도 결코 적다고는 할 수 없었다.

전사자 수—7,500명

이는 이슬람 쪽과 비교해 몇백 명의 차이밖에 안 나는 수치였다.

부상자 수—약 8,000명

좌익에 배속된 배에서 싸우다가 왼팔에 총탄을 맞은 젊은 날의 세르반테스도 여기에 들어 있었다.

전사자와 부상자 수를 주요 참가국별로 나누면 이렇게 된다.

	전사자 수	부상자 수
에스파냐	2,000	2,200
교황청	800	1,000
베네치아	4,836	4,584

베네치아만 수치가 정확한 것은 원래부터 정확한 통계를 중시한 나라였기 때문이다. 에스파냐도 교황청도 군선을 무장시키기 위해 전투원을 승선시킨 당초부터 정확한 숫자 따위는 신경도 쓰지 않았다. 정확한 숫자를 몰랐기 때문에 점호에 답하지 않은 사람을 전사자로 처리한 것이다.

이렇게 대충 나온 수치이긴 하지만, 전력 제공 비율을 생각해보면 베네치아가 얼마나 큰 희생을 치렀는지 분명해진다. 특히 지휘관급의 전사자가 많은 것이 눈에 띈다. 전체 함대의 지휘관급을 따져보면 교황청 기함에 승선한 오르시니 가 남자 두 명 외에는 전사자 대부분이 베네치아 귀족이었다.

각 군선의 함장급 희생자는 열 명 전원이 베네치아공화국 사람이다. 바르바리고 가는 함장 세 명을 포함해 총 네 명, 콘타리니 가에서도 두 명, 소란초 가와 베니에르 가에서도 함장만 따져 각각 한 명씩의 희생자가 나왔다. 베네치아 천년 역사를 장식하는 명문가 중의 명문가가 이때의 전사자 명부를 물들인 것이다.

정확한 수치를 선호하는 베네치아공화국에서는 전사자와 부상자의 직능별 구분도 확실히 해놓았다.

	전사자	부상자
함장(귀족)	12	5
함장(시민)	6	20
전투원 대장	5	20
서기(부함장 격)	6	4
항해사	7	10
선원	124	118
포수	113	79
조선 기술자	32	78
고해 신부	5	3
노잡이장	921	681
노잡이	2,272	2,479
전투원	1,333	1,087
계	4,836	4,584

전력 투구해서 싸운 것은 귀족뿐만은 아니었다. 베네치아 배에서 요리사까지 싸운 결과가 바로 이 수치이다.

이들 전사자는 물결에 휩쓸려간 이들을 빼고는 코르푸 섬에 묻혔다. 베네치아인이 아니라도 고국으로 돌아간 시신은 극소수에 불과했다. 모두 이 아름다운 섬에 묘지를 꾸미게 된 것이다.

동녘의 햇살로 온몸을 적시는 언덕이 이들의 묘지로 할당되었다. 이로부터 200년 간 이 광대한 묘지는 '레판토 전사들의 묘'로 불리었다.

베네치아 1571년 가을

 코르푸에 닿던 날 밤 베니에르가 승리를 알리기 위해 급히 보낸 쾌속선이 투르크 군기를 수면 위로 끌며 입항하자 베네치아 시민들의 기쁨은 하늘에 가 닿았다.

 희생이 컸음은 누구든 알고 있다. 하지만 가족을 잃고 눈물로 지새우는 사람도 이 정도 대해전이면 얘기가 달라진다. 100년도 넘는 오랜 세월을 베네치아는 투르크의 공세 앞에 후퇴를 거듭해왔다.

 오랫동안 지중해 최고의 해운국임을 자부해온 베네치아인은 수평선에 투르크의 초승달 깃발이 보이기만 해도 줄행랑을 치는 다른 나라 선원들과는 달랐지만, 그럴수록 투르크라는 존재를 뇌리에서 떨쳐낼 수가 없었다. 그 투르크를 완파한 것이다. 평소 냉철하기로 유명한 베네치아인들도 이날만은 열광하지 않을 수 없었다. 밤이 새도록 불을 끄는 집이 없었고 광장은 환호성을 지르는 사람들로 가득했으며 선술집은 문을 연 채로 아침을 맞이했다.

공화국 정부도 눈물을 흘릴 만큼 기뻐하며 낭보를 받아들였지만 시내에 체재중인 투르크 및 아라비아 상인들의 안전에 신경쓰는 것도 잊지 않았다. 승리에 도취된 시민들이 이들을 습격하는 사태가 발생하지 않도록 정부는 이슬람교도들을 시내의 저택 중 하나에 격리 수용했다. 나중에 이 저택에서 투르크 상관이 문을 열게 된다.

정부는 또한 이 유례 없는 전승을 기념하기 위해 10월 7일을 국경일로 정하고 매년 이날이 돌아오면 거국적으로 경축하기로 했다. 나아가 공화국 최고의 화가로 이름을 날리던 티치아노에게 전투를 묘사한 대규모 벽화의 제작을 의뢰했다.

한데 티치아노는 에스파냐 왕으로부터도 같은 의뢰를 받았다며 의뢰를 거절했다. 당시 83세이던 이 화가는 전 유럽에 이름을 떨치고 있었기 때문이다. 이 거장에게 연금을 주는 이는 베네치아 정부가 아니라 에스파냐 왕임도 알려져 있었다. 의뢰선을 바꿔야 했다.

다른 화가를 찾는 일은 어렵지 않았다. 티치아노 다음가는 사람이라면 당시 53세로 한창 일할 나이에 있던 틴토레토가 있었기 때문이다. 게다가 큰 화면을 다룰 경우 틴토레토가 티치아노보다 낫다는 평판도 있었다. 틴토레토는 즉각 작업에 착수했다.

아고스티노 바르바리고가 중상을 입는 순간을 묘사했다는 이 그림은 3년 뒤인 1574년에 완성되어 원수 관저 안의 방 하나를 장식하게 된다. 하지만 1577년에 일어난 화재로 소실되었다. 현재 원수 관저 안의 살라 디 스크루티노(투표실)에 있는 같은 제재의 회화는 화재가 일어난 뒤에 안드레아 비첸티노가 그린 것이다. 여기에는 그림 중앙부쯤에 베니에르가 묘사되어 있지만 바르바리고는 그려져 있지 않다.

하지만 베네치아에서는 1571년 가을 당시에도 개선장군을 맞이하는 호화로운 축전은 열지 않았다. 레판토 해전에서는 이겼지만 베네치아공화국 정부의 당면 과제까지 해결된 것은 아니기 때문이었다.

그리스의 바다 1571년 겨울

베니에르는 당장이라도 동쪽 바다로 돌아가고 싶었다. 지금이라면 지중해는 뻥 뚫려 있는 거나 마찬가지다. 투르크 해군은 거의 다 사라졌으며 해적 수령들 대부분도 레판토 바다의 해초가 되었다. 지금이라면 투르크가 뺏아간 펠로폰네소스 반도의 옛 베네치아 기지들 몇 군데도 수복할 수 있을 것이고 공략 직후여서 아직 수비 체제가 완전하지 않은 키프로스를 되찾을 수 있을지도 모른다.

연합 함대가 코르푸에 머물 동안 베니에르는 이런 사정을 돈 후안에게 열심히 설명하고 동의를 구했다.

하지만 젊은 승리자는 이제 막 자기 것이 된 화려한 승리에 도취해 있었다. 오랜 기간 주도면밀하게 준비한 끝에 얻은 것이 아니라 생각도 못 했는데 굴러들어온 승리인 만큼 더욱더 매혹적이었을 것이다. 레판토의 승리에는 그의 힘이, 아니 보다 정확히 말해서 그의 의지가 크게 공헌했는데, 돈 후안은 이를 냉정히 객관적으로 평가하여 또 다른 승리로 이어간다는 생각을 할 여유마저 잃어버렸다.

게다가 사사건건 잔소리를 해대는 에스파냐 왕의 중신들은 이제 정말 항해하기에 좋지 않은 계절이 왔다는 점을 강조하고 있었다. 콜론나도 하루빨리 로마로 돌아가 교황에게 보고하고 포상을 받을 생각에 다시 바다로 나설 마음은 별로 없었다.

베니에르는 고립되었다. 돈 후안도 날이 갈수록 전투 직후의 뜨거운 우정을 잊는 듯했다. 우정은커녕 총사령관인 자신의 허락도 청하지 않고 베니에르가 자의적으로 승전보를 알리는 쾌속선을 베네치아로 보냈다며 길길이 뛰기까지 했다. 총사령관과 베네치아 함대 사령관의 관계는 다시 험악해졌다. 그러나 자국의 입장을 고수하면서도 돈 후안이나 콜론나의 기분을 다독거리던 아고스티노 바르바리고는 이제 더 이상 없었다.

그럼에도 불구하고 이듬해인 1572년 봄에 재집결한다는 것은 결정되었다. 집결지는 시칠리아의 메시나가 아니라 코르푸로 변경되었다.

달랑 이것만 정해놓고 돈 후안은 휘하 선박들을 이끌고 서쪽으로 떠나갔다. 콜론나도 전리품으로 얻은 배를 이끌고 아드리아 해에 있는 교황청 영내 항구인 앙코나로 향했다. 앙코나에서 로마까지는 육로였다. 로마에서는 교황이 임석한 장려한 개선식이 기다리고 있을 것이다. 다른 나라 배들도 각자 자기 나라를 향해 떠나갔다. 도리아도 근거지 제노바를 향해 돛을 올렸다.

베네치아 함대만 코르푸에 남았다. 단독으로 동지중해 원정에 나서는 것은 무리지만, 아드리아 해의 요충 코르푸와 에게 해의 '항공모함' 크레타를 지키는 것은 충분히 가능했다. 게다가 내년 봄으로 예정된 연합 함대의 집결지는 코르푸이다. 반년 전부터 집결지에서 대기한다는 것은 연합 함대에 거는 베네치아의 기대를 보여주는 더할 나위 없는 증거였다.

돈 후안이 메시나로 귀환한 것은 11월 1일이었다. 에스파냐 왕령이기도 한 남쪽 나라 시칠리아에서 승리의 영광을 만끽하며 함대와 함께 겨울을 날 예정이었다.

몇 주 뒤에 세바스티아노 베니에르는 베네치아로 향했다. 개선식에 참석하기 위해서가 아니다. 베네치아공화국 정부의 소환장을 받았기 때문이었다.

콘스탄티노플 1571년 겨울

투르크제국의 수도 콘스탄티노플에 주재하는 베네치아 대사 바르바로는 창이 판자로 막혀 대낮에도 촛불을 켜둬야 하는 생활 속에서도 정보 수집과 본국에 대한 보고만은 게을리하지 않았다. 그러므로 레판토 해전부터 한 달하고도 열흘이 지난 11월 18일, 도주에 성공한 울루지 알리가 31척의 배를 이끌고 귀환한 것도 알고 있었다. 그 31척 중 4척만이 레판토 해전에서 살아남은 배라는 것도 정확히 파악하고 있었다. 예의 암호문을 써서 이 사실을 비밀리에 본국에 보고했다.

그 며칠 뒤 대사 바르바로는 실로 일년 반 만에 바깥 공기를 마실 수 있었다. 재상 소콜루의 호출이 있었기 때문이다. 지금까지처럼 유대인 의사를 통한 비밀 교섭이 아니라 일국의 재상 대 대사로서의 공식 회담이다.

관례에 따라 대사의 정장을 입었다. 종자 세 명과 통역 한 명을 거느리고 대사관을 나섰다. 가파른 비탈길이 많은 페라 지구를 말등에 올라 다니는 것은 일년 반 만에 집 밖으로 나온 60대

대사로서는 금방 익숙해지기 힘든 고생길이었던 것이다.

금각만으로 향한 비탈길을 내려가자 오랫동안 놀리고 있던 대사용 배가 기다리고 있었다. 여기 올라타 금각만을 건너 맞은편 콘스탄티노플 지구에 닿았다. 거기서부터 이어지는 완만한 오르막길을 따라가다 왼쪽으로 꺾어지면, 이곳이 바로 토프카피 궁전의 중앙문이다.

일년 남짓 보지 못한 금각만 주변이 얼마나 황량해졌는지 듣기는 했지만, 역시 듣는 것과 보는 것은 별개 문제였다. 이상하리만치 황량한 풍경이었다.

경제력이 달리는 투르크 민족은 피지배 민족인 그리스인과 유대인이 도와주더라도 일단 서유럽과의 교역이 끊길 경우 그 경제적 손실은 만회하기 힘들 정도가 되어버린다. 수도라는 곳이 이토록 황량했다. 시리아나 이집트가 어떨지 상상이 되었다.

투르크에 정복된 로도스 섬도 옛날의 영화는 그저 추억으로만 남아 있었다. 키프로스도 장차 비슷해질 것이다.

서유럽의 무역 상인만이 손해를 보는 것은 아니다. 득보다 실이 많은 데는 투르크도 마찬가지였다. 하지만 그런 사고방식이 투르크인의 영토 확장욕을 막을 수는 없었다. 통상 국가 베네치아의 국익을 지키는 것이 임무인 대사 바르바로는 이런 생각이 들 때마다 아득한 절망감을 느끼곤 했다.

토프카피 궁전의 중앙문으로 들어서자 몇 가닥 길이 넓은 정원을 가로지르고 있었다. 오른쪽으로 가면 궁정 전체의 식생활을 담당하는 커다란 주방이 있다. 왼쪽은 호위병 숙사이다.

가운뎃길을 따라가면 문이 하나 더 나온다. 도서관이나 접견실 등으로 구성된 술탄의 공식 구역으로 통하는 문이었다.

맨 왼쪽에 난 샛길을 따라가면 바로 하렘의 입구로 이어진다. 술탄과 그 처첩들이 사는 곳으로, 그 안에는 남자라면 요리사조차 못 들어간다. 유일한 남성인 술탄과 수많은 여자들, 역시 숱한 아이들, 그리고 거세된 환관들의 세계이다.

투르크 궁정에서 일하는 사람들이나 대사 등 외국 요인들은 하렘으로 가는 길과 가운뎃길 사이에 난 또 한 가닥의 길에 낯이 익다. 이 길을 따라가면 술탄의 하렘과 등을 맞댄 추밀원(樞密院)이 나오기 때문이다.

그날 바르바로도 이 길을 따라갔다. 평소에는 온통 녹색으로 울창한 광대한 정원도 11월쯤 되면 쓸쓸한 분위기를 내기 시작한다. 겨울날의 쓸쓸한 길은 아무리 손질을 해도 낙엽이 제 맘대로 뭉쳤다 흩어졌다 하는 것을 어쩔 수 없었다.

하지만 노련한 외교관인 대사 바르바로는 내심 쓸쓸하기는커녕 기뻐 날뛰고 싶었다. 베네치아인에게 레판토의 승리는 그만큼 컸던 것이다.

추밀원에서는 재상 소콜루가 기다리고 있었다. 그 양옆으로 나란히 앉아 있는 대신들 중에 대서유럽 강경파로 알려진 피랄 파샤의 얼굴도 보였다.

투르크에서는 국가를 대표하는 대사라 할지라도 술탄의 가신 취급을 받아 평복(平伏)의 예를 요구받았다. 물론 술탄을 알현할 때 얘기였다. 서유럽인에게는 굴욕적인 이 예법을 여유 있는 대군주였던 선대 술탄 쉴레이만 대제 시대에는 에스파냐, 프랑스, 베네치아, 독일의 합스부르크 등 대국에 한해 생략하기도 했다.

회담 상대가 재상이나 대신일 경우엔 술탄을 알현할 때 같은 예는 필요없었다. 또한 의자도 주어졌다.

투르크에서는 의자 위에 책상다리를 하고 앉았다. 의자도 그에 어울리는 꼴로 만들어져 넓고 넉넉하며 높이도 낮았다. 속에 뭔가를 채워 넣고 천이나 가죽으로 두른 소파 같은 오늘날의 의자들은 따지고 보면 투르크식 의자인 '디완'(영어로는 디반)을 개량한 것이다.

투르크 궁정의 추밀원은 디완이라 불렸는데, 이런 긴 의자가 방 안 가득 있어서 생겨난 통칭이었다. 현대 이스탄불의 거리에는 디완이라는 호텔이 있는데, 아마도 긴 의자가 아니라 각의나 각의실을 가리킬 요량으로 그런 이름을 붙였을 것이다.

이탈리아어에서는 지금도 긴 의자를 디바노라고 부른다. 소파하고 같은 뜻이다. 영어에서도 역시 소파와 디반이라는 말을 쓴다. '디완'이라는 말 자체는 아라비아나 페르시아 쪽에 어원을 둔 말이었다.

서유럽에서 이런 식의 긴 의자가 유행하기 시작한 것은 17세기부터였고, 18세기 로코코 시대에 가장 화려한 작품들이 나왔다. 16세기 이전의 서유럽에는 이런 식의 의자나 긴 의자는 오리엔트에서 수입된 것이 아닌 이상 하나도 없었다. 르네상스 시대의 긴 의자는 나무로 만든 긴 궤짝 같은 것에 지나지 않았다.

부드러운 감촉의 의자에 투르크식이 아닌 서유럽식으로 앉은 대사는 자기 오른쪽 뒤에서 인기척이 나는 것을 느꼈다. 종자들은 건물 밖에서 대기중이고, 통역은 왼쪽 뒤에 있다. 부관은 왼쪽 옆에 있다. 오른쪽 뒤에는 사람이 있을 리가 없었다.

베네치아 대사는 어느 정도 감을 잡았다. 그쪽 벽면의 일부는 대리석 투각으로 채워져 있는데 그 건너편에 두꺼운 커튼이 드리워 있다. 인기척은 커튼 너머에서 나는 것이다.

이것이 소문으로 듣던, 술탄이 대신들의 각의를 숨어서 감시하고 싶을 때 쓰는 비밀 창문인가 보다는 생각이 들었다. 그렇다면 인기척이 난다는 것은 술탄 셀림이 여기 있다는 얘기였다. 아버지 쉴레이만과 달리 국정을 대신들에게 맡기고 하렘에서 노닐기만 좋아하던 술탄이 생각해낸 음험한 방법이었다.

이런 분위기이고 보니 무슨 말이 나올까 기대할 것도 없었다. 서로 국익을 제일로 치면서 공통의 관점을 찾는 것도 불가능하지는 않았던, 노재상 소콜루와의 예전 같은 회담이 이런 자리에서 되풀이될 리 만무했다.

아니나다를까 재상은 차가운 어투로 입을 열었다.

"레판토 앞바다의 해전에서 우리는 확실히 완패라 해도 과언이 아닌 패배를 겪었소. 그러하나 우리는 귀국에게서 키프로스를 뺏는 데 성공했소. 즉 당신들은 팔 하나를 잃었지만 우리는 수염이 뽑힌 것이오. 기억해두시오. 수염은 다시 나지만 잘린 팔은 원래대로 돌아갈 수 없음을."

베네치아 대사 바르바로는 분해서 어쩔 줄 몰랐지만 재상의 말이 핵심을 찌르고 있음은 인정해야 했다. 하지만 이 말을 할 때 노재상의 눈이 뭔가를 알리고 싶은 듯 일순 자신의 얼굴에 지그시 머물렀음을 바르바로는 놓치지 않았다.

바르바로도 외교 담당자로서 할 말은 다 해야 했다. 재상이 보내온 무언의 말을 시치미 떼는 얼굴로 받아들인 그의 입에서는, 레판토 해전의 결과는 어마어마한 것이며 이로써 서유럽 각국의 연합 함대 체제는 영겁토록 이어질 것이라는 강한 낙관론이 쏟아져 나왔다. 피랄 파샤의 얼굴이 붉으락푸르락할 정도였다.

회담은 이것으로 끝이었다. 다시 창문이 봉해진 대사관으로 돌아온 바르바로는 이날의 전체 경과를 본국 정부에 보고하기 위해 펜을 들었다.

보고서는 두 통을 작성했다. 한 통은 베네치아 방언으로 보통 편지처럼 쓴 것이고, 다른 하나는 암호문이다. 암호문 보고서에는 노재상의 그 시선에 관한 얘기를 추가했다. 그것이 무엇을 의미하는가에 관한 자신의 추측도 적어 넣었다.

베네치아의 10인위원회는 투르크와의 평화협상을 재개하라는 지령을 보내오지 않았다. 베네치아는 1572년도 연합 함대에 모든 것을 걸 작정이었다.

이런 극비 지령이 오지 않았어도 대사 앞에는 새로운 일거리가 나타났다.

술탄 셀림이 전장에서 도망쳐 온 울루지 알리를 나무라기는커녕 기독교도 출신인 이 해적에게 크리잘리라는 새 이름까지 준

일이 늙은 대사의 관심을 강하게 끈 것이다.

크리잘리란 '검(劍)의 알리'를 뜻하는 티키어다. 술탄은 이 '검의 알리'를 투르크 해군의 최고사령관에 임명하여 이슬람 함대를 재건토록 한 것이다.

울루지 알리는 항해하기에 적절치 않은 겨울을 완벽히 활용했다. 승리한 기독교 각국의 함대가 남국의 항구 도시에서 쉴 동안에도 그만은 하루도 쉬지 않았다. 콘스탄티노플 조선소도 갈리폴리 조선소도 울루지 알리의 지휘하에 선박 건조를 위해 일제히 가동되었다. 술탄은 그에게 자금은 신경쓰지 말라고까지 했다.

그 결과는 바르바로도 눈을 의심할 정도였다.

레판토에서 패전한 지 세 달도 안 된 1572년 1월 5일, 술탄에게 보고된 건설중인 함대의 규모는 이러했다.

진수가 완료된 갤리 군선 45척

건조가 완료된 갤리 군선 25척

완성이 가까운 갤리선 11척

건조 공정에 들어 있는 배 8척

진수가 완료된 소형 갤리선 8척

이외에도 소아시아 및 그리스의 항구에서 총 102척이 건조중이라 했다. 합계 199척에 달한다. 레판토 해전 이전과 거의 같은 규모였다.

이렇게 큰 함대가 봄이 오면 지중해로 나갈 것이다. 더구나 이를 지휘하는 이는 울루지 알리이다.

이 사실을 보고하는 바르바로의 서한이 예전에 없이 침통한 색조를 띤 것도 무리는 아니다. 베네치아 혼자서는 감당하기 어려운 적과 다시 한번 맞서야 하는 것이다.

이슬람 문명권에서 남자의 수염은 어엿한 사내가 되었음을 나타내는 가장 중요한 표지이다. 수염이 없는 자는 아직 덜 자란 젊은이거나 동성애 대상일 뿐이다.

레판토 해전에서 패하여 수염이 뽑힌 투르크 해군은 반년도 채 안 되어 어엿한 사내로 재등장했다.

서유럽에서는 68세인 교황 피우스 5세의 건강이 예측 불허 상태로 치닫고 있었다.

로마 1572년 봄

 국가들끼리 서로 진의를 탐색하는 한편, 여기까지 와버렸는데 이제 어쩔 거냐는 강짜 반 설득 반으로 시작된 1571년에 비해, 1572년은 상당히 순조롭게 일이 풀릴 것 같았다. 실제로 처음에는 순조로웠다.

 레판토 해전의 승리로 호전된 상황을 밀어붙여 판세를 완벽히 굳히자는 생각은 누구에게나 있었다.

 투르크를 목표로 하는 신성 동맹 연합 함대는 에스파냐왕국, 베네치아공화국, 교황청 세 나라만으로 구성해도 충분하다는 것은 이미 전년도의 전과가 증명해주었다. 교황청에서도 영국이나 프랑스, 독일을 끌어들인다는 생각은 이미 버리고 있었다. 특사들이 교황의 친서를 품고 이른 봄날 유럽의 진창길 위로 말을 달리는 고생도 덜게 되었다.

 또한 연합 함대 총사령관직 인선을 놓고 다툴 일도 없어졌다. 돈 후안을 다른 누군가로 대체하려는 사람은 아무도 없었던 것이다. 베네치아 쪽도 이 젊은 무장에게 다국적군인 연합 함대를 통솔할 재능이 있음을 인정했다. 부사령관 마칸토니오 콜론나에 이의를 제기하는 나라도 없었다.

경비 분담에 관해서도 애초부터 아무 문제가 없었다. 포획한 투르크 선박과 포로들을 나눠 가진 덕에 다들 대범해졌는지 세부 사항까지 일일이 물고늘어지던 작년처럼 귀찮은 일은 생기지 않았다. 각국이 지원 가능한 배와 인력을 알아서 제공한다는 정도로 낙착된 것이다.

실제로 사보이아나 몰타에 근거지를 둔 성 요한 기사단 같은 소국까지도 분배받은 투르크 배를 수리하느라고 바빠 새로 배를 만들 시간도 필요도 없었다. 작년에는 자체 함대가 없어서 토스카나 대공 메디치의 대공 작위를 정식으로 승인해주는 대신 군선 제공을 요청해야 했던 교황청도 지금은 17척의 갤리선을 거느린, 일단 해운국이라고 봐줄 수 있는 나라가 되었다.

베네치아공화국도 사람을 모으느라 고생할 필요가 없어졌다. 작년에는 역병이 돌기도 하고 애써 모은 5천 명이 본국에 발이 묶이기도 했지만, 올해는 그 5천 명을 언제든 동원할 수 있는 것이다. 게다가 1천 명 남짓한 투르크 포로를 노잡이로 전용할 수도 있다는 일찍이 없었던 이점까지 누리게 되었다.

일단 써보면 사슬에 묶인 노예 노잡이가 꽤 효율성이 높다는 것도 알게 된다. 당시 어떤 함장은 이런 말까지 했다. 최선책은 달마치야나 그리스 출신자, 그 다음은 노예라고. 이들은 바다가 낯선 북이탈리아 출신자들보다도 부리기 좋았다.

작년, 즉 레판토 해전 당시의 베네치아 함대에 있던 노잡이들을 출신 지방별로 분류하면 이러했다.

갤리 군선 :
　베네치아 본국 출신 지원자—38척
　베네치아 죄수—16척
　크레타 출신 지원자—30척
　이오니아 해 베네치아 식민지 출신 지원자—7척
　달마치야 지방 출신 지원자—8척
　북이탈리아 속주 출신 지원자—5척
갈레아차 :
　6척 모두 베네치아 본국 출신 지원자
　총계—110척

지원자는 자유민이므로 급료를 줘야 한다. 죄수나 노예에게는 그런 경비가 들어가지 않았다.

하지만 아무리 경비가 적게 들어도 베네치아공화국은 사슬에 묶인 노예들에게 모든 배의 노를 맡길 생각은 없었다.

베네치아 배의 특색 중 하나는 포격을 받을 위험이 큰 갈레아차를 빼고는 노잡이를 갑판 위에 앉혀 노를 젓게 한다는 것이었다. 접근전이 보통인 갤리선끼리의 전투에서 배가 동작을 멈춘 뒤 백병전이 벌어지면 노잡이까지도 전투원으로 활용하기 위해서였다. 인적 자원이 부족한 이탈리아 도시국가 모두가 이 방식을 답습했지만, 특히 베네치아에서는 이 방식이 더 철저하게 관철되었다.

베네치아의 원수 관저 안에 있는 무구 전시실에는 지금도 당시의 노잡이들이 입던 방탄 조끼 같은 것이 전시되어 있다. 천으로 만든 조끼에 쇠로 된 징을 박아 넣은 꽤나 옹골찬 옷이다. 이 옷과 끝머리에 뾰족한 쇠못을 박아 넣은 봉으로 무장하는 것이다. 베네치아에서는 노잡이도 어엿한 전사로 대우를 받았다는 증거이다. 전사할 경우 귀족에게는 지급되지 않는 유족 연금도 이 전사들의 유족에게는 지급되었다.

이 정도 대우를 몇백 년에 걸쳐 받은데다가 기지나 항만 사용료 격으로 오랫동안 경제 원조를 받은 만큼 해당 지방 사람들이 본국민들과 같은 감정으로 베네치아공화국을 대하게 되는 것도 당연했다. 달마치야의 여러 도시도, 코르푸 이하 이오니아 해에 있는 여러 섬 주민들도 베네치아공화국과 자기들은 운명공동체라는 것을 믿어 의심치 않았다. 바로 이 지역들이 베네치아가 멸망하는 그 순간까지 끝내 등을 돌리지 않고 운명을 같이하게 되는 것이다.

지금은 유고슬라비아 땅이 된 달마치야 지방을 가 보면 주민이 슬라브계로 완전히 바뀐 오늘날에도 종루부터 도시 구조에 이르기까지 모든 것이 베네치아와 너무 비슷해서 놀라울 따름이다. 이 지방은 베네치아공화국의 경제·군사권에 속해 있었을 뿐 아니라 문화권에도 속해 있었기 때문이다. 아무리 급료를 줄 필요가 없다 해도 투르크 노예로 대체해버리고 말 성질의 문제가 아니었다.

게다가 노예 노잡이를 쓰면 감시자를 둬야 한다. 배 안에 감시 관계가 형성되는 것은 베네치아의 해운 전통과 아귀가 맞지 않는 일이었다.

인원 모집은 에스파냐나 교황청의 경우 작년에도 별다른 애로점은 없었지만, 1572년도는 더 용이했을 것이다.

레판토의 승전 소식은 눈깜짝할 새에 지중해 연안 지방으로 퍼져갔다. 먹고 살기 위해 조그만 급료라도 바라보고 전장으로 향한다지만 이기는 싸움에 나가는 것은 일단 기분이 다르다. 메시나, 나폴리, 제노바 등지는 주변 농촌뿐만 아니라 멀리 프랑스나 독일에서 온 사내들까지 가세하여 사람이 넘쳐날 정도였다.

베네치아공화국은 모처럼 만의 호기를 놓칠 수 없다는 데 의견을 같이했다. 전투 한 번 치르고 나니 항해하기 좋은 계절은 끝났더라는 작년의 전철을 밟아서는 안 되었다. 되도록 빨리 여름이 오기 전에 연합 함대를 출진시켜 여름부터 중추(仲秋)에 이르는 항해의 적기(適期)를 충분히 이용할 수 있도록 해야 했다.

이를 위해 베네치아는 예견되는 모든 장애물을 사전에 처리해 두기로 했다.

첫번째 조치는 세바스티아노 베니에르의 베네치아 해군 총사령관직 해임이었다.

직무 불이행으로 해임된 것은 아니었으므로 재판에 회부되지는 않았다. 본국으로 소환된 베니에르에게 원로원은 레판토 해전에서 그가 이룬 공적을 인정하고 상찬한 다음, 국가를 위한다 생각하고 그만 물러나주기 바란다고 말했다. 돈 후안이 베니에르를 좋게 생각하지 않는다는 것은 익히 알려진 사실이었다. 베네치아 정부는 젊은 귀공자의 기분을 상하게 하느니 '미스터 성채'를 잘라내는 쪽을 택한 것이다. 베니에르를 대신하여 선출된 이는 온후한 성품으로 유명한 포스카리니였다.

이것은 그야말로 베네치아 정부 최대의 실책이었다. 바르바리고와 카날레가 세상을 뜨고 베니에르마저 해임된 지금, 베네치아 함대에서 야전형 지휘관은 마르코 퀴리니 한 명이 남았을 뿐이었다.

베네치아 정부는 설상가상 한 가지 실수를 더 저질렀다. 돈 후안을 회유할 생각으로 엉성한 접근을 시도한 것이다.

베네치아는 돈 후안이 레판토에서 보여준 재능과 열정에 실질적인 목표를 주어 이를 영속화하려 했다. 은밀히 그에게 모레아의 왕위를 약속한 것이다.

모레아는 그리스에 있는 펠로폰네소스 반도의 당시 호칭으로, 16세기 초까지는 베네치아공화국의 기지가 전략 요충지 전체를 장악하고 있던 땅이다. 반도의 최남단 모도네와 코로네 두 항은 '베네치아의 두 눈동자'라 일컬어졌으며 크레타, 키프로스, 코르푸 다음가는 중요 기지였다. 여기서부터 나브플리온, 네그로폰테에 이르는 지역은 현대에도 베네치아인들이 건설해놓은 성채가 항구에 들어설 때마다 눈에 들어올 정도로 점점이 존재한다. 내륙부 영유에는 그다지 관심이 없었던 베네치아도 연안 지방의 기지 확보에는 열심이었던 것이다.

그러나 비잔틴제국을 멸망시켜 기세를 올린 투르크가 16세기에 들어서자마자 이 펠로폰네소스 반도마저 차례로 점령하는 것을 베네치아는 어찌할 힘이 없었다. 처음에는 내륙부에서, 그 다음에는 연안에서 베네치아 기지는 투르크 기지로 바뀌어갔다.

거의 전 반도가 투르크령이 되어버린 그 모레아를 베네치아와 힘을 합쳐 수복하는 데 성공만 한다면 돈 후안의 왕국으로 만들어주겠다는 얘기다. 적의 수중에 있는 지방을 준다는 약속은 말도 안 되는 제안처럼 들리겠지만, 육군력만 보충되면 당시 베네치아의 힘을 생각할 때 불가능한 얘기도 아니었다. 돈 후안의 귀가 솔깃해진 것도 당연했다.

레판토의 영웅이라고 떠들썩하지만 이 영웅은 천상 상속과는 거리가 먼 신분이었다.

열네 살 나던 해 간신히 동생으로 인정받긴 했지만 이복형 펠리페 2세의 심중에 죽은 아버지의 숨긴 자식에 대한 형제애가 생겼기 때문은 아니었다. 단 한번도 함께 산 적이 없는 동생이란 친동생까지도 적으로 돌리기 쉬운 이 시대에는 타인보다 더 불편한 존재일 때가 많았다. 펠리페 2세는 17세 연하의 이복동생을 쓸모있는 주구로 생각했기에 오스트리아 공으로 앉히고 동생으로 인정한 것이었다. 앞으로 어떻게 되든 왕위를 물려줄 생각은 털끝만치도 없었다.

펠리페 2세 자신도 유능한 군주인 것은 사실이나 마음을 터놓는 사내는 아니었다. 훗날 베르디의 오페라로 유명해지는 장남 돈 카를로스의 불행한 죽음, 아버지와 아들의 그 비극적인 관계에 맴도는 음울함은 아들이 전적으로 책임져야 할 것은 아니었던 듯하다. 친자식한테마저 속마음을 감추는 사내였을 것이다. 배다른 동생, 그것도 죽은 아들뻘인 동생에 대한 의혹을 뿌리치지 못한 것도 당연했다. 이전부터 쉬쉬하며 떠돌던 형제간의 불화설이 레판토 이후에는 공공연히 입에 올랐다.

베네치아 정부는 이 왕의 의혹에 기름을 부어버리는 짓을 한 것이다. 돈 후안 쪽도 막강한 권력을 지닌 형의 의혹에 정면으로 맞서 이를 되받아칠 만큼 성격이 모질지는 못했다.

일견 모든 것이 순조롭게 흘러가는 것처럼 보이던 1572년의 '십자군'도 이처럼 갖가지 불안의 씨앗을 안고 있었다.

엎친 데 덮친 격으로 5월 1일, 교황의 서거 소식이 전해졌다. 피우스 5세와 마찬가지로 이탈리아 출신인 그레고리우스 3세가 즉시 새 교황으로 선출되었지만 이 온화한 성격의 새 교황은 싸움은 무조건 피하고 보자는 생각의 소유자였다.

메시나 1572년 여름

베네치아는 이미 100척의 갤리 군선과 6척의 갈레아차로 이뤄진 함대를 코르푸에 집결시켜 출진 준비를 완료한 상태였다. 새로 베네치아 해군 총사령관으로 임명된 포스카리니도 일찌감치 섬에 도착해 있었다.

5월, 바르바리고의 뒤를 이어 참모장으로 선임된 조반니 소란초는 연합 함대 총사령관인 돈 후안을 맞아들이기 위해 25척의 갤리선을 이끌고 메시나로 향했다. 돈 후안 역시 이 남쪽 항구에 도착해 있었다. 콜론나도 교황청 함대를 이끌고 메시나를 향해 남하중이라는 소식이 들어와 있었다. 산타 크루즈 후작이 지휘하는 36척의 에스파냐 함대도 편성지인 나폴리를 출항했다. 몰타에서도 두 척이 북상하고 있었다.

그러나 베네치아 참모장이 도착한 메시나에서는 예기치 못한 문제가 불거져 나왔다.

작년에도 쟁점 중 하나였던 연합 함대의 전략 목표를 어디로 할 것인지를 두고 돈 후안을 수행한 에스파냐 왕의 가신들이 강경한 태도를 취하고 있었던 것이다. 그들은 올해는 반드시 북아프리카로 가서 해적을 쳐야 한다고 주장했다. 한편 베네치아 쪽은 작년처럼 동지중해로 가서 투르크 함대를 괴멸시켜야 한다고 강조했다. 울루지 알리가 이끄는 투르크 함대가 콘스탄티노플을 출항했다는 전갈도 들어와 있던 차였다.

그럼에도 에스파냐 쪽은 주장을 굽히지 않았다. 대립은 시간이 지날수록 격해져만 갔다. 그러는 와중에 콜론나가 입항했다. 산타 크루즈 후작도 도착했지만 이는 에스파냐 쪽 표를 하나 늘렸을 뿐이다.

중재 역할을 떠안게 된 돈 후안은 베네치아를 위해 키프로스 대신 지중해 어디 한 군데를 점령하는 데 먼저 협조해주는 게 어떻겠느냐고 펠리페 2세에게 제안했지만 마드리드에서는 답장 하나 오지 않았다. 그러면 여름 동안에 에스파냐 함대 단독으로 알제를 공격해서 여기에 둥지를 튼 울루지 알리 휘하의 해적들을 치고, 그 직후 동지중해로 향하는 것은 어떻겠느냐는 제안을 다시 올렸지만 이번에도 왕의 회답은 없었다.

일단 돈 후안, 콜론나, 소란초, 산타 크루즈가 출석한 작전회의는 출항일을 6월 14일로 하는 데는 합의했다.

하지만 돈 후안은 출항일 이틀 전에 이르러 돌연 출항의 무기 연기를 발표해버렸다.

놀란 콜론나와 소란초가 이유를 캐물었지만 총사령관은 입을 굳게 다물었다. 계속되는 추궁에 마침내 펠리페 2세의 의향임을 넌지시 내비쳤다.

돈 후안 자신도 왜 하필 지금에 와서 에스파냐 왕이 이런 명령을 내리는지 그 속마음을 가늠하기 힘든 듯했다.

그래도 젊은 총사령관은, 아홉 척의 배를 줄 테니 이를 콜론나 휘하에 배속하라, 함대 전체의 지휘권도 콜론나에게 위임할 것이니 베네치아 함대와 함께 동지중해로 가기 바란다는 말을 했다. 자신은 메시나에 남아 알제 공격을 준비할 것이라 했다.

콜론나는 아홉 척은 너무 적다, 적어도 25척은 주면 좋겠다고 말했다. 교황의 권위에 기대어 에스파냐 왕을 설득하려 해도 이제 막 자리에 오른 새 교황에게는 벅찬 일이었다.

돈 후안은 에스파냐 참모들과 협의한 끝에 22척의 갤리 군선과 1천 명의 에스파냐 병사, 그리고 4천 명의 이탈리아 병사를 빌려주기로 했다.

22척의 에스파냐 배, 12척의 교황청 배, 소란초가 끌고 온 25척의 베네치아 배, 여기에 코르푸에서 대기중인 75척의 베네치아 배를 더하면 134척이 된다. 게다가 6척의 '해상 포대'도 있다. 크레타에서 합류할 함대까지 더하면 150척을 웃도는 전력이 되어 레판토 당시의 200척 남짓한 전력만은 못해도 투르크 함대와 맞서기에는 충분했다.

이에 전투원을 승선시키느라 바쁜 에스파냐 배 15척은 뒤에 따라오라 하고 동지중해로 나가 적을 찾기로 한 것이다. 베네치아인으로서는 일단은 안도의 숨을 내쉴 만한 일이었다.

코르푸에 도착한 것은 7월 15일이다. 여기서 대기중이던 베네치아 배 75척 및 베네치아 해군 총사령관 포스카리니와 합류하여 코르푸를 떠났다. 그뒤로 펠로폰네소스 반도 연안을 따라 남하해 반도 끝부분에 이르러서 항로를 동으로 틀었을 즈음이다.

이들을 쫓아온 전령선이, 돈 후안이 남아 있는 배를 모두 이끌고 메시나를 떠났다는 소식을 전해주었다. 펠리페 2세가 앞서 내린 명령을 철회한 것이었다.

콜론나와 베네치아 장수들은 협의하기 시작했다. 코르푸 섬으로 돌아가 돈 후안이 도착하기를 기다렸다가 나중에 다시 동지중해로 가든가, 아니면 돈 후안에게 따라오기 바란다는 전령을 보내놓고 함대는 이대로 전진을 계속하든가 둘 중 하나였다.

이미 출진해버린 함대를 다시 근거지로 돌리는 것, 더구나 대함대의 근거지로는 시칠리아의 메시나 이상으로 설비가 잘 갖추어졌고 안전하기도 한 코르푸 항으로 돌아간다는 것은 이 기회를 놓치면 더 이상 호기는 오지 않을 거라 우려하던 베네치아 쪽으로서는 절대 피해야 할 일이었다. 콜론나도 이에 동의했다. 함대는 총사령관 돈 후안에게 전령을 보낸 뒤 동쪽을 향해 다시 전진하기 시작했다.

펠로폰네소스 반도 남단에 딱 붙을 듯이 떠 있는 체리고는 아직도 베네치아령으로 남아 있는 섬이었다. 함대가 그곳에 도착한 것은 8월 4일이었다.

여기서 울루지 알리 휘하 160척의 투르크 함대가 바로 북쪽의 말바지아 항구에 있다는 소식을 접했다. 하루만 가면 닿는 거리였다. 기독교 함대는 해전을 치를 채비를 갖췄다.

레판토 해전 때와 같은 혼성 대형이다. 하지만 이번에는 압도적으로 베네치아 배가 많기 때문에 세 척의 베네치아 배와 한 척의 에스파냐 배, 그리고 한 척의 교황청 배라는 식으로 편성했다. 지휘관도 중앙에 포진한 본대는 콜론나의 배를 중심에 두고, 왼쪽을 베네치아 함대 총사령관인 포스카리니가, 오른쪽을 에스파냐 함대 사령관인 돈 안드레아다가 맡았지만, 좌익과 우익은 모두 베네치아인에게 지휘를 맡길 수밖에 없었다. 올해의 연합 함대에는 작년에 의혹을 많이 샀던 용병대장 도리아는 참가해 있지 않았다.

그러는 동안에도 울루지 알리는 기독교 함대의 행동을 예측한 것인지 말바지아 항에 틀어박힌 채 꼼짝도 하지 않았다.

투르크군이 항을 나선 것은 8월 10일이 되어서였다. 그래도 아직 본격적으로 해전을 펼칠 생각이 없는 듯 양군 간에는 소규모 전투가 벌어졌을 뿐이다. 손해는 투르크 쪽이 많이 보았고, 사용이 불가능해진 7척의 갤리선을 버려두고 울루지 알리는 다시 말바지아로 들어가버렸다.

그런데 이즈음 콜론나가 심경의 변화를 일으켰는지 지금쯤 돈 후안이 닿았을 테니 우리도 물러나서 코르푸나, 아니면 코르푸로 가는 항로 어디쯤에서 기다리자는 제안을 했다.

그가 내세운 이유는 이러했다.

울루지 알리는 오랫동안 해적질을 해온 사람이어서 지중해 구석구석을 손바닥 들여다보듯 훤히 안다. 우리 감시망의 눈을 피해 우회하여 대여섯 척만 대동한 돈 후안을 습격하는 것 따위는 아무 일도 아닐 게다. 따라서 일단 이곳에서 물러나 되도록 빨리 돈 후안 일행과 합류해야 한다.

베네치아 쪽 장수들은 일제히 반대의 목소리를 높였다.

그러나 올해의 베네치아 함대에는 자그마한 체구의 콜론나를 위에서 내려다보며 눌러버릴 듯 위협하던 세바스티아노 베니에르가 없었다. 베니에르의 노성이 터져나올 때마다 움찔하던 콜론나는 마치 독수리 앞의 비둘기 같았다.

베니에르와 정반대로 성격이 온후하기만 한 1572년도의 베네치아 함대 총사령관 포스카리니는 돈 후안이 올 때까지 연합 함대의 지휘권은 자신에게 있다는 콜론나의 주장에 굴복하고 말았다. 바로 눈앞의 적을 놓아두고 함대를 물리기로 한 것이다.

체리고 섬을 떠나 펠로폰네소스 반도를 돌아 북상하여 잔테 섬까지 왔는데도 돈 후안은 전혀 모습을 보이지 않았다. 어쩔 수 없이 북상을 계속하여 코르푸 섬까지 왔을 때에야 비로소 돈 후안과 만날 수 있었다.

돈 후안은 격노한 상태였다. 자신을 기다리지 않았다는 것이다. 에스파냐 함대를 지휘한 돈 안드레아다에게는 사형에 처해버리겠다며 길길이 뛰었을 정도였다.

게다가 돈 후안은 레판토 때처럼 베네치아 배에 에스파냐 병사를 태울 것을 요구했다. 베네치아 쪽은 단호히 거절했다. 당시는 베네치아 배에 전투원이 부족한 만큼 돈 후안의 요구가 사리에 합당한 것이었지만, 올해는 수가 충분하므로 그럴 필요가 없는 것이다.

하지만 올해의 돈 후안의 요구는 사리를 따져 나온 것이 아니라 총사령관의 지위와 권력을 과시하려는 감정에서 나온 것이었다. 이를 베네치아 쪽이 거절했다. 돈 후안은 이제 이성을 잃은 듯 광분하면서 중간에 끼인 콜론나를 난처하게 만들었다.

콜론나는 자기가 지휘하는 교황청 배의 전투원들을 베네치아 배로 옮기고, 교황청 배에 에스파냐 병사들을 태우는 타협책을 제안했다. 베네치아 총사령관은 이를 받아들였다.

작년에는 이런 잔재주가 설 자리가 없었다. '미스터 성채'는 돈 후안이 화를 내건 말건 절대 타협하지 않았다. 그리고 돈 후안의 격노와 콜론나의 난처함도 직성이 풀릴 때까지 노성을 질러댄 베니에르가 자리를 떠난 뒤 그 자리에 남은 온화하면서도 원칙에 철저한 바르바리고가 최대한 수습해주곤 했다.

1572년의 '레판토'에는 이 무의식중에 절묘한 효과를 낳곤 하던 물과 불의 콤비가 없었다. 심사숙고함 없이 눈앞의 사태에 급급하다 보면 일보 후퇴는 백보 후퇴로 이어지는 법이다. 1572년의 베네치아 함대는 1572년 베네치아 정부의 연장이었다.

콜론나가 타협책을 내면서 어찌어찌 결렬은 피했지만, 이런 데에 시간을 들이는 동안 열흘이라는 귀중한 날들이 무위로 흘러가버렸다.

그런 뒤 드디어 연합 함대는 그리스의 바다로 출진했으나, 적장 울루지 알리의 교묘하고 민첩한 행동에 휘둘리고 악천후에 당하기도 한 끝에 전의는 꺾여만 갔다. 그럴싸한 기회가 한번도 없었던 까닭에 코르푸로 돌아간다는 돈 후안의 명령이 나왔을 때 이에 반대하는 사람은 아무도 었었다. 이번 해에 기독교도와 이슬람교도가 한 것이라곤 서로 작은 배를 내어 적정을 탐지한 것뿐이었다.

코르푸로 돌아온 연합 함대가 해산한 것은 10월 20일.

돈 후안은 에스파냐 배를 거느리고 메시나로 돌아가버렸고, 콜론나도 로마를 향해 떠났다. 에스파냐 왕 펠리페 2세는 로마 교황에게 친서를 보내 내년에는 더 강력한 함대를 제공하겠다고 약속했지만 베네치아는 더 이상 믿지 않았다.

에스파냐를 믿을 수 없다고 생각한 베네치아는 투르크와 단독 강화를 맺기로 결심했다. 콘스탄티노플에 있는 베네치아 대사 바르바로는 이미 10인위원회의 극비 지령을 받아들고 있었다.

콘스탄티노플 1572년 겨울

강화 교섭은 정말로 극비리에 추진되어야 했다.

베네치아, 에스파냐, 교황청을 주요 가맹국으로 하여 발족한 신성 동맹에서는 가맹국은 다른 두 나라와 상의하지 않고 적과 강화할 수 없다는 조문에 합의한 바 있었다.

동맹국에 절망했다고는 하지만 베네치아공화국이 앞장서서 조약을 위반하려는 것이다.

베네치아 본국에서는 극비리에 일을 추진할 필요상, 외교 문제를 논하는 공식 기관인 원로원에 회부하지 않은 채 비밀 유지와 신속한 결정을 행하는 기관으로 알려진 10인위원회가 이 일을 맡게 되었다.

통상적인 평화 교섭도 쉬운 일이 아닌데, 이번에는 동맹국에 대한 배신이라는 '덤'이 붙어버렸다. 극비는 필수조건이지만 신중함 역시 절대적으로 요구되었다. 따라서 베네치아 정부는 이 문제를 전담할 특별 10인위원회를 결성했다.

통상 10인위원회는 위원 10명에 원수 1명, 그리고 원수 보좌관 6명 등 17명으로 구성된다. 모두 원로원에 의석을 가진 30세 이상의 귀족들이다.

담당하는 일이 국가의 흥망을 좌우하리만치 중대할 경우에는 이들 17명에 '존타'라 불리는 20명 정도의 귀족을 더해 합계 37명의 특별 10인위원회를 설치하는 것이 베네치아공화국에서는 법으로 인정되고 있었다. '존타'로 뽑히는 20명은 외교·군사적 경험이 풍부한 실제로 10인위원회에 들어가도 될 만한 이들이었다.

10인위원회의 위원이나 원수 보좌관도 베네치아공화국의 법에 따라 6개월마다 선출되는 자리다(이에 대해 『바다의 도시 이야기』 하권에서 상세히 서술했다). 하지만 국가의 중대사가 걸린 시기에 이렇게 자주 사람을 갈아치우면 비능률적이고 정책의 일관성도 떨어진다. 그렇다고 해서 권력이 개인에게 집중되는 것을 막기 위해 고안해낸 베네치아공화국 정체의 근간을 이루는 교대제도를 바꿀 수도 없었다.

이런 베네치아 특유의 사정이 '존타'라는 제도를 낳은 것이다. 6개월이 지나 10인위원회 임기를 마친 위원은 '존타'의 일원이 되면 계속 위원회에 출석할 수 있게 된다. 또한 그를 대신하여 위원으로 뽑힌 사람은 본디 '존타'에 속해 있던 이들 중에서 나온다는 구조였다.

이 틀을 활용함으로써 국가 중대사에 대한 베네치아 정부의 방침은 일관성을 띠었을 뿐 아니라 세부 사항을 숙지한 사람들끼리 모여 논의하는 만큼 시간 낭비도 피할 수 있었다.

1572년의 10인위원회와 '존타'는 투르크와의 강화 교섭 재개에 임하여 교섭을 직접 담당할 콘스탄티노플 주재 베네치아 대사에게 다음과 같은 조건을 투르크 쪽에 제시하라고 명했다.

그 조건이란, 투르크가 키프로스를 반환한다면 공략 이전부터 투르크에 제공하던 조공금 8천 두카토를 대폭 인상하겠다는 것이었다.

이 교섭에 들어가는 대사의 판공비로 5만 두카토를 지출할 것도 결정했다. 투르크 궁정의 중신들과 일을 하려면 뇌물은 필수 조건이었다.

10인위원회와 '존타'는 또한 화평 교섭에 프랑스를 끌어들이는 데도 착수했다. 평소부터 에스파냐에 적개심을 품고 있던 프랑스 왕은 베네치아와 에스파냐를 떼어놓지 못해 안달이었다. 콘스탄티노플에서의 교섭도 대사 바르바로와 재상 소콜루 간에 행해지는 비밀 회합과, 소콜루와 프랑스 대사, 프랑스 대사와 바르바로 간의 회담이라는 식으로 몇 겹으로 병행되고 있었다.

그러나 레판토에서는 졌을지라도 베네치아가 현재 어떤 상태인지를 빤히 아는 투르크와의 교섭은 난항을 거듭했다. 에스파냐를 믿을 수 없다는 사실은 베네치아만 알고 있었던 게 아니었다.

레판토에서 잘려 나간 '수염'은 울루지 알리의 헌신적인 노력 덕에 원상복구되었다. 투르크는 강경했다. 그럴수록 바르바로는 피가 마를 것 같았다. 그런 바르바로의 유일한 희망은, 겉으로는 안 그런 체해도 속으로는 역시 레판토의 결과를 무시하지 못할 투르크가 스스로 화평관계의 재개를 요청하는 것뿐이었다.

페라 지구에 있는 베네치아 대사관의 창문을 막고 있던 판자는 교섭 재개와 함께 철거되었다. 예니체리 감시병도 보이지 않는다. 적어도 외관상으로는 교전국 대사관 같아 보이지 않게 되었다.

교섭이 난항을 거듭하는 것도 어찌 보면 당연한 일이다. 이제 키프로스는 투르크 땅이 아닌가. 그런 키프로스를 조공금액을 인상할 테니 돌려달라고 해보았자 누가 듣겠는가.

베네치아 쪽은 그러나 눈 딱 감고 키프로스를 방기할 형편이 아니었다. 34년 전의 프레베자 전투가 끝난 뒤 행해진 강화에서는 펠로폰네소스 반도의 나브플리온과 말바지아 두 기지를 내주겠다고 했지만, 키프로스가 지닌 군사·경제적 가치는 이 두 기지와 비할 바가 아니다. 그렇다고 이대로 계속 가면 강화 교섭은 어떤 진전도 보이지 못할 터였다.

이토록 중요한 문제를 40명도 채 안되는 10인위원회와 '존타'가 단독 결정하는 데 불안감을 느낀 위원들로부터 이 문제를 원로원에 회부하자는 제안이 나왔다. 원로원에 회부하면 200명의 합의가 이뤄지는 것이다.

그러나 이 안건에 대한 표결 결과 찬성은 두 표밖에 나오지 않았다. 베네치아는 이 문제는 극비리에 해결되어야 한다는 쪽을 택했다.

11월 19일, 여전히 교섭은 아무 진전도 없었다. 이날 마침내 10인위원회와 '존타'는 키프로스 반환은 신경쓰지 않아도 된다는 지령을 콘스탄티노플에 있는 대사에게 보냈다. 이 지령이 나오기 전에 원로원 회부 문제를 놓고 다시 투표가 벌어졌지만 이번에도 찬성은 세 표밖에 되지 않았다.

대사 바르바로는 또다시 힘겨운 교섭에 뛰어들었다. 보스포루스 해협을 건너오는 흑해의 바람이 더 한층 쌀쌀해지는 겨울을 늙은 대사는 묵묵히 참고 견뎠다. 투르크 궁정에서는 레판토의 패전에도 불구하고 대서유럽 강경파의 입김이 날로 거세지고 있었다.

베네치아 1573년 봄

해가 바뀐 1573년 3월 7일, 마침내 강화 교섭이 타결되어 조인되었다.

그 내용은, 이것이 과연 승자가 얻을 것인가 하는 생각이 들 정도로 베네치아에게 불리한 것이었다.

키프로스는 공식적으로 투르크령이 되었다. 조공을 지불할 필요도 덩달아 없어지긴 했다.

아울러 베네치아는 30만 두카토에 달하는 막대한 액수를 통행료라는 명목으로 향후 3년 간 투르크에 지불하기로 했다.

잔테 섬의 조공금도 지금까지의 500두카토에서 1천 두카토로 인상했다.

반면 베네치아는 몰수되어 있던 투르크 영내 베네치아인의 재산을 모두 되찾고, 전 투르크 영내의 경제 활동의 완전한 자유를 보증받았다.

이때 시작된 평화는 1642년까지 72년 동안이나 이어졌다. 1573년에 베네치아가 양보한 그 모든 것과 레판토의 바다에 흘린 피는 적어도 이후 72년 간의 평화와 이에 따른 경제적 번영을 베네치아 시민에게 안겨준 것이다.

베네치아와 투르크의 강화는 조인이 끝난 뒤에 비로소 발표되었다. 베네치아 원로원마저 발표 전날에야 통보받았을 정도였다.

작년 10월에 연합 함대가 해산된 뒤로도 베네치아 국영조선소에서는 매일같이 군선이 진수되고 승무원 모집 공고가 나붙었던 까닭에, 강화가 공표될 때까지는 외국은 물론이고 베네치아 시민들까지도 베네치아의 전쟁 속행을 믿어 의심치 않았다.

공표와 더불어 서유럽 각국의 비난이 빗발쳤다. 베네치아의 단독 강화는 기독교도에 대한 배신 행위라는 것이었다. 하지만 베네치아 없이라도 대투르크 연합 함대를 편성하자고 주장하는 나라는 하나도 없었다.

그래도 베네치아는 투르크와 단독 강화를 맺음으로써 서유럽의 세력 다툼에 어설프게 말려드는 것을 피할 수 있었다.

알제 중심의 북아프리카에 눈독을 들이던 프랑스는 역시 이 지역을 노리던 에스파냐와 대립하던 끝에 투르크와 손잡고 지중해에서 에스파냐를 협공한다는 생각을 하기에 이르렀다.

프랑스 육군이 플랑드르에 침입함과 동시에 투르크는 갤리선 300척으로 지중해의 에스파냐령을 무차별 공격한다. 이것이 당시 콘스탄티노플에서 프랑스 대사와 투르크 궁정이 논의중이던 작전이었다.

이를 위해서라도 에스파냐와 베네치아는 갈라서야 했다. 금상

첨화로 베네치아와 투르크가 동맹관계라도 수립하면 지중해에서 에스파냐의 고립은 확정되는 것이다.

하지만 베네치아에게는 프랑스의 생각대로 에스파냐까지 적으로 돌릴 마음은 전혀 없었다. 그래서 동맹보다는 단독 강화를 택한 것이다. 그렇게 하면 에스파냐와 프랑스라는 16세기의 양대 강국을 적도 동지도 아닌 상태로 둘 수 있으니까.

강화를 체결한 뒤 베네치아는 특히 동지중해의 통상 루트를 재정비하는 데 주력했다. 그러면서도 해군력 유지를 게을리하지는 않았다. 해군력이 없어지는 그 순간 주위를 에워싼 영토국가들은 도시국가 베네치아를 단번에 압살해버릴 것임에 틀림없었다. 베네치아 해군의 영광을 생각나게 하는 10월 7일을 국경일로 정한 것은 그저 승리의 기쁨을 기억하기 위함만은 아니었다.

지중해에서 멀리 떨어진 영국인들까지도 기뻐 마지않았다는 레판토 해전은 갤리선들끼리 싸운 최대·최후의 해전이었을 뿐 아니라 십자가를 앞세운 마지막 전투이기도 했다. 그때 이후 서유럽의 어떤 사람도 십자군을 제창하지 않았다. 서유럽이 세계의 주인이 되면서부터 지중해 세계는 역사의 주인공 자리를 내놓아야 했다. 역사를 좌우하는 해전의 무대도 지중해를 떠나 대서양으로 옮겨졌다. 갤리선을 대신하여 범선의 시대가 열리기도 했다.

1645년부터 25년 간 베네치아와 투르크는 크레타 섬을 둘러싸고 장렬한 전쟁을 벌였다. 하지만 이 크레타 공방전은 레판토 해전 같은 역사적 사건이 되지는 못했다. 변경이 되어버린 지중해에서 벌어진 전쟁이었기 때문이다. 아무리 오래 싸우고, 아무리 장렬히 싸워도 그것은 이제 늘 있는 국지전의 하나였을 뿐이다.

천년 역사를 자랑하는 베네치아공화국도, 1453년의 비잔틴제국의 멸망으로 일약 역사의 주인공으로 등장한 투르크제국도 레판토 해전 이후 쇠퇴 일로를 걷게 된다. 단지 양국의 국력이 쇠약해져서만은 아니다. 두 나라의 활동 무대인 지중해의 중요성이 16세기를 경계로 줄어들었기 때문이다. 이후의 중요 해전들은 한결같이 지중해가 아닌 다른 곳에서 벌어졌음이 그 한 증거일 것이다.

레판토 해전의 전과는 승리한 바로 이듬해에 비참한 해산을 겪음으로써 소멸되어버렸다.

그렇다고 이 해전에서 흘린 수많은 피가 모두 수포로 돌아간 것은 절대 아니었다.

만일 당시 투르크가 승리했다면 무적 투르크의 명성은 결정적으로 굳어졌을 뿐 아니라 지중해 전체가 투르크의 내해로 탈바꿈했을 것이다. 서유럽도 투르크의 공세가 빈 근처에서 멎을 것이라며 안심할 수만은 없었을 것이다.

레판토 해전의 영향은 실질적인 것보다는 정신적인 면에서 찾아야 한다. 정신적인 것이 미치는 영향이 얼마나 중요한지를 역사는 우리에게 거듭 가르쳐주고 있다.

어쨌든 베네치아는 70년의 평화를 누릴 수 있었다. 그 결과는 서유럽 제일가는 부유함과 화려함의 경연이었다. 외국의 빈객을 맞아들일 때 벌어지는 산 마르코 광장의 축하 행렬에는 어림잡아 액수가 1천만 두카토에 달하는 미술 공예품이 줄줄이 이어졌다. 외국인들은 이런 광경을 보고 베네치아의 부유함에 새삼 놀라곤 했다.

레판토 전사들의 그 이후

1572년 5월, 그해의 연합 함대가 싸워보지도 않고 해산하리라는 것은 꿈에도 생각 않고 레판토의 승리만을 가슴에 담고 세상을 떠난 교황 피우스 5세는 그 직후 성인의 반열에 추가되었다. 성 피우스이다.

십자군 제창 및 성공이 그 이유였는데, 13세기에 몇 번이나 십자군을 일으켰으나 번번이 패배한 프랑스 왕 루이도 성 루이가 되었던 만큼 대이교도 전투와 성자의 명예가 결부되는 것도 서유럽에서는 이상할 게 없었다.

돈 후안의 그 뒤의 삶은 행운하고는 거리가 멀었다. 펠리페 2세와는 날이 갈수록 사이가 나빠졌던 것 같고, 1578년에 서른셋의 젊은 나이로 눈을 감을 때까지 눈에 띌 만한 업적은 하나도 남기지 않았다. 결혼은 하지 않았다.

마칸토니오 콜론나도 레판토 이후에는 역사의 무대에서 사라졌다. 1577년에 시칠리아 총독을 역임한 뒤 1584년에 49세의 나이로 에스파냐에서 객사했다.

잔안드레아 도리아는 칭찬보다는 욕을 더 많이 듣는 바다의 용병대장 일을 계속했고, 1606년에 67세로 눈을 감았다. 이제 지중해는 역사의 주요 무대가 아니었기에 그 뒤를 이은 사람 중에 유명해진 이는 나오지 않았다.

뜻하지 않게 해임된 데 대한 보상일 수도 있겠지만, 세바스티아노 베니에르는 레판토 해전 6년 뒤에 베네치아공화국의 원수로 선출되었다. 투르크와 별 문제가 없던 시기에 원수로 있었기에 타고난 불 같은 성격을 발휘할 기회도 별로 없었을 것이다.

레판토 해전 400주년을 기념하여 이탈리아 해군은 포르모자 광장에 면한 그의 집 벽면에 '해전 승리자의 집'이라 새겨 넣은 대리석 비를 붙여주었다.

콘스탄티노플 주재 베네치아 대사였던 마칸토니오 바르바로는 투르크와의 강화조약이 체결되자 어언 5년 만에 조국으로 돌아왔다.

그도 또한 귀국시의 관례인 원로원 보고 연설을 행했는데, 그 보고란 것이 정부 방침을 통렬히 비난·공격한 것이어서 열석한 정부 수뇌나 원로원 의원들의 안색이 바뀌었을 정도였다고 한다.

노대사의 보고 중에 이런 대목이 있다.

"국가의 안정과 영속은 군사력에만 의지하는 것이 아닙니다. 외국이 우리를 어떻게 생각하는가에 대한 평가와 외국에 대한 의연한 태도에 의지할 때도 많은 것입니다.

최근 수년 간, 투르크인은 우리 베네치아가 결국엔 타협을 청하리라 생각하고 있었습니다. 그들에 대한 우리의 태도가 예를 갖춘다는 외교적 필요를 넘어선 비굴한 것이었기 때문입니다. 베네치아는 투르크의 약점을 지적하기를 꺼렸으며 베네치아의 강점을 보여주기를 게을리했습니다.

결국 투르크인의 타고난 오만함에 제동을 가할 수 없게 되어 그들을 불합리한 정열로 내몰게 된 것입니다. 피정복민이자 하급 관리에 지나지 않는 그리스인에게 들려 보내온 편지 한 통만으로 키프로스를 획득할 수 있다고 생각하게 놓아둔 것은 실로 베네치아 외교의 수치 외에 다른 무엇도 아닙니다."

이런 말까지 듣긴 했어도 베네치아 정부는 바르바로의 공적에 보답하기를 잊지 않았던 듯하다. 그 직후 그는 원수 다음으로 명예로운 지위인 산 마르코 성당의 감독관으로 임명된 것이다.

특명 전권대사의 경우 귀국하더라도 원로원에서 보고할 의무를 지지 않는다. 바르바로의 동료이자 로마에서 갖은 고생을 다한 조반니 소란초는 앞에서도 말했듯이 그뒤 바다로 보내져 1572년의 베네치아 함대에서 바르바리고의 후임으로 참모장을 맡았다. 그로부터 4년 뒤, 경비 함대를 이끌고 지중해를 항해하던 중 몰타의 성 요한 기사단과 교전을 벌이게 되었고 그 와중에 전사했다. 기사단은 베네치아가 투르크와 강화를 맺은 데 격노하여 베네치아 배만 보면 이교도 투르크에게처럼 전투를 걸어왔다.

울루지 알리는 일흔다섯 살까지 장수를 누리다가 1595년에 콘스탄티노플에서 세상을 떠났다. 침대 위에서 맞은 죽음이었다.

이 인물과 어떤 여자에 얽힌 에피소드를 예전에 나는 『사랑의 연대기』에서 '에메랄드빛 바다'라는 제목으로 쓴 적이 있다.

레판토 해전 당시에도 소문으로 떠돌던, 에스파냐 왕 펠리페 2세의 울루지 알리에 대한 회유는 그뒤에 실제로 시도된 것 같다. 하지만 남이탈리아 태생의 이 기독교도 출신 해적은 자신을 해군의 최고사령관으로 앉히기까지 하면서 인정해준 투르크인을 죽을 때까지 배신하지 않았다. 사재를 털어 콘스탄티노플에 아름다운 모스크를 짓고 거기에 많은 재화를 기증하기도 했으며, 이슬람교도로서 평온한 죽음을 맞이한 것이다. 그가 있는 한 베네치아 해군은 잠들 수 없다고 일컬어지던 울루지 알리도 마침내 사라져버렸다.

베네치아 1571년 겨울

레판토 해전에서 쓰러진 베네치아 전사들의 유족에게 베네치아 정부는 상복 착용을 금했다.

경사스런 일이지 상복을 입어야 할 슬픈 일은 아니라는 이유에서였다. 축제의 깃발이 거리 이곳저곳에 나부꼈지만 조기는 어디에서도 볼 수 없었다.

아고스티노 바르바리고의 저택을 찾아온 원수 이하 공화국 고관들도 조문객이 아니라 전승 축하객이었다. 단정한 태도로 이들을 맞이하는 미망인도 상복 차림이 아니었다.

그 때문인지 거리에서도, 바르바리고의 저택에서도 사람들의 죽음을 슬퍼하는 분위기보다는 승리를 축하하는 기쁨이 더 지배적이었다.

그 베네치아에 상복을 입지도 않았고 상가에 조문할 처지도 아니었지만 마음과 육신 모두가 비탄에 빠진 한 여자가 있었다.

여자는 바르바리고의 묘소가 놓인 교회에는 발길을 옮기지 않았다. 그곳에 있는 것은 사내의 머리카락 한줌뿐임을 알고 있었다. 하지만 그 때문은 아니었다. 묘소를 참배하면 그의 죽음을 다른 사람들의 죽음과 같은 위치에 놓는 것 같아서, 차마 그렇게 하고 싶지는 않아서 묘소 앞에 설 수 없었던 것이다.

베네치아를 온통 떠들썩하게 하는 여러 전승 축하 행사도 여자와는 무관한 소음일 뿐이었다. 이 전투의 승리가 얼마나 기쁜 일인지는 알고 있다. 하지만 그들처럼 축하할 마음은 도저히 생기지 않았다.

늙은 하녀는 레판토 해전의 승리와 함께 전해져온 사랑하는 사람의 죽음에 망연자실하여 울지도 못하는 젊은 여주인을 가만 놓아둘 뿐, 더 이상 해줄 수 있는 것이 없었다. 여자도 남에게 말할 수 없는 슬픔을 가슴에 담아둘 밖에 도리가 없었다.

아주 조금이지만 여자에게는 남자의 유품이 있었다.

유품으로 남겨준 것도 아니다. 남자가 빌려놓은 그 작은 집에서 함께 쓰던 물건들이다. 섬세한 문양과 형태를 갖춘 베네치아 글라스 몇 점과 포도주를 담아두던 유리병 하나, 길게 깔린 뭉게구름처럼 레이스가 달린 시트와 테이블보, 냅킨과 같은 사소한 것들이었다.

남자의 죽음을 전해들은 다음날, 여자는 그 집에 가서 이것들을 가져왔다. 남자의 이름으로 빌려둔 그 집에는 두번 다시 갈 수 없는 몸이었다.

이런 것들 외에도 유품은 하나 더 있었다. 어느 추운 밤, 여자를 집에까지 바래다준 남자가 자신이 쓰고 있던 것을 벗어 여자를 덮어준 망토였다. 까만 모직천 안으로 가죽을 덧댄, 베네치아에 흔한 남자용 외투였다. 이런 것들에 둘러싸여 있으면 마치 남자의 사랑이 자신을 안아주는 듯 편안한 마음이 들곤 했다.

슬픔은 깊었지만 외롭지는 않았다. 단 한번이라도 마음 깊은 곳에서 우러나온 사랑을 받은 여자는 다시는 외로워지지 않는 법이다. 하지만 손을 더듬어 누군가를 찾는 버릇에서만은 도저히 빠져나올 수 없었다. 이대로라도 괜찮아. 그런 버릇이 있는 한 거기 마음을 담그면 되니까. 여자는 그렇게 생각하고 무리하지 않았다.

바르바리고 가의 묘소가 있는 교회에는 가지 않은 여자이지만 인적이 드문 오후에 아들과 함께 산 자카리아 교회를 찾는 습관은 그대로였다. 그곳에서 여자는 남자를 위해 기도했다.

평안히 잠드소서라는 기도는 하지 않았다. 남자는 승리를 알고 나서 숨을 거두었다. 아마도 만족스러운 미소를 띠고 세상을 떠났으리라. 여자는 한치도 의심하지 않았다.

그런 어느 날 오후, 언제나처럼 산 자카리아 교회에서 기도를 끝내고 나온 여자는 광장 가운데쯤에 있는 베네치아 특유의 저수조 가에서 발을 멈췄다. 부드럽게 내리비치는 겨울날 오후의 햇살이 여자의 발길을 멈춘 것이다. 플로라는 눈을 감고 고개를 들어 햇살을 받으며 그 자리에 서 있었다.

그때 누군가의 손길이 부드럽게 등에 와 닿는 것을 느꼈다. 아들이 곁에 있었다.

"어머니, 그 분은 승리한 전투의 지휘관으로 눈감으셨습니다."

여자는 놀란 눈길로 아들을 쳐다보았다. 어리다고만 생각했던 아들이 어머니의 속마음을 알아채서 놀란 것이 아니었다. 여전히 부드럽게 등을 스치는 아들의 손이 놓인 위치가 어느새 이렇게 높아졌을까 하고 놀란 것이다. 이 1, 2년 새에 키가 쑥쑥 자랐나 보다. 팔의 높이만 높아진 것이 아니라 목소리도 약간 낮고 굵게 바뀌어 있었다.

어머니는 엉겁결에 미소지었다. 어린애인 줄만 알았는데 어느새 이렇게 커서 자신을 위로해줄 정도로 성장한 사실이 기쁘다기보다는 이상하게 느껴졌다. 이 나이 또래 애들은 정말 순식간에 크는구나 하고 생각했다. 강아지처럼 어머니를 졸졸 따라다니던 소년도 이제 곧 열세 살이 된다.

앞으로 2, 3년, 플로라는 생각했다. 2, 3년만 지나면 상선 석궁병으로서 항해술과 상업기술을 배울지, 아니면 파도바 대학에서 법학이나 의학을 배울지를 정해야 한다. 그리고 7년 뒤에 스무 살이 되면 베네치아 귀족의 적자로 공화국 국회의 의석을 얻겠지. 7년 간, 길게 잡아 10년 간만 이 애에게는 어머니가 필요하겠지.

"어머니, 언젠가는 코르푸 섬에 같이 가요."

어머니는 말없이 고개를 끄덕였다. 끄덕이면서 바라본 아들의 얼굴은 자기보다 조금 높은 곳에 있었다. 키가 자기보다 더 커진 것이다. 어쩌면 아들에게 내가 필요한 것이 아니라 내게 아들이 필요한 것은 아닐까, 플로라는 생각했다. 여자의 두 눈에는 그날

이후 처음으로 눈물이 맺혔고 끝내 뺨을 적셨다. 아들은 어머니의 등에 왼손을 얹은 그대로 함께 산 자카리아 광장을 뒤로 했다.

광장을 벗어난 곳에 늘상 있는, 근교에서 가져온 꽃을 파는 여자에게서 플로라는 뿌리에 흙이 그대로 묻어 있는 작은 꽃을 사며 생각했다. 정성 들여 가꾸면 봄이 올 때쯤에는 화분을 바꿔줘야 할 정도로 자라서 많은 꽃을 피울 거야.

여자의 아들이 바다를 일터로 삼았다 하더라도 그가 살아 있는 동안에는 투르크의 반월도에 떨지 않아도 되었을 것이다.

아고스티노 바르바리고가 사랑하는 여자의 아들에게 남겨둔 선물이었다.

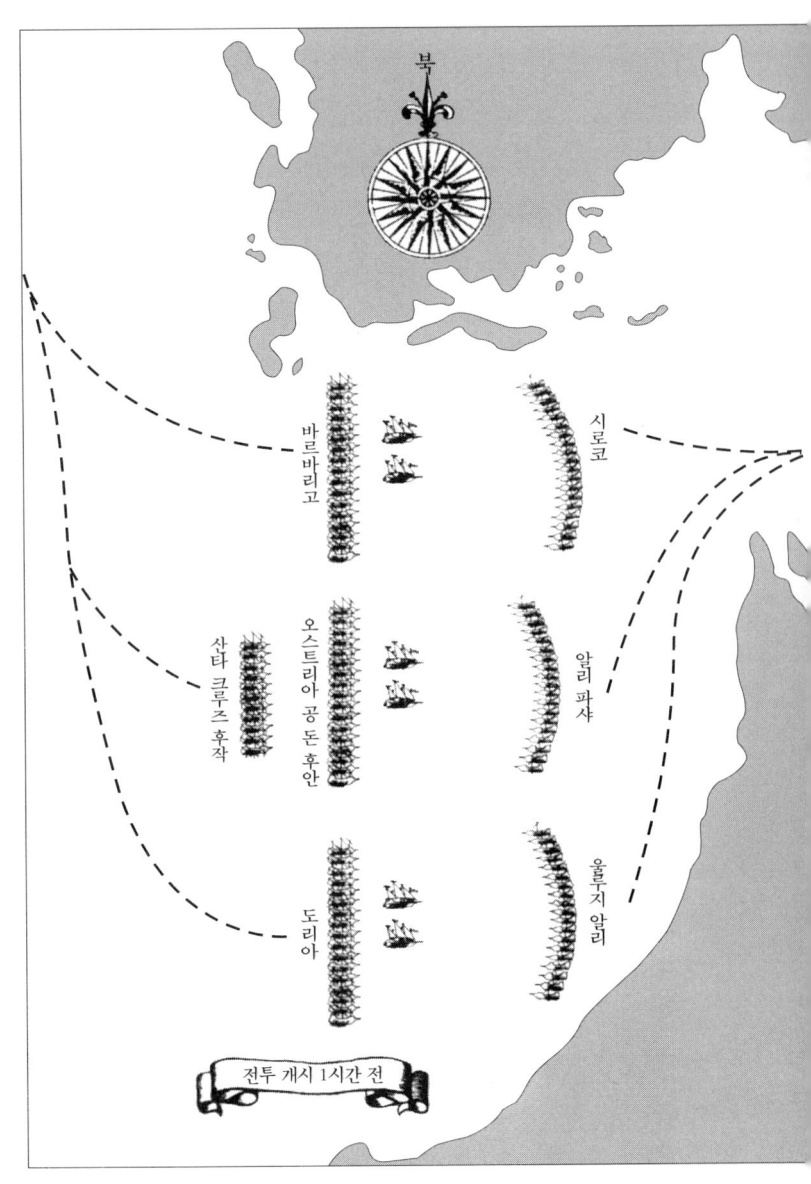

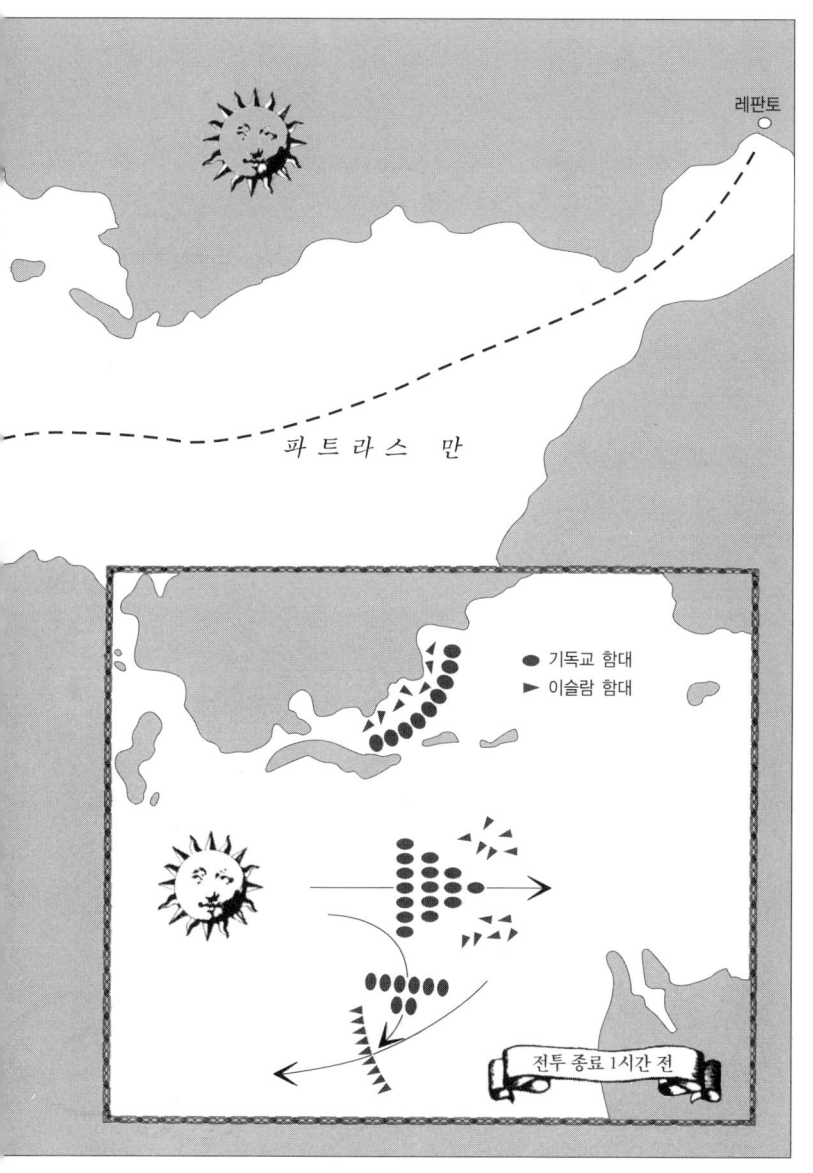

문명의 교체기를 살아간 이들의 진혼가
• 옮긴이의 말

"……『일리아스』를 통해 지중해 세계에 매료되었기에 전쟁을 그려보고 싶다는 생각을 한시도 잊은 적이 없다. 여느 전쟁이 아니라, 『일리아스』에 묘사된 것 같은 다른 문명 간의 대결로서의 전쟁을 말이다."

시오노 나나미는 그의 나이 열여섯에 품은 이 꿈을 세 전쟁 이야기에 고스란히 담았다. 『콘스탄티노플 함락』과 『로도스 섬 공방전』에 이어 세번째에 위치하는 『레판토 해전』은 그 전쟁 이야기의 대단원이다. 그리고 이 세번째 책에 이르러 비로소 저자가 무엇을 이야기하고 싶어했는지가 한눈에 들어온다. 그것은 오랜 지중해 시대가 어떻게 마무리되는가, 그 속에서 인간들은 어떻게 자기 앞에 놓인 난제에 맞섰는가이다.

하지만 그런 문제들을 논평조로 담담히 기술한 책은 아니다. 1571년의 이 해전에 대해서 절대 다수의 책들은 그것이 육전과 비슷한 양상으로 일관되었음에도 불구하고 돈 후안이 화기 사용에 중점을 둔 데에 큰 의의를 두고 있다. 저자는 이를 무시해버린다. 기울어가는 조국 베네치아를 지키기 위해 온갖 수를 다 쓰는 외교관과 조국에 대한 충정 하나로 버티는 전투원들이 이 이야기의 뼈대를 이루고 있다. 그리고 공화국이 마지막 빛을 발하는 70여 년 간의 평화와 죽어간 사람들이 고국에 남긴 사랑하는 이들이 여운을 이룬다. 그러기에 이 책은 승리한 전쟁에 바치는 진혼가이다.

전쟁사는 재미있다. 어떤 게임보다도 재미있다. 전쟁사 책을 읽을 때마다 느끼는 감정이다. 하지만 그 재미는 한편 위험한 것이기도 하다. 독자는 2차원 지도 위에서 장기말처럼 오락가락하는 단위 부대들을 보며 '이렇게 했으면 어떨까' '저렇게 했으면 어떨까' 하는 심정에 빠져들기 때문이다. 이런 상상들은 그 자체로 재미있는 것이어서 자신이 어느새 잊어버린 것이 있음도 알지 못한다. 잊고 있는 것. 그것은 실제로 그 전투를 수행해야 했던 사람들의 피와 눈물, 땀이다. 그리고 이 '피를 흘리는 정치' 뒤에 '피를 흘리지 않는 전쟁'이 가로놓여 있다는 엄연한 현실이다.

그 중 후자는 제2차 세계대전 이후 국제정치학·국제관계론이 발전하면서 어느 정도 보강되었다. 하지만 전자는? 유감스럽게도 아직은 미미하다. 영미권의 경우 존 키간이 1415년의 아쟁쿠르 전투와 1815년의 워털루 전투 그리고 1916년의 솜 전투를 대상으로 분석한 『전투의 면모』와 고대 그리스의 문헌들을 토대로 키간의 방법을 도입한 핸슨의 『서구의 전쟁 방식—고대 그리스의 보병 전투』가 나와 있지만, 여러 가지 제약 때문에 주류로 자리잡지는 못하고 있는 것으로 알고 있다. 전투원들이 직접 남긴 사료가 부족한 이상 앞으로도 모든 전투에 대해 전투원의 입장에 서서 묘사하는 전쟁사는 힘들지도 모른다. 그럼에도 불구하고, 한여름 뙤약볕에 달구어진 40킬로그램짜리 갑주와 방패를 몸에 걸치고 500미터를 전속력으로 뛰어가 적 제1열과 충돌해야 했던 그리스의 보통 시민이 느낀 공포감을 생생히 복원해낸 핸슨의 작업 같은 것은 쉽사리 잊기 힘든 매력을 던져주고 있다. 그리고 그 매력은, 네가 전장에 섰을 때 과연 그렇게 재미있을 수 있겠느냐 하는 질문으로 돌아온다. 옮긴이는 과거의 전쟁을 볼 때 가장 중요한 것은 이런 질문이라고 생각한다.

물론 시오노 나나미의 전쟁 이야기는 전쟁 자체를 둘러싸고 이뤄지는 것이 아니다. 그것은 한편으로는 2천 년을 이어온 지중해 세계가 그 역사적 역할을 매듭짓는 시기에 관한 애절한 송가이다. 하지만 이 부분에 대해서는 이미 '전쟁 3부작을 읽는 독자들에게' 부분에서 언급되고 있느니만큼 줄이도록 하겠다. 또 이미 책을 다 읽은 독자들이 스스로 곱씹고 느낄 문제이지 책을 번역했다고 감 놔라 배 놔라 할 문제도 아닐 것이다.

독자들의 이해를 돕기 위해 한 가지 정리를 해두는 것으로 이 글을 맺어야겠다. 책에서도 이리저리 언급된 바이지만, 이 당시까지의 서양 해전의 양상에 대해서이다.

우리에게도 친숙한 갤리선이라는 것은 고대 페니키아의 상선인 3단노선(trireme)을 기원전 7세기경에 그리스가 도입하여 갸름하게 함으로써 기동성을 높인 배이다. 도입 당시부터 갤리선으로 치러진 전투는 일정한 양상을 띠게 된다. 핵심을 이루는 것은 적선에 올라타서 육전에서처럼 싸우는 방법이다(boarding). 하지만 본격적인 백병전이 벌어지기 전에 일단 적선의 기동성을 제거하는 방법이 선호되었다. 첫째는 뱃머리에 뾰족하게 튀어나온 쇠기둥, 즉 충각(衝角)으로 들이받는 방법(ramming)으로, 영화『벤허』에서 벤허가 노예로서 노를 젓던 배가 이런 방법에 의해 알렉산드리아의 해적에게 당한다. 두번째는 아군의 배를 교묘하게 움직여 배의 동체를 적선의 동체에 맞닿을 정도로 비껴가게 해서 적선의 노를 부러뜨려버리는 방법이다. 그리스 최강의 해양 세력 아테네가 종종 이 방법에 성공했다고 하지만 고난도 기술이라서 일반적이지는 않았던 듯하다.

기원전 7세기에 형성된 이런 양상은, 그뒤 중세의 상선을 개량한 대형 범선이 추가되긴 했어도 레판토 해전에 이르기까지 별 차이 없이 그대로 이어진다. 그런 면에서 레판토 해전을 최후 최대의 갤리선 해전으로 언급하고 있는 것이다. 한데 레판토 해전 당시에 유럽의 북쪽에서는 다른 양상이 전개되고 있었다. 영국이 주도하던 함포 사격이다. 헨리 8세 치하의 영국(시오노 나나미의 이 전쟁 3부작으로 따지면 로도스 시기에 해당된다)은 대함용 거포를 배에 장착하는 데 성공했으며, 1513년에는 함포 사격에 중점을 둔 메리 로즈 호를 내놓기도 했다. 그 헨리 8세 휘하에서 영국 해군이 창설되었으며 74문의 대함용 포를 장착한 전함이 갤리선을 제치고 주력의 자리에 올랐다. 지중해와 멀리 떨어진 그곳 대서양에서 해전의 새로운 시대가 열리고 있었던 것이다.

이렇게 새로이 형성된 해군은 갤리선처럼 배를 맞대어 육전과 같은 백병전을 벌이지 않고 가능한 한 적을 비껴가면서 적선과 멀찍이 떨어져 뱃전을 죽 늘어세우고는 함포 사격을 가하는 것을 전술의 핵심으로 삼기 시작했다(이 책에서 도리아 함대가 근대의 해전 전술과 비슷한 양상을 보였다고 하는 것은 이런 '기동' 때문이다). 이리하여 16세기 말에 이르면 우리에게 익숙한 해전의 풍경이 펼쳐지게 되는 것이다. 그리고 이것은 그나마 에스파냐가 버텨주던 지중해 시대가 완전히 끝났음을 알리는 신호가 되었다.

이 책 『레판토 해전』에서 오만한 강국으로 나오는 에스파냐는 레판토 해전이 벌어진 지 불과 17년 뒤인 1588년, 영국 앞바다에서 그 무적함대(armada)가 영국 해군에 패퇴하면서 대영제국 출범의 디딤돌이 되어버리고 만다. 비록 그 전투 자체는 영국 해군의 힘보다는 에스파냐 해군이 맞닥뜨려야 했던 이런저런 불운에 기인한 바가 크다지만, 이미 지중해를 주름잡던 갤리선이 설 자리는 없어진 것이다.

이렇게 해서 세 권의 책이 모두 마무리되었다. 『콘스탄티노플 함락』부터 『레판토 해전』까지 애써주신 한길사 편집부 여러분들께 다시 한번 감사드리며, 한길사의 김언호 사장님, 번역을 주선해준 최성균 형에게도 또 한번 감사드린다.

시오노 나나미의 최고 베스트셀러인 『로마인 이야기』를 출근길 지하철에서, 나른한 퇴근길 버스 안에서 읽는 사람들을 자주 보았다. 이 세 권의 책도 『로마인 이야기』처럼 고달픈 삶에 작으나마 위안이 되면 더 바랄 것이 없겠다.

1998년 1월
최 은 석

레판토 해전

지은이 **시오노 나나미**
옮긴이 **최은석**
펴낸이 **김언호**
펴낸곳 **(주)도서출판 한길사**

등록 • 1976년 12월 24일 제74호
주소 • 10881 경기도 파주시 광인사길 37
　　　www.hangilsa.co.kr
　　　E-mail:hangilsa@hangilsa.co.kr
전화 • 031-955-2000-3
팩스 • 031-955-2005

제1판 제 1 쇄 1998년　1월 20일
제1판 제 3 쇄 1998년　2월 20일
제2판 제 1 쇄 2002년　9월 30일
제2판 제11쇄 2023년 10월 25일

값 15,000원

ISBN 978-89-356-5113-9 03900
ISBN 978-89-356-5114-6 (전3권)

• 잘못 만들어진 책은 구입하신 서점에서 바꿔드립니다.